Die Forschergruppe

Das Buch

Fabian Feuerbach kämpft sich als Forschungsförderer, Redeschreiber, Projektmanager und Physiker in Forschung und Verwaltung durchs Berufsleben. Das unausweichliche Arbeitsende vor Augen, geht er aufs Ganze. Er will eine der brennenden Fragen der Menschheit in Angriff nehmen: die Erforschung der extremen Ereignisse in Natur, Technik und Gesellschaft...

Der Autor

Volker Jentsch, Coautor von *Extreme Events in Nature and Society* (Springer 2006), habilitierte in Physik. Er arbeitete in Max-Planck-Instituten und zahlreichen Universitäten im In- und Ausland und beschäftigte sich mit mathematisch-physikalischen Modellen für die Weltraum-, Klima- und Verkehrsforschung. Zwischenzeitlich zog es ihn in ein Ministerium, das Wissenschaft und Forschung verwaltet. Am Ende der Reise landete er in der Bonner Universität. Dort gründete und gestaltete er, zusammen mit Wissenschaftlern aus verschiedenen Fachrichtungen, das *Interdisziplinäre Zentrum für komplexe Systeme.* Heute befasst er sich, neben anderem, mit den Eigenschaften und Gemeinsamkeiten extremer Ereignisse, indem er die objektive mit der subjektiven Betrachtung konfrontiert.

Volker Jentsch

Die Forschergruppe

Bibliographische Information der Deutschen Nationalbibliothek: Die Deutsche Nationalbibliothek verzeichnet
diese Publikation in der Deutschen Nationalbibliogra-
phie; detaillierte bibliographische Daten sind im Internet
über http://dnb.dnb.de abrufbar.

Herstellung und Verlag:
BoD – Books on Demand, Norderstedt
ISBN 9783748168737

Inhalt

Die Qual der Wahl

Feuerbach entscheidet sich gegen seine Neigungen und für das Studium der Physik. Es fällt ihm schwer, daraus einen Beruf zu machen.

Predicting the unpredictable – das Unvorhersagbare vorhersagen? Was willst du damit sagen, hatte ihn Walter Löwenburg, der Mathematiker gefragt. Beweisen, dass vorhersagbar ist, was unvorhersagbar zu sein scheint, und sobald das gelungen ist, Methoden und Modelle entwickeln, die Vorhersagen ermöglichen, hatte Fabian Feuerbach, der Physiker, erwidert. Woran denkst du, konkret, hatte Löwenburg gefragt. An die außergewöhnlichen Ereignisse in der Natur, wie Waldbrände, Überschwemmungen, Erdbeben, Vulkanausbrüche und die vom Menschen verursachten, wie das Versagen technischer Anlagen, militärische Konflikte, Systemwechsel, Terrorismus, hatte Feuerbach erwidert. Wenn wir schon daran sind, hatte Löwenburg eingeworfen, sollten wir, zur Vervollständigung sozusagen, auch beweisen, dass nicht alles vorhersagbar ist, was vorhersagbar zu sein scheint. Dann lass uns daran gehen und eine Forschergruppe aufbauen, hatte Feuerbach gesagt.

Feuerbach nimmt einen Schluck heißen Tee, der wie oft, auch diesmal schon nach kurzer Zeit seine Stimmung hebt. Er trinkt schnell, denn die Luft ist kalt, der Tee in der Tasse verliert rapide an Wärme, und lauwarm oder gar kalt mag er ihn nicht. Feuerbach befindet sich auf der Terrasse seines Landhauses, das er vor Jahren hat wiederherstellen lassen, am südlichen, italienischen Abhang der Alpen, wo die Dörfer sind was sie schon immer waren, eine ungeordnete, verschachtelte Ansammlung von Häusern, Hütten, Ställen aus Naturstein, und die Natur mangels Tourismus ungestört nach ihren Regeln leben kann. Es hat in der Nacht geschneit. Ringsherum liegt der Schnee wohl an die zwanzig Zentimeter, und da er frisch ist, wird das Sonnenlicht fast vollständig reflektiert, so dass Feuerbach nicht umhin kommt, seine Augen mit hoch absorbierenden Sonnengläsern zu schützen.

Warum der Aktivismus, dessen Erfolgswahrscheinlichkeit eher gering einzuschätzen war? Feuerbach näherte sich der vom Gesetz verhängten Altersgrenze, und beides, Grenze und Alter, waren unumstößlich. Mit Unbehagen vergegenständlichte er sich seine Zukunft. Er würde verabschiedet und mit einer Rente ausgestattet werden. Er würde danach tun und lassen können, wonach der Sinn steht, ja oder nein sagen, faul oder fleißig sein, wie es beliebt. Der Erste oder der Letzte sein, wen würde es kümmern, gesund oder krank, wer würde sich erkundigen, früh oder spät aufstehen, vereint oder geschieden, was zählte das noch.

Ihn beunruhigte, dass er es in dreißig Jahren nicht zu Ansehen und Erfolg gebracht hatte. Weder hatte er den *seminal article* in *Nature* produzieren, noch den Gang der Wissenschaft beeinflussen können. Hatte weder als Gutachter die Konkurrenz geärgert, noch die Politik beeinflusst, weder Günstlinge herangezogen noch diese in Stellung gebracht, wie das vielen seiner geschäftigen, stets präsenten Kollegen gelungen war.

Wenn ich in fünf Jahren gehen muss, sagte er sich, was mir offen gestanden unsinnig erscheint, da meine physische und psychische Verfassung untadelig, mein Verstand nach wie vor messerscharf, mein Gedächtnis vollständig, mein Wissen auf neustem Stand, meine Entscheidungsfähigkeit ungetrübt und meine Innovationsbereitschaft ungebrochen sind, mein Weggang folglich eine kaum zu schließende Lücke hinterlässt, wenn ich trotz alledem verabschiedet werde, weil es das Gesetz und die Universität so wollen, dann ist es höchste Zeit, aufs Ganze zu gehen und mit den verbliebenen Kräften zu versuchen, woran sich noch niemand, auch nicht der Beste der Besten, gewagt hat – die Erforschung der extremen Ereignisse.

Im Übrigen schien ihm die Situation günstig, das Angestrebte durchaus, wenn auch unter erheblichen Anstrengungen, realisierbar.

Das hatte vor allem mit ihm selbst zu tun. Er war auf unsicheren Wegen unterwegs gewesen, verschlungenen, abseitigen, irrigen, die von den Taktikern und Zielstrebigen gemieden wurden. Er war mit miesen Zeitverträgen abgespeist worden, hatte deswegen gehadert, gelitten und gekämpft. Er hatte Arbeitsgebiete, Arbeitgeber, Wohnorte, Freunde und Freundinnen gewechselt, war durch dick und dünn gegangen, um einen unbefristeten Arbeitsvertrag zu erobern. Und jetzt, fünf Jahre vor seiner Verabschiedung – sozusagen kurz vor Tores Schluss – hatte er sogar eine Umgebung gefunden, in der er ein richtiger Forscher werden könnte.

Das hatte aber auch mit der allgemeinen Lage zu tun. Die Natur schien heftiger zu reagieren, was nach offizieller Lesart dem Klimawandel geschuldet war. Dem Wirtschaftssystem schienen ernsthafte Krisen bevorzustehen, deren erste Anzeichen Turbulenzen auf den Finanzmärkten waren. In der Gesellschaft breiteten sich Ängste und Unsicherheit aus, weil fehlgeleitete Gewalttäter Anschläge verübten, mit weiteren drohten.

Und alles hatte begonnen mit der Wahl des Berufs, von dem Feuerbach wusste, dass er nicht zu ihm passte.

Je dichter die fällige Entscheidung an ihn heranrückte, umso unentschlossener wurde er. Zur Auswahl standen Physik, Chemie oder Mathematik. Darauf hatten die Schüler hingearbeitet, als sie – gerade mal sechzehnjährig – den naturwissenschaftlichen Zweig des Gymnasiums gewählt und den sprachlichen, in ihrer Einschätzung geringer wertigen, den weniger ambitionierten Kameraden überlassen hatten. Schließlich wohnten sie in einer Stadt, wo noch vor nicht allzu langer Zeit zahlreiche Nobelpreisträger gelehrt und geforscht, und sofern das Wetter es zuließ, ihre kühnsten Theorien auf dem Marktplatz der Stadt vorgestellt und diskutiert hatten. Als Wissenschaftler aus aller Herren Länder in diese Stadt gepilgert waren und mit ihren Forschungen die Welt verändert hatten. Der Ruhm war inzwischen verblasst, die Nobelpreisträger waren gestorben oder nach Amerika umgezogen. Dem Verlust an Bedeutung zum Trotz versuchten die Stadt und ihre Institutionen, die Erinnerung an die glorreichen Zeiten lebendig zu halten. So auch der Direktor ihrer Schule. Er sagte auf der Abschlussfeier:

„Der Tradition unseres Gymnasiums folgend, ist es das Gebot der Stunde, an die Genien der Naturwissenschaft, diese bewunderungswürdigen Männer von außergewöhnlicher Begabung und edlem Charakter, zu erinnern."

Der Direktor machte an dieser Stelle eine Pause, um Atem zu schöpfen. Er zog das weithin bekannte, ledergebundene Notizbuch aus der Brusttasche seines Jacketts, blätterte und blätterte, hob den Kopf, prüfte die Stimmung im Saal, ärgerte sich über den gelangweilten Ausdruck in den Gesichtern der Kollegen, die wussten, wie es weiterging, registrierte befriedigt die Erwartung in den

Gesichtern der Abiturienten, die es noch nicht wussten, und setzte erneut an: „Diese Heroen der Naturwissenschaften haben den Geist unserer Stadt geprägt, Ruhm und Ansehen unserer Universität begründet und eine segensreiche Wirkung auf unser Gymnasium ausgeübt. Wir sind auch vierzig Jahre danach ein Leuchtturm des naturwissenschaftlichen Unterrichts. Wir gedenken in Dankbarkeit den Männern des Geistes, die..." hier pausierte der Direktor erneut, um mit gesenktem Haupt den Satz zu Ende zu führen:

„Die von der braunen Diktatur, zu unser aller Entsetzen, verjagt, ermordet und in ihrem Ansehen geschändet wurden." Erleichterung. Der Direktor, der für lange Sätze bekannt war und nicht selten den Tücken erlag, die solche Bandwürmer mit sich bringen, hatte seinen Satz erfolgreich beendet. Entspannt vernahmen die Absolventen dann den Schluss.

„Das Vermächtnis ist uns Verpflichtung. Deshalb habe ich, haben wir, die Lehrer und Eltern in all den Jahren, die ihr hier auf unserer Schule verbracht habt, daran gearbeitet, euch auf das naturwissenschaftliche Studium vorzubereiten, in der Hoffnung, dass die Besten von euch den Ruhm, den die Meister der Wissenschaft hier in dieser Stadt begründet und erworben haben, mehren und erneuern mögen." Da spendeten wir heftigen Beifall, der erst verstummte, als der Direktor mahnend anfügte: „Aber bedenket, ihr Männer, nur wer wirklich talentiert ist, nur der wird erfolgreich sein. Deshalb lasset die Hände von den Naturwissenschaften, wenn die Berufung fehlt."

Damit ließ er all jene ratlos zurück, die nicht als Mathematiker, Physiker oder Chemiker auf die Welt gekommen waren. Und da auch Feuerbach nicht die Gnade der von Geburt aus Bevorzugten erfahren hatte, lastete die

Berufswahl schwer auf ihm. Es kam etwas anderes dazu.

Er hatte während der Schulzeit das leidenschaftliche Leben der literarischen Figuren verfolgt, um das eigene zu verstehen. Hatte mit Anna Karenina, Madame Bovary, Effi Briest, Adrian Leverkühn, Werther, Tonio Kröger, Des Esseintes aus Huynmans 'A rebours' sowie den vielen anderen, unglücklichen und sensiblen Gestalten der vergangenen Literatur gelitten, gehofft und getrauert. Die Naturwissenschaften vermittelten ihm weder Hilfe, noch Erkenntnis, schon gar nicht Verständnis. Sie waren per definitionem gefühllos und leblos, standen konträr zu seiner Beschäftigung mit sich selbst. Also konsequenterweise dem Wunsch des Herzens folgen und Literaturwissenschaften studieren? Der Vater reagierte wenig begeistert. Wie er sich dann seine berufliche Zukunft vorstellen würde? Ob er glaubte, es zu einem Schriftsteller, Feuilletonist oder Rezensent zu bringen? Wollte er es diesen nachtun und tatsächlich gedrechselte Wortgebäude errichten, die nur die Schreiber selbst verstehen, oder selbstherrliche Glossen in den Literaturbeilagen veröffentlichen? Abgesehen von diesen, durchaus nicht unberechtigten Vorbehalten, fürchtete der Vater um den späteren Lebensunterhalt seines Sprösslings, war sich mit Direktor, Mutter und Bekannten einig, dass das Studium der Literatur nicht ein auskömmliches Leben garantieren könnte, zum Broterwerb einfach nicht reichen würde. Also doch Physik, Chemie, Mathematik? Aber das Talent, wie stand es um das Talent? Der Direktor hatte gewarnt, seine Warnung hatte plausibel geklungen: Sucht euch den Beruf, für den ihr euch eignet, für den ihr brennt. Aber was könnte das für ein Beruf sein? Irgendeine Begabung sei immer vorhanden, war die Antwort. Aber welche, Herr Direktor, welche? Das müssten sie schon selbst rausfinden, dazu hätten sie neun Jahre auf seiner Schule verbracht. Neun Jahre Mathematik und Physik gelernt, aber nichts über uns selbst, Herr Direktor. Das, junger Mann, sei nicht Aufgabe der Schule.

Feuerbach folgte den Bedenken der Eltern, verabschiedete sich schweren Herzens von der Literatur und begann, der Vernunft gehorchend, nicht dem eignen Gefühle, mit neunzehn Jahren das Studium der Physik.

Zu seiner Überraschung bestand er die zahlreichen Klausuren, auch die anspruchsvolleren, ohne Mühe und Not. Aber er ließ sich nicht täuschen. Er spürte und wusste es. Er hatte das falsche Fach studiert. Es blieb ihm fremd, es passte nicht. Er verfiel ihm nicht, wie die anderen Studenten, mit Haut und Haaren. Vieles verstand er nicht, woraus er folgerte, dass ihm nicht nur das Engagement, sondern viel schlimmer noch, eben auch das Talent fehlte. Es war also nur eine Frage der Zeit, dass er auffliegen würde. Die Professoren würden ihn zu ihrer Sprechstunde bestellen und ihm mit freundlichen Sätzen nahelegen, die Hände von der Physik zu lassen. Das aber taten sie nicht. Hätten sie es getan, wäre sein Leben anders verlaufen, und möglicherweise hätten sie sogar die Krisen verhindert, in die er geradewegs hineinzulaufen drohte.

Er suchte jede Gelegenheit, um der Physik auszuweichen. Er beschäftigte sich mit Politik und Sport, flüchtete erneut in die Literatur. Verbrachte schlaflos die Nacht, trank gelegentlich zu viel Alkohol und vertat viel Zeit bei der Suche nach der richtigen Freundin. Er fand zurück, absolvierte das Diplom und machte die obligatorische Doktorarbeit. Habilitierte sogar. Wechselte dann für eine Zeitlang ins Ausland. Als er zurückkam, musste er feststellen, dass alle Posten, die in Frage gekommen wären, inzwischen vergeben waren. Er bewarb sich hier und dort, arbeitete, wie schon damals üblich, im befristeten

Modus, sowohl in Universitäten als auch in Forschungsinstituten. Er versuchte sich an unterschiedlichen Themen, doch auch diese eröffneten keinen tragfähigen Zugang. Er sah eine düstere Zukunft, es mehrten sich die Zweifel, die Zeit lief ihm davon: er wurde hochgradig unglücklich.

Mit wachsendem Unbehagen sah er die breite Kluft, die sich zwischen ihm und den anderen auftat. Seine Meinungen waren oft abweichend, nicht selten waren sie sogar der Meinung der Mehrheit entgegengesetzt. Aber auch mit der Minderheit kam er nicht sonderlich gut zurecht. Er fand sie wenig verträglich, denn ihre Meinungsmacher waren oft unerbittlicher und uneinsichtiger als die der Mehrheit.

Er bemerkte, dass die Leute in den Forschungsinstituten, egal welchen Alters, ob bedeutend oder nicht bedeutend, einander sehr ähnlich waren. Alle ohne Ausnahme waren ganz auf ihre wissenschaftliche Tätigkeit konzentriert, begeistert von ihrer Arbeit und von deren Tragweite überzeugt. Sie untersuchten Details, nicht Zusammenhänge, in die sie die Details hätten einbetten können. Sie betrieben die Einzelheiten um ihrer selbst willen, verbrauchten Jahre und bastelten daraus ihre Doktorarbeiten. Gelesen wurden sie nur in Ausnahmefällen. Sie füllten damit die Journale, wer wollte es ihnen verdenken, sie taten, was alle taten und was von ihnen erwartet wurde. Die Journale wurden am Ende des Jahres zusammengebunden und mit einem massiven Einband aus schwerer Pappe versehen. Dann wurden sie in den Bibliotheken der Universitätsinstitute abgestellt. Sie sahen auch nach zehn Jahren wie neu aus. Denn nur wenige hatten darin geblättert, geschweige denn darin gelesen. Das meiste hatte man ohnehin im Rahmen der Eigenvermarktung als Sonderdruck zugeschickt bekommen.

Es war üblich, mit den Entdeckungen auf Reisen zu

gehen und sie auf Konferenzen zu präsentieren. Darunter waren vereinzelt auch herausgehobene Resultate, die der jeweiligen Disziplin neue Impulse gaben. Nach jedem Vortrag gab es einige Minuten für Diskussionen, wenn die Zeit knapp wurde auch gar keine, wenn etwa der Vortragende das Limit bereits überschritten hatte. Davon ausgenommen waren die Koryphäen der Wissenschaft. Sie durften gerne auch die vorgegebene Zeit überschreiten, kein Chairman hätte es gewagt, Einhalt zu gebieten. Wenn diese Lichtgestalten ihren Vortrag schließlich beendeten, gingen sofort alle Hände hoch, die Fragen dehnten sich, gerieten zu eigenen Vorträgen, wuchsen weit über die vorgegebene Zeit hinaus, so dass der Vorsitzende schließlich, unter Verbeugungen und wortreichen Entschuldigungen Einhalt gebieten musste, damit die Tagung nicht völlig aus dem Ruder liefe. Feuerbach erhoffte in solchen Situationen nichts sehnlicher als das Ende der langweiligen Fragerei. Wollte doch viel lieber die Umgebung der Tagung erkunden, die von den Veranstaltern vorzugsweise in die italienischen Alpen oder an die griechischen Küsten verlegt wurden. Wollte die Berge erklimmen, die durch die Fenster des Vortragssaals grüßten oder das Meer durchschwimmen, das mit dem Geröll seiner brandenden Wellen die Reden der Konferenzteilnehmer musikalisch begleitete. In solchen Augenblicken dachte er an seinen Vater, der zum Unterricht mit geschulteter Angelrute eintraf, nach Absolvierung der Lehre sich aufs Fahrrad schwang und innerhalb von fünf Kilometern den Bach erreichte, wo er mit selbstgebastelter Fliege am Haken die Forellen überlistete. Feuerbach zierte sich, wollte sich doch nicht zu denen stellen, die in der Kaffeepause die Wortführer der Disziplinen umrankten, um einen Satz, einen Blick, einen Kommentar des Meisters zu erhaschen, der seine vermeintliche Bedeutung in unverhohlenen Zügen genoss. War dagegen der Vortragende unbekannt, schrumpften die Fragen auf eine, die am Ende der Chairman selbst stellen musste, aus Mitleid, wenn nach bangen Augenblicken des Wartens partout keine Hand nach oben gehen wollte. So widerfuhr es denn auch Feuerbach ein ums andere Mal. Und wenn doch eine Hand aufzeigte, kam eine verunglückte Frage, die verdeutlichte, dass der Frager seinen Vortrag nicht verstanden oder nicht verfolgt hatte. Das konnte verschieden interpretiert werden, es konnte am Frager oder am Vortragenden liegen. Feuerbach wusste, dass die Zuhörer grundsätzlich den Referenten für die Missverständnisse verantwortlich zu machen pflegten. Also musste er auf den Frager eingehen, den Gepflogenheiten entsprechend die Frage als interessant und das Finden der Antwort als schwierig darstellen und dann auf nachdrückliche Weise Belanglosigkeiten aufsagen, die aber nicht einfach als solche zu erkennen waren. Er konsultierte am Ende der Session seine Kollegen, um ihre Deutung der Angelegenheit zu hören. Sie waren in solchen Fällen meist recht einsilbig, erwiderten lakonisch, er hätte alle Fragen vorab geklärt, es wäre für das Publikum nicht mehr als jene eine, höchst bemerkenswerte Frage übrig geblieben, die er allerdings mit größerer Klarheit hätte beantworten müssen. Die Antwort empfand er als sarkastisch, und so unterließ er fortan, zu erfragen, was nicht von selbst gesagt wurde.

Er beschränkte den Besuch der Tagungen auf ein Minimum, wohl wissend, dass er damit einer fundamentalen Regel des Wissenschaftsbetriebes zuwider handelte, die im Übrigen nicht nur dort, sondern in allen gesellschaftlichen Bereichen gilt und ganz einfach lautet: sehen und gesehen werden. Er war drauf und dran, mit seinem Verhalten alle Chancen auf ein gediegenes Fortkommen, so klein sie auch sein mochten, zu Nichte zu machen.

Er nannte das „meinen eigenen Weg finden". Zu jener Zeit war Miriam seine Freundin. Sie bezeichnete sein Verhalten als unklug.

„Du wählst den steinigsten der steinigen Wege", sagte sie, „warum so schwer, wenn es auch einfacher geht, warum gehst du nicht den Weg, den schon so viele, durchaus erfolgreich, vor dir gegangen sind? In den Bergen achtest du doch auch darauf, die vorgegebenen Wege einzuhalten, du weißt sehr wohl, dass ein Abweichen davon verhängnisvoll sein kann." Miriam war eine praktische Frau, und sie hatte den Nagel auf den Kopf getroffen.

Der Freund

Feuerbach liebäugelt mit dem Studium der Ökonomie. Sein
Freund Kirchner bringt ihn dazu, durchzuhalten und ein leidlich
brauchbarer Physiker zu werden.

Christoph Kirchner wurde sein Freund, und damit wand-
ten sich die Dinge zum Besseren. Er gab Feuerbachs wis-
senschaftlicher Zukunft so etwas wie eine Perspektive.
Mit ihm wuchs die Hoffnung, eine tragfähige Einstellung zum Beruf zu finden. Auch Kirchner hatte Physik studiert. Er war viele Jahre älter als Feuerbach, außerdem behaust, hatte Frau und Kinder und beherrschte die theoretischen wie praktischen Aspekte der Physik gleichermaßen gut. Feuerbach bewunderte ihn darum, denn es war unübersehbar, dass diese Begabung,
die mehr als nur Vielseitigkeit ausdrückte, eine seltene
war, die unter dem immer mächtiger werdenden Gebot
der Spezialisierung unterzugehen drohte. Kirchner hatte
sich, sozusagen nebenberuflich, umfassende Kenntnisse
über elektronische Großrechner angeeignet, die damals
sehr unhandlich waren, nicht mit Händen, sondern mit
Kränen verladen und platziert werden mussten, folglich
viel Platz benötigten, ganze Etagen füllten und nur aus
den damals reichlich fließenden Mitteln der staatlichen
Forschungsförderung finanziert werden konnten. Die Pro-
grammierung der Rechner war keine einfache Angelegenheit, der Betrieb alles andere als fehlerfrei, sowohl Hard-
wie Software hatten Schwächen und trieben die Benut-
zer an den Rand der Verzweiflung. Kirchner meisterte die
Fehler und half Operateuren wie Programmierern, ihre

Denkfehler zu identifizieren und zu korrigieren. Diese Ungetüme der Elektronik konnten geschwind rechnen, aber sie waren allesamt langsamer als ein billiges Notebook von heute. Kirchners eigentliche Neigung galt gleichwohl etwas ganz anderem: ihn interessierten die vielfältigen Interaktionen innerhalb der Gesellschaft. Seine fachlichen Kenntnisse und Fähigkeiten wurden von den Kollegen uneingeschränkt anerkannt, auf sein Interesse an Menschen und sozialen Fragen aber reagierten diese mit Unverständnis.

Kirchner machte das, was Feuerbach im Sinn hatte. Ihn beschäftigte, was auch Feuerbach beschäftigte: wie kann denjenigen Geltung und Gehör verschafft werden, die innovative Ideen und Vorstellungen haben, aber nicht die Gelegenheit erhalten, diese mitzuteilen und auszuführen. Sicher hatte er dabei auch sich selbst im Blick. Nichts geschieht ohne eigenes Interesse, Eigennutz versteckt sich hinter Großmut, aber manchmal, wenn auch eher selten, halten die beiden die Balance, und dann gibt es nichts zu meckern, dann ist man bereit, das eine um des anderen zuliebe in Kauf zu nehmen. Sie kamen oft zusammen und berieten, was zu machen sei. Kirchner ermutigte Feuerbach, in der Wissenschaft nach einer Aufgabe zu suchen. Kirchner unterfütterte solche Diskussionen mit einem längeren Vortrag, den er nur unterbrach, um vom bereitgestellten Bier zu nehmen. Er trank schnell, was ihn alsbald in eine entspannte Position versetzte. Nach der sechsten Flasche war Schluss; dann legte er sich angezogen aber ohne Strümpfe auf sein Sofa und war im Nu eingeschlafen. Kirchners Rückzug auf das Sofa und das unmittelbar darauf folgende Schnarchen bedeuteten das unwiderrufliche Ende der Diskussion, und Feuerbach kam nicht umhin, sich mit seinen unausgesprochenen Gedanken wieder von dannen zu machen.

Kirchner beschwor ihn, bei der Sache zu bleiben.

„Wenn du in der Wissenschaft arbeitest und dich nicht ganz hinten anstellen willst, dann musst du mehr tun. Vergiss alles, worüber wir so gern diskutieren. Vergiss die politische Ökonomie, grüble nicht über Lebensweisen und Liebesbeziehungen. Das hilft nicht, schadet dir nur. Dein Kopf muss frei sein. Das ist keine Phrase, das ist Lebenswirklichkeit. Du musst dich konsequent fokussieren. Du musst Spezialist werden. Spezialist auf einem umworbenen Gebiet. Nur als solcher erwirbst du dir Anerkennung. Alles andere, was darüber hinausgeht, diesseits oder jenseits, drüber oder drunter, vor allem was abseits liegt, das kannst du machen, wenn du eine Stelle hast oder Professor geworden bist. Dann kannst du tun und lassen, was dir in den Sinn kommt. Dann kann dir niemand in die Suppe spucken", sagte Christoph. Und er erinnerte an die Freiheit der Forschung und Lehre, die dann auch Feuerbach zugutekäme.

Im Großen und Ganzen entsprachen Kirchners Empfehlungen dem, was seine Freundin Miriam mit einfachen Worten, kurz und bündig in dem Satz zusammengefasst hatte: nimm dir ein Beispiel an den anderen. Feuerbach erwiderte bekümmert:

„Ich glaube, das alles trifft nicht meine Situation. Dir kann ich es ja sagen, Christoph, auch wenn mir es schwerfällt, das einzugestehen. Tief in meinem Innern fühle ich, dass ich als Wissenschaftler ungeeignet bin. Mir fehlt die Genialität, nun gut, das ginge noch, nicht alle können das Kombinationsvermögen eines Carl Friedrich Gauß oder den Erfindergeist eines Thomas Edison haben, um nur zwei zu nennen. Aber Talent, zumindest Talent muss doch vorhanden sein! Und davon, so scheint es mir, habe ich nicht genug. Auf Anhieb müsste mir die zündende Idee kommen, ich müsste sofort das Wesentliche erfassen, müsste mit Lust und Freude an die Aufgaben gehen und in kurzer Zeit Lösungen präsentieren und aufschreiben können. Und die Lösungen müssten Widerhall finden, von den Experten anerkannt und zitiert werden. Alles das müsste erfüllt sein, um eine Position in der wissenschaftlichen Welt zu erringen. Das schaffe ich aus den genannten Gründen nie und nimmer. Und deshalb bin ich der Auffassung, dass ich etwas anderes machen muss, wo mein eigentliches Talent, über das wohl auch ich verfüge, das ich nur noch nicht entdeckt habe, zum Zuge kommen kann."

„Also geht es darum, deine Talente zu entdecken. Das kann eine Zeit dauern. Ich bin nicht sicher, ob du in einem anderen Bereich glücklicher und erfolgreicher sein würdest. Ich halte dich nicht für unbegabt, was das physikalische Denken betrifft; aber gewiss, es gibt größere Talente, gegen die zu bestehen nicht leicht sein wird", sinnierte Christoph. Darauf Fabian:

„Was soll ich tun, bester Freund? Das will ich wissen, das ist mein Anliegen."

„Bevor du alles hinwirfst, mach das, was ich gerade gesagt habe. Setz dich ein, und zwar nicht mit halber, sondern ganzer Kraft. Und sei sicher, es lässt sich, wenn es zu mehr nicht reicht, auch in der Mittelmäßigkeit gut leben, ich schätze, neunzig Prozent der Professoren sind gute bis sehr gute Detailarbeiter, aber nur mäßig begabt. Auf jeden Fall von Genialität keine Spur. Auch diese Mittelmäßigen machen ihre Veröffentlichungen und besuchen Tagungen, halten ihre Namen bekannt und haben ihr Fach soweit verstanden, dass sie es an die Studenten, weitgehend fehlerfrei, weitergeben können."

„Wenn nur zehn Prozent bleiben, die wirklich talentiert sind, kommen wir immerhin noch auf viertausend Leute in Deutschland, das sind zu viele", sagte Feuerbach.

„Ich glaube, wir müssen den Prozentsatz nochmals verkleinern."

„Dann sind es eben nur ein Prozent, in der Tat, du hast Recht, mehr als vierhundert Forscher mit genialen Eigenschaften werden es sicher nicht sein. Selbst das wäre eine stattliche Anzahl. Egal, du verstehst, was ich gemeint habe?" fragte Kirchner besorgt.

„Du willst mir Mittelmäßigkeit schmackhaft machen. Um alles in der Welt, was ist in dich gefahren?" empörte sich Feuerbach. „Ich habe nicht neun Jahre in einem der besten Gymnasien unserer Republik verbracht, noch habe ich dafür studiert, doktoriert und habilitiert, um als Buchhalter der Forschung, sozusagen, meinen Dienst zu absolvieren."

„Nun hör mal zu, mein kleiner Junge. Es ist an mir zu fragen, was in dich gefahren ist. Komm zurück auf den Boden, wo du hingehörst, und sei, wenn es zu mehr nicht reicht, zufrieden, wenn du in der Mittelmäßigkeit deinen Platz findest."

Dreißig Jahre später. Es ging um den verwegenen Versuch deutscher Wissenschaftspolitiker, mit den vielfach ausgezeichneten amerikanischen und englischen Universitäten gleichzuziehen. Sie drehten das ganz große Rad und riefen milliardenschwere Exzellenzinitiativen in der Forschung aus. Sie spekulierten darauf, ihre Wissenschaftler mit Hilfe großzügiger finanzieller Förderung auf breiter Front in die Sphären der Nobelpreisgewinner zu katapultieren. Aber die kamen weiterhin aus den USA, mitunter auch aus Großbritannien und Japan. Trotz des großen Geldes und privilegierter Arbeitsbedingungen blieben die Nobelpreise für deutsche Forscher die große Ausnahme. Man redete unablässig von Exzellenz: allen voran die Minister, dahinter drängelten sich Politiker, Wissenschaftsmanager, Rektoren und Präsidenten. Auffallend schweigsam blieben die Professoren, um die sich die Exzellenz doch ursächlich drehte. Überraschenderweise schienen sie alle nicht zu merken, dass es sich um einen Pleonasmus handelte, denn Forschung ist per definitionem exzellent, andernfalls ist es keine Forschung, sondern bestenfalls bloße Wiederholung oder die detaillierte Ausarbeitung von im Grunde bereits Bekanntem.

„Das Wichtigste ist und bleibt", beruhigte Kirchner, „dass du dir eine Position erarbeitest. Ich wiederhole mich: Du musst dir einen Bereich suchen, der beachtet wird. Darin musst du Expertenwissen entwickeln."

„Es ist so, wie du sagst. Aber bedenke, es ist ja nicht nur eine Sache des Talentes. Es ist auch eine Sache des Charakters. Ich bin noch zu sehr in der subjektiven, romantischen Gefühlswelt meiner Schulzeit verfangen. Die passt nicht zur Welt der objektiven, exakten Naturwissenschaft. Ich fürchte, die naturwissenschaftliche ist nicht meine Welt." Und als er seinen Freund fragen wollte, wie er sich physikalisches Denken vorstellte, was damit wohl gemeint sein könnte, war der ja nach der sechsten Flasche auf seinem Sofa schon eingeschlafen.

Wohlan, was also war seine Welt? Viele Berufe gingen ihm durch den Kopf. „Hätte ich nicht auch Richter, Architekt, Volkswirt, Journalist oder Psychiater werden können? Das sind doch anständige Berufe, die ich mir zugetraut hätte; sie sind mir damals aber nicht in den Sinn gekommen. Selbst als Forstmann könnte ich eine gute Figur abgeben. Aber haben nicht alle diese Berufe einen Haken?", fragte er sich, von Zweifeln geplagt. Wäre er Richter, mithin unabhängig und zu eigenem Urteil autorisiert, würde er der Versuchung nicht widerstehen können, sich ab und zu auf die Seite der Schwächeren zu schlagen, auch wenn das Recht dagegen spräche. Er würde nur zu gern parteiisch sein. Was im Übrigen in der Richterschaft gang und gäbe ist und unter vorgehaltener Hand auch eingestanden wird. Ein Voreingenommener? Ihm würde man das nicht durchgehen lassen. Er würde wegen Befangenheit ausgewechselt werden.

Was wäre, wenn er Ökonomie studiert hätte? Ihn interessierten Strategien zur Bewältigung der globalen Armut, noch mehr aber Modelle einer durchmischten Gesellschaft, die durch die weltweiten Migrationsbewegungen entstehen kann. Insbesondere wollte er die Mechanismen des Wachstums verstehen, um das sich alles dreht, und an Modellen des Wirtschaftens mitarbeiten, die nicht ausschließlich auf Wachstum setzen.

Denn es war nicht zu übersehen, dass sich die Ökonomie in einer beklagenswerten Situation befand. Jedes Jahr wurden die Nobelpreise für Ökonomie in meist dreifacher Ausfertigung vergeben, aber die Werke der Preisträger änderten nichts an den weltweiten Finanzkrisen, noch an der Einkommens- und Vermögensverteilung, aus der hervorgeht, dass wenige fast alles und die meisten fast nichts besitzen. Weil das nicht Thema ihres hart erarbeiten Lebenswerkes sei, entschuldigten sich die Preisträger, und einige von ihnen hatten deshalb ein schlechtes Gewissen. Das eigentliche Elend der Ökonomie aber offenbarten die sogenannten deutschen Wirtschaftsweisen. Jahr für Jahr veröffentlichten sie Prognosen zu diesem und jenem. Auf den ersten Blick schien die Wirtschaft sich nicht zu verändern; erst bei genauem Hinsehen offenbarten sich von einem Jahr zum anderen feine Unterschiede. Die Vermutung lag nahe, dass Adam Smith's *invisible hand* die Schraube mal ein klein wenig nach links, mal nach rechts gedreht hatte. Die *Unsicht-*

bare regierte laut Smith die Märkte und sorgte für Gerechtigkeit, indem sie die Interessen der Besitzenden und Besitzlosen präzise austarierte. Smith hatte seine *invisible hand* vor etwa zweihundertfünfzig Jahren erfunden. Später versuchten die Theoretiker, Smith's Krücke durch mathematischen Formalismus zu ersetzen. Dadurch wurde die Angelegenheit nur komplizierter. Man schuf sich eine symbolische Ökonomie, feinsinnig und formelhaft, die mit der Wirklichkeit aber nur wenig zu tun hatte und folglich keine verwertbaren Impulse setzte.

Für Wirtschaftsinstitute und Politiker schien die Angelegenheit entschieden, befand Feuerbach: Wohlstand, Beschäftigung, Löhne, Luxus, sogar die Zahl der Geburten nähmen nach Meinung der Experten nur dann zu, wenn ihre Säulenheiligen, die glatt polierten Indikatoren der Wirtschaftsgesellschaft wüchsen. Oberflächlich betrachtet, machte diese These ja durchaus Sinn. Aber bei genauerer Begutachtung der dazu verfügbaren Daten ergab sich, dass in Wirklichkeit die Dinge anders aussehen: die behaupteten Korrelationen fielen in sich zusammen, wenn die statistischen Methoden korrekt angewendet wurden.

Dann aber, konstatierte Feuerbach, kam mit Benoit Mandelbrot frischer Impuls in die erstarrte Wissenschaft von der Wirtschaft. Mandelbrot hatte die fraktale Geometrie entdeckt, die Geometrie der nicht glatten Linien, und bezeichnete alles, was besonders volatil, sich also über kurze Zeit besonders stark änderte, man könnte auch sagen, sich turbulent verhält, um an die Dynamik von Flüssigkeiten und Gase zu erinnern, als fraktal. Damit wurde beileibe nicht alles erklärt, aber es waren hilfreiche Theorien und Verfahren, die entwicklungsfähig schienen. Unter anderem fand er Ähnlichkeiten zwischen den Kurven der wilden Finanzmärkte und den gebrochenen und verschlungenen Küstenlinien Englands. In Mandelbrots Nicht-Gleichgewichtswirtschaft sind extreme Ereignisse nicht ausgeschlossen, ja sie sind nicht einmal unwahrscheinlich. Er behauptete, dass sich der Finanzmarkt mit der richtigen, das heißt mit der von ihm propagierten Statistik, treffsicher analysieren, mithin die Gefahr von Abstürzen beherrschen lasse. Ob sich damit auch die aktuellen Finanznöte im Wirtschaftssystem etwa von Griechenland oder Portugal hätte voraussagen lassen? Feuerbach bezweifelte das, denn das Verhalten individueller Spekulanten und Großaktionäre, die an den Krisen großen Anteil haben und denen gemeinsam ist, dass sie durch unverdiente Einkommen verdienen, ist nicht leicht auszurechnen. Vermutlich würden da auch Mandelbrots modifizierte Statistiken, die er *multifraktal* nannte, nicht weiter helfen. Gleichwohl war Mandelbrots Ansatz den herkömmlichen Verfahren in mancherlei Hinsicht überlegen, und das Heer von Mandelbrots Anhängern versucht seit dem Ableben des Meisters, das alles erklärende Modell für die Finanzwelt zu finden.

Feuerbach hätte an Modellen, die eine Ökonomie in ihrer erweiterten Form, ökologische und soziale Komponenten berücksichtigend, nur zu gerne gearbeitet. Aber er traute sich nicht, alles hinzuwerfen und neu anzufangen. Woher sollte er auch das Geld für den Lebensunterhalt nehmen? Vollzeit-Arbeiten und Vollzeit-Studieren, wie sollte das gehen? Und würde sein Interesse von Dauer sein und die Phasen der Anfechtung, die unzweifelhaft auch in dem neuen Studium drohten, überstehen? Die alles überwölbende Frage war aber auch hier: verfügte er in der Ökonomie über das einst vom Schuldirektor so vehement und zu Recht eingeforderte Talent?

Sein Freund Christoph liebte nicht nur das Bier, son-

dern auch die Zigarette, er rauchte Gauloise und fuhr
französische Autos. Wer in Deutschland damals als fort-
schrittlich gelten wollte, liebte und bereiste das politisch
aktivere Frankreich, wo dem Vernehmen nach sogar um-
stürzlerische Gedanken nicht nur erlaubt, sondern ganz
offiziell respektiert wurden. Christoph roch immer nach
Gauloise und Schweiß, aber die Mischung war auf ange-
nehme Weise irgendwie männlich, männlicher als alles,
was sonst den Mann in Kirchner ausmachte. Feuerbach
mochte diesen spezifischen Geruch. Er vermisste ihn, als
er ins Ausland ging und sie sich aus den Augen verloren.
Aber das war nicht alles. Kirchner hatte, wohl auch wegen seiner eher geringen Körpergröße, einen festen und
entschiedenen Schritt, er schlug seine Hacken in den Boden, und wäre dieser nicht immer von harter Beschaffen-
heit gewesen (in Flur und Feld hielt er sich nicht auf),
man sähe noch heute den Abdruck seiner Entschlossenheit. Feuerbach hörte seinen Schritt auf den Korridoren
der Institute schon lange, bevor er die Tür zu seinem
Zimmer aufstieß. Er öffnete nicht zaghaft, wie später sein
Freund Löwenburg, der selbst beim eigenen Zimmer an-
klopfte, wenn er hinein wollte, sondern wild entschieden,
es in jedem Fall, auch ohne Einwilligung des Bewohners,
zu stürmen. Fabian vermisste diese durch nichts zu brem-
sende Entschlossenheit seines Freundes. Und er vermisste
dessen Nachsichtigkeit, seinen uneigennützigen Rat, seine Zuneigung, die ihm den zu früh verstorbenen Vater
ersetzte.

Fabian folgte Christophs Rat und legte sich fortan
richtig ins Zeug. Er wollte die Anregungen des Freundes
umsetzen. Er wollte mithalten beim wissenschaftlichen
Wettkampf und arbeitete im Schnitt dreizehn Stunden
pro Tag. Er ging daran, die Kunst des Publizierens, Re-
ferierens, Kopierens, Duplizierens und Zitierens zu erler-

nen.

Und bald bildete auch er sich ein, etwas Neues gedacht, gerechnet, gesammelt, programmiert zu haben.
Miriam hatte Recht. Es den anderen nachmachen. Und
also begann auch er, Artikel zu schrieben, nicht so viele
wie die Kollegen, aber immerhin doch einige, und war
wie diese stolz, wenn sie akzeptiert und in angesehenen,
womöglich amerikanischen Journalen veröffentlicht wurden. Wobei die Frage, ob sie denn überhaupt von irgend-
jemandem gelesen, kritisch geprüft oder zitiert werden
würden, zur Nebensache verkam. Ganz zu schweigen von
der viel wichtigeren Frage, ob daraus irgendein Nutzen
gezogen werden könnte, ob diesen Arbeiten weitere folgen oder auf ihnen andere aufbauen würden, wie das mit
wirklich bedeutenden Artikeln der Fall war.

Sein Ziel war, wie das der gleichaltrigen Konkurrenten,
ein scheinbar bescheidenes, im Forschungsbetrieb aber
eher exklusives Ziel: den unbefristeten Arbeitsvertrag zu
erobern.

Der blieb fürs Erste unerreichbar. Unter anderem, weil er
sich vergaloppiert und an einem schier unlösbaren Problem festgefahren hatte. Vermutlich hätte ihm Kirchner
von einer weiteren Beschäftigung damit strikt abgera-
ten. Er hätte die Tür aufgestoßen und gesagt: Fabian,
du hörst auf damit, ich habe ein anderes Problem, das
lösbar ist. Das nimmst du dir vor. Es ging bei Feuerbachs Problem um die Polarlichter. Diese spektakulären
himmlischen Lichter werden durch angeregte Sauerstoff-
und Stickstoffmoleküle in der polaren Atmosphäre der
Erde erzeugt. Die Anregung erfolgt durch energiereiche
Elektronen, die aus dem äußeren Magnetfeld der Erde,
der so genannten Magnetosphäre kommen. Ob sie vom
Sonnenwind eingeschleust oder in der Magnetosphäre er-

zeugt werden, ist wohl bis heute nicht geklärt. Interessiert vermutlich auch nicht mehr. Die meisten Elektronen sind wie in einem Käfig gefangen und oszillieren, geführt von den Kraftlinien des Magnetfeldes, zwischen südlichem und nördlichem Umkehrpunkt, mit dem Äquator als Mittelpunkt. Nur die Elektronen, die sich in einem hinreichend flachen Winkel zur Feldlinie anstellen, also eine große Geschwindigkeit parallel zum Feld haben, können weit ausholen, die gesamte Feldlinie passieren, dem Käfig entkommen und in die polare Atmosphäre eindringen. Dort werden sie von den Molekülen der Luft absorbiert, was die freien Elektronen vernichtet und die Moleküle zum Leuchten bringt. Das sind die Polarlichter. Die Frage war nun diese: Welcher Mechanismus ändert die Bewegungsrichtung der Elektronen, so dass sie in großer Zahl, die viel größer ist als die aus der Normalverteilung errechneten, aus dem Käfig ausbrechen können? Die Antwort: durch Streuung an elektromagnetischen Wellen, die die Bewegungsrichtung der Elektronen systematisch ändern. Als Kandidaten wurden niederfrequente Plasmawellen ausgemacht, die auch Whistler-Wellen genannt werden. Der Zusammenhang zwischen den Wellen und dem modernen Whistle-Blower liegt auf der Hand: beide pfeifen. Doch woher kommen die Wellen? Die Elektronen verstärken vorhandene Fluktuationen des elektromagnetischen Hintergrundes und machen daraus die Whistler-Wellen. Damit das funktioniert, müssen weitere Bedingungen erfüllt sein, das sind Details. Entscheidend ist die Tatsache, dass das eine vom anderen abhängt, ohne Zutun von außen die Angelegenheit aus sich selbst heraus funktioniert. Das Welle-Teilchen System organisiert sich selbst, sagen die einen, ist selbst-konsistent, sagen die anderen, was auf das Gleiche hinausläuft. Das bisherige Vorgehen bestand darin, dass die Wellen in Form und Intensität vorgegeben werden und die Energie liefern, um die Elektronen aus dem Käfig zu treiben. Daraus ergibt sich dann der Anteil, der in die Polarzonen einfällt. Oder umgekehrt: die Verteilung der Elektronen wurde vorgegeben und daraus konnten die Wellen berechnet werden. Das waren Tricks, um das Problem rechnen zu können. Die Puristen forderten, dass nicht mehr als der Anfangszustand vorgegeben werden darf. Alles andere müsste aus dem Wechselspiel zwischen Wellen und Teilchen errechnet werden.

Dieser Aufgabe hatte sich Feuerbach verschrieben. Das Problem war in geschlossener Form nicht lösbar, es handelte sich um zwei stark gekoppelte, nichtlineare Integro-Differentialgleichungen, wo auch numerische Methoden nicht zum Ziel führen. Feuerbachs Untersuchungen kamen über qualitative Betrachtungen nicht hinaus. Er versuchte es mit Vereinfachungen, es war alles umsonst. Er verbrauchte kostbare Zeit, Zeit die nicht vorhanden war. Nach einem Jahr, so die verbreitete Meinung, musste das Problem gelöst und das Papier geschrieben sein. Alles andere war der Karriere abträglich. Aber er war schon im zweiten Jahr dran und hatte kein Ergebnis. Das Problem war, so interessant es auch sein mochte, in der geforderten Konsistenz schlichtweg nicht lösbar.

Eine andere berufliche Orientierung schien unabweisbar. Er war ja noch jung, zugegeben nicht mehr richtig jung, aber noch jung genug, um in ein anderes Umfeld zu wechseln, wenn erforderlich auch zu springen, alles hinter sich zu lassen, völlig neu zu beginnen. Den Ort, das Fach, die Einstellung wechseln. Für eine berufliche Zukunft, die ihn befriedigte und absicherte. Eine Zukunft ohne gesicherte Arbeit war keine Zukunft, das war die einhellige Meinung. Es kam darauf an, diese eine, die unbefristete

Stelle zu finden, die gleichsam auf ihn, Fabian Feuerbach, zugeschnitten war.

Das dahinter liegende existenzielle Problem versetzte ihn, wann immer es sich in Erinnerung brachte, in den Zustand innerer Unruhe. Sie äußerte sich in wiederholten Extrasystolen des Herzens. Er fand Gefallen daran, die Zeitpunkte des Eintretens dieser erratischen Ereignisse zu notieren. Das tat er zwei Jahre lang, um eine einigermaßen aussagefähige Statistik zu gewinnen. Es stellte sich heraus, dass die Wartezeit von einem Ereignis zum nächsten wie auch die Lebenszeit der Ereignisse einer Exponentialverteilung folgte. Die kurzen Wartezeiten waren also die wahrscheinlichsten und waren unabhängig von der Dauer der Ereignisse. Die Exponentialverteilungen, wozu auch die Poisson-Verteilung zählt, nutzen die Ingenieure, unter anderem, um die Anzahl von Telefonanrufen oder die Emission von Teilchen innerhalb einer festgelegten Zeit zu schätzen. Feuerbachs Anomalien der Herztätigkeit folgten den universellen Gesetzen der Signaltheorie. Was für eine feine Übereinstimmung! Tatsächlich war die Angelegenheit wohl etwas komplizierter, aber zum Zweck der Orientierung reichte das einfache Modell. Seine Entdeckung entschädigte gewissermaßen für die Unordnung im Herzen, die von dem ungelösten Problem seiner Arbeit hervorgerufen wurde. Als mittlere Wartezeit für das Eintreten der symbolischen Extrasystolen errechnete er einige Stunden, für die mittlere Lebenszeit dieser Ereignisse, die in Form von Salven auftraten, fünf Sekunden. Die aktuelle Wartezeit konnte, in Übereinstimmung mit der Theorie, natürlich deutlich kürzer oder länger ausfallen. Sein Ziel war, mit dieser verrückten Unordnung Schluss zu machen, die Wartezeiten der Extrasystolen sollten gegen unendlich laufen, während die Wartezeit für den unbefristeten Vertrag gegen Null gehen musste. Der Vertrag gehörte errungen, erarbeitet, erkämpft, aus eigener Kraft oder unter der Mithilfe anderer; Hauptsache er war unbefristet!

Extreme Ereignisse

Feuerbach diskutiert mit Professor Löwenburg Ursprung,
Dynamik und Folgen von extremen Ereignissen.

Die Frage, die sich Feuerbach angesichts der vielen unterschiedlichen Erscheinungen stellte, die Tag für Tag zum
Ereignis werden, war: Welche davon sind außergewöhnlich, oder, um ein beliebtes Modewort ins Spiel zu bringen, welche davon sind extrem? Ein unbefangenes Publikum würde sagen: die seltenen. Was treibt uns dann, gesamtgesellschaftlich gesehen, dieser seltenen Spezies besondere Aufmerksamkeit zu schenken? Es sind ihre Wirkungen, ihre Folgen. Die machen den Unterschied. Ein
extremes Ereignis kann Tausende von normalen in den
Schatten stellen, sagte sich Feuerbach.

Er blätterte in Gedanken in der Liste der extremen
Ereignisse. Die natürliche Welt war voll davon; Vulkanausbrüche, Überschwemmungen, Dürren, Orkane, Erdbeben und so weiter. Beim Menschen fielen ihm seltene Krankheiten ein, wie zum Beispiel die Mukoviszidose. Was die technische Welt betraf, handelte es sich um
Versagens- oder Zusammenbruch-Phänomene der Energieversorgung, Telefonverbindungen oder des öffentlichen
Transportwesens, im schlimmsten Fall um die Explosion eines Kernkraftwerks. In der Gesellschaft würden der
Kollaps der Währung, der Zusammenbruch des Gesundheitssystems, der politische Systemwechsel für extreme
Ereignisse stehen.

Der Gegenstand der avisierten Forschung würde neu

sein, das war für ihn beschlossene Sache. Es gab keine Wissenschaft der extremen Ereignisse. Wohl gab es eine umfängliche Literatur, die bis in biblische Zeiten zurückreichte, in der das Phänomen in seinen verschiedenen Ausformungen beschrieben wurde. Dort fanden sich auch Vermutungen über die Ursachen; überirdische Kräfte hatten ihre Hand im Spiel, es war das Schicksal, das zugeschlagen hatte, wenn das Ereignis gleichsam wie ein Blitz aus heiterem Himmel die Menschheit getroffen hatte. Ganz abgesehen davon, dass der Blitz selbst ein extremes Ereignis ist, war der Vergleich mit dem Blitz durchaus sachgemäß: zeugte er doch von der richtigen Beobachtung, dass dem Extremen die Überraschung innewohnt, die nicht leicht, wenn überhaupt, vorhersagbar ist. Daraus ergab sich, dass extreme Ereignisse für unabwendbar, im Grunde sogar gottgewollt gehalten wurden.

Er besprach sein Anliegen mit Walter Löwenburg. „Walter, erinnerst du dich noch, was wir uns vor einiger Zeit versprochen haben?"

„Versprochen? Oh weh, ich meide Versprechungen, weil ich sie meist nicht halten kann."

„Was? Du erinnerst dich nicht? Es geht um unsere Forschergruppe der Extreme!"

„Das muss lange her sein, ich habe Mühe, mich zu entsinnen."

„Walter, das war vor drei, vier Monaten. Das Unvorhersehbare vorhersagen. Kommt es dir jetzt?"

„Ja, irgendwie schon. Richtig, die Rhetorik in deinem Satz kam mir etwas gewollt vor. Aber es wird Leute geben, die das anspricht. Also, wie ist der Stand der Dinge?"

„Ich will mich daran machen, die Forschergruppe aufbauen. Das erfordert, wie du weißt, gewisse Vorarbeiten."

„Ja, gewiss. Also? Womit kann ich dienen?"

Walter Löwenburg war Mathematik-Professor. Er war ein angesehener Wissenschaftler; man kannte seinen Namen auch in den entlegeneren Gebieten des Globus, vor allem wegen seiner horrenden Zahl an Publikationen. Löwenburg rechnete sich zu den Reinen, das sind Mathematiker, für die jede auf Anwendung zielende Mathematik nichts anderes als Rechenkunst ist; in der richtigen, also reinen Mathematik geht es um die Beweise von mathematischen Sätzen, um Eindeutigkeit und Existenz der Lösung von Gleichungen. Was oft intuitiv klar ist, wie zum Beispiel die Tatsache, dass die Gerade die kürzeste Verbindung zwischen zwei Punkten ist, soll erst mal bewiesen werden! Insofern überrascht es nicht, dass in der Praxis die Ergebnisse der Reinen nur geringe oder gar keine Bedeutung haben. Zu den Ausnahmen von dieser Regel wird gern die Verschlüsselungstechnik gerechnet, die für die Sicherheit der Daten von Militär, Banken oder Internet von Bedeutung ist. Dazu hat die Reine wichtige Beiträge geleistet. Die Trennung der Mathematik in rein und angewandt ist eine Erfindung der modernen Wissenschaft, die sich immer feinere Aufteilung des Wissens ausgedacht und so die Herrschaft der Spezialisten ermöglicht hat. Das war einst anders. Leibniz und Newton beherrschten noch die ganze Breite der Wissenschaften; und Pascal, Descartes oder Gauß, um nur einige zu nennen, bereicherten die Mathematik nicht nur mit Theorie, sondern auch mit bahnbrechenden Anwendungen.

Obwohl er sich zu den Reinen zählte, hatte Löwenburg durchaus ein Ohr für die Belange der Praxis. Aber er wusste, wie so viele andere, theoretisch veranlagte Wissenschaftler, damit nicht wirklich umzugehen. Ihm fehlte die Gabe, die Mathematik für konkrete Probleme des Lebens gefügig zu machen. Hatte auf diesem Gebiet kein eigenes Ergebnis produzieren können.

„Wie würdest du das extreme Ereignis beschreiben? Ich suche nach Gesetzmäßigkeiten, nach einer generellen Beschreibung. Glaubst du, dass es so etwas gibt?"

Walter wurde von Fabians Frage überrascht. Und er liebte es nicht, überrascht zu werden. Er fühlte sich geistig, vermutlich auch körperlich sicherer, wenn er vorbereitet in die Diskussion ging. Was er aber aus Zeitmangel nie war.

„Du suchst nach Gemeinsamkeiten, nach einem universellen Mechanismus, der die Ereignisse, welcher Art auch immer, verbindet? Suchst du danach? Ich glaube nicht, dass es so einen Mechanismus gibt."

„Dann beginnen wir mit etwas Einfacherem. Sage mir bitte, wie du extreme Ereignisse charakterisierst. Anschließend verrate ich, wie ich die Sache sehe, und so machen wir eine richtige Diskussion daraus."

„Damit hätten wir ja fast schon Stoff für eine Publikation. Lass mich nachdenken." Löwenburg brauchte ein paar Minuten, dann kam er mit folgenden Aspekten. „Ich beginne mit dem Phänomenologischen, dem Ereignis an sich. Ich verbinde damit eine gewisse Flüchtigkeit, einen Augenblick, einen Punkt auf der Zeitachse, also etwas zeitlich, aber auch räumlich eng Umschriebenes. Beispiel: ein Schauer über der Stadt Köln, eine Unterbrechung der Internetverbindung im Hause Feuerbach, ein scharf begrenzter Ausfall im Gehirn. Ereignisse werden typischerweise durch vier Größen charakterisiert: das sind Dauer, Ausdehnung, Häufigkeit und Intensität. Und jetzt kommt es. Die Menge der Ereignisse teile ich in extreme und normale Ereignisse. Normale Ereignisse liegen innerhalb bestimmter, vorgegebener Grenzen, und extreme Ereignisse gehen darüber hinaus. Das ist ganz einfach, nicht wahr. Zur Illustration einige Beispiele. Normal ist, wenn der Wind das Wasser kräuselt, extrem ist, wenn er mit Orkanstärke bläst und wie 1999, große Teile des Schwarzwaldes umlegt. Normal ist der kurzlebige Schauer, extrem sind die tagelangen Regenfälle auf der Alpensüdseite. Was ist extrem bei diesen Beispielen? Genau, die Intensität und die Dauer des Ereignisses. Denke dir Beispiele aus der Welt der Technik: Ausfall der Stromversorgung oder der Internetverbindung einer ganzen Stadt oder mehrerer Stadtteile. Was ist hier extrem?"

„Die Ausdehnung des Ereignisses."

„Und bei der Explosion der Waffenfabrik?"

„Die Intensität oder Wucht des Ereignisses."

„Schön", sagte Löwenburg, „ich sehe du hast das Wichtigste verstanden. Lass es uns damit fürs Erste bewenden. Aber ich muss eine Gemeinsamkeit anmerken, da du danach gefragt hast. Allen extremen Ereignissen ist gemeinsam, dass sie schwer oder gar nicht vorhersagbar sind. Sie stecken voller Überraschungen. Und meist bleiben die genauen Ursachen für ihr Auftreten im Verborgenen."

Löwenburg hielt inne, ging hinaus, um Wasser zu lassen. Der Kaffee, von dem er eigentlich immer nur nippte, hatte Wirkung gezeigt. Brauchte lange, bis er zurückfand. Kam etwas zerknittert zurück und sagte, während er Unterleib und Blase massierte:

„Oh, meine Prostata. Sie wächst und wächst. Das einzige, was in unserem Alter noch wächst. Einer der wenigen ungeliebten Wachstumsprozesse. Deshalb braucht es eine Ewigkeit, bis die Blase sich öffnet."

„Aber massierst du da nicht die falsche Stelle? Liegt der Übertäter nicht gerade gegenüber", gab Feuerbach zu bedenken.

„Dahin zu gelangen, dürfte ohne fremde Hilfe schwierig werden. Und da ich in dieser Hinsicht eher altmodisch bin, mich schämen würde, die in der Zeitung für teures Geld annoncierte Massage in Anspruch zu nehmen, muss ich mit dem leicht erreichbaren Organ der Vorderseite vorlieb nehmen. Schluss damit." Löwenburg wurde die Angelegenheit peinlich. Über allzu Persönliches redete er üblicherweise nicht, er schätzte nichts mehr als die Diskretion. „Zurück zum Thema. Die Vergrößerung der Prostata ist ein schmerzhaftes, gleichwohl normales Ereignis, weil es so viele in unserem Alter betrifft. Extreme Ereignisse sind eher selten, sie überschreiten Grenzen, wie vorab schon angedeutet, die normalerweise eben nicht überschritten werden. Die Grenzüberschreitung ist eine objektive Charakterisierung des extremen Ereignisses. Sie ist vom Standpunkt des Datensammlers auch die einzig verlässliche. Allerdings ist eine gewisse Willkür im Spiel, denn die Festlegung der Grenze respektive Schwelle kann so oder so sein, ist letztlich eine Frage der Vereinbarung oder der Statistik. Das alles ist ziemlich quantitativ; doch die bloße Zahl spielt tatsächlich die entscheidende Rolle. Die subjektive Beschreibung geht in eine andere Richtung, sie ist eher von qualitativer Art. Ereignisse sind dann extrem, wenn sie Strukturen bilden oder zerstören können. Der Orkan von 1999 hat den Wald zerstört, jawohl, aber er hat zugleich die Grundlage geschaffen, dass neuer, besser angepasster entstehen konnte. Oder: Der Vulkanausbruch des Mount St. Helens von 1980 hat die Vegetation zum Erliegen gebracht, aber zur Überraschung selbst der Experten bewirkt, dass Jahre später aus der Asche ein neuer, teilweise ganz anderer Bewuchs erstanden ist."

Walter rupfte und zupfte an seinen Fingern, was er immer machte, wenn er scharf nachdachte. Man liest darüber, dass die Dehnung der Finger der Beruhigung des Blutdrucks diene. „Die subjektive Sicht wird von Sozialwissenschaftlern, Politikern, Zeitungsschreibern bevorzugt. Sie hat mit unserer Wahrnehmung zu tun. Hier geht es einzig und allein um die Wirkung, die das Ereignis hervorbringt. Der Wind mag noch so stark sein, sogar Orkanstärke erreichen, solange er keinen Schaden anrichtet, wird er nicht beachtet werden, zählt nicht als extremes Ereignis. Wie viele Bäume müssen fallen, damit der Wind in die Zeitung kommt? Wenn die Zahl der gestürzten Bäume oder zu Schaden gekommenen Menschen oder die durch Zerstörung verursachten materiellen Kosten eine Grenze überschreitet, die auf einer gesellschaftlichen Vereinbarung beruht. Diese wird von Moral, Ökonomie und Mitgefühl bestimmt. So sind die beiden Betrachtungsweisen, wissenschaftlich versus gesellschaftlich, respektive objektiv versus subjektiv, einander doch ähnlich, insofern sie beide von einer vereinbarten Ober- oder Untergrenze und deren Über- oder Unterschreitungen abhängen."

Wiederum zupfte Walter nervös an seinen Fingern, ging mit ihnen bis zum Hals, um die überschüssigen Hautlappen, die sich im Laufe der Jahre eingestellt und im letzten Jahr einen fast exponentiellen Zuwachs zu verzeichnen hatten, zu tasten, mit den Fingern zu zwirbeln und im gezwirbelten Zustand zurückzudrängen. Feuerbach fürchtete, dass dadurch sein Hals in eine unverträgliche Schieflage geraten könnte und rief: „Walter, dein Hals", woraufhin Löwenburg die Hände auf den Schoß fallen ließ. „Aber sag mir, Walter, wie ordnest du etwa einen kompletten Systembruch in deine Definitionen ein, also etwa das Auseinanderbrechen eines Schiffes oder den plötzlichen Herztod eines Menschen?"

„Richtig, da muss ich eine Ergänzung machen. Das Ereignis kann das in Frage stehende System komplett zerstören, wie beim Materialbruch oder Herzstillstand. Das aber sind eher die Ausnahmen. Gewöhnlich sind die Folgen weniger spektakulär. Nach dem Ereignis stellt sich der alte Zustand in der Mehrheit der Fälle wieder ein."

„Aber sind nicht genau nur die Ereignisse extrem, die de facto einen irreparablen Systembruch verursachen? Wäre das nicht eine präzise Definition, besser jedenfalls als die angeblich objektive der sogenannten Grenzüberschreitung?"

„So könnte man argumentieren. Aber dann bleiben zu wenige Ereignisse, um daraus eine Statistik zu machen. Typischerweise verursachen extreme Ereignisse einen vorübergehenden Systembruch. Können durchaus auch in unregelmäßigen oder quasi-periodischen Zeitabständen rekurrieren, wie die Staus auf der Autobahn oder anfallsartige Krankheiten im menschlichen Körper."

„Sehr gut, Walter, das alles hört sich fast so an, als wenn du dich damit schon auseinandergesetzt hättest. Kann das sein?"

„Immer wieder mal ein bisschen", gestand Löwenburg. „Doch nie systematisch. Ich bin selbst überrascht, wie mir die Angelegenheit über die Lippen geht. Vielleicht ein gutes Zeichen. . . "

„. . . um die Angelegenheit weiter zu verfolgen", ergänzte Feuerbach. „Aber zurück zur Wahrnehmung. Ich halte diese für ein schlechtes Kriterium, da es missbräuchlich verwendet werden kann. Die Folgen des Ereignisses können so oder so wahrgenommen werden, je nach Interessenlage als extrem oder normal ausgelegt werden. Warum ist zum Beispiel der Anschlag in Pakistan den Journalisten nur eine Zeile wert, während ein ähnliches Ereignis in den USA oder Europa die Seiten der Zeitungen monatelang füllt? Warum werden die zehntausend Toten bei Überschwemmungen in Bangladesch nur beiläufig erwähnt, wenn die wetterbedingten Wassermassen in Teilen der USA detailliert angekündigt werden, die Meteorologie dieser Ereignisse visualisiert und die Not der Menschen akribisch dokumentiert wird? Wie sind die zweierlei Maßstäbe zu erklären?"

„Lieber Feuerbach, du sprichst ein Problem an, das die Geschichte der Menschheit bestimmt: es gibt die wichtigen und die unwichtigen Länder, so wie es offenbar wichtige und unwichtige Menschen gibt; den wichtigen wird natürlich mehr Aufmerksamkeit geschenkt als den unwichtigen. In der Terminologie des extremen Ereignisses liest sich das folgendermaßen:

Anschläge in Europa oder USA sind glücklicherweise noch immer selten – und ein seltenes Ereignis ist ein extremes Ereignis. Anschläge in der dritten Welt sind häufig – und ein häufiges Ereignis ist ein normales Ereignis. Hier kommt also die Frequenz ins Spiel, die bei unseren Überlegungen bislang nicht aufgetaucht ist. Das Seltene, Außergewöhnliche und seine Folgen. Der Anschlag auf dem Territorium der Weltmacht provoziert überall den Aufschrei des Entsetzens; der ganze gewaltige Vergeltungsapparat von Militär, Polizei und Geheimdiensten wird mobil gemacht, Freiheiten werden über Nacht geopfert, Fesseln angelegt, und alle, Medien, Bevölkerung, Kirchen und Politiker fordern unisono unnachsichtige Bestrafung, Verschärfung der Gesetze, Aufhebung der Privatsphäre. Patriotischer Gestus allerorten. Auf der anderen Seite der Erde lebt der unmaßgebliche Teil der Erdbewohner, insofern wird der x-fache Tod mit dem Ausdruck des Bedauerns billigend hingenommen. Es handelt sich um Ereignisse, die dort immer wieder passieren, sie sind einerseits normal, weil so häufig, andererseits extrem, weil die Folgen furchtbar sind. Es ist nicht einfach, diese Art der extremen Ereignisse zu klassifizieren. Sie bringen unsere Definitionen durcheinander."

„Lieber Löwenburg, du wirst mir verzeihen, dass ich dich ausnahmsweise so anrede, du hast es ja soeben mit Feuerbach vorgemacht. Ich gebe dir Recht, der Fall ist schwierig, und über den Begriff der Wahrnehmung können wir stundenlang lamentieren. Dennoch können wir sie nicht aus der Liste der Kriterien streichen. Es ist nun mal so, dass unser Wort extrem verschiedene Kategorien, die psycho-sozialen ebenso wie die moralischen, mit einschließt. Schließlich provoziert jedes extreme Ereignis, das Menschenleben fordert, eine starke emotionale Reaktion."

„Nach allem, was wir da in wenigen Augenblicken zusammengetragen haben, kommen wir tatsächlich nicht umhin, extreme Ereignisse eingehender zu studieren. Wir sollten einen Katalog erstellen, in dem die offenen Fragen gelistet sind. Ich meine, wenn wir mit diesem Thema an die Öffentlichkeit gehen, ist es wichtig, überzeugend vorzutragen, warum wir uns damit beschäftigen wollen. Das wäre, Fabian, dann deine Aufgabe, du machst die Public Relations."

„Aber du bist der Professor, du bist der Experte, der zu Rate gezogen wird, auf den man hört, vor allem, wenn die Gutachter ins Spiel kommen. Leute ohne Professorentitel werden nicht ernst genommen. Niemand würde auf mich hören. Alle checken als erstes den Status."

„Mach dich nicht kleiner als du in Wahrheit bist. Und wenn du den Professor ansprichst, da weißt du doch, dass dir der Titel längst zuerkannt worden wäre, wenn du dir entsprechende Unterstützung gesichert hättest. Auf der anderen Seite ist es doch besser, den Titel verdient aber nicht bekommen zu haben, statt ihn zu bekommen aber nicht verdient zu haben."

Das fand auch Feuerbach, aber plausibler und befriedigender wäre es, sagte er sich im Stillen, ihn verdient und auch bekommen zu haben. Löwenburg schickte ein paar entschuldigende Sätze hinterher:

„Ich verfüge nur über geringe Möglichkeiten, kann folglich für dich in dieser Angelegenheit nicht tätig werden. Mein Einfluss im Fachbereich ist eher gering. Ich gehöre nicht zu denen, die Kraft ihrer Propaganda und aufgrund ihrer demonstrativen Gesten die Meinungen zu beeinflussen versuchen. Das ist nicht meine Art, wie du weißt."

Eine Ungerechtigkeit besonderer Art wird wenig beachtet, empört sich Feuerbach, als er, auf der Terrasse an die Brüstung des schmiedeeisernen Geländers gelehnt, dem Auf und Ab der Berge folgt, die gegen Süden den Horizont begrenzen. Sie ist allgegenwärtig. In allen Bereichen der Gesellschaft gibt es Frauen und Männer, begabt, qualifiziert, motiviert, originell, die einfach nicht berücksichtigt, schlimmer noch, gar nicht beachtet werden. Die bei Bewerbungen leer ausgehen, über die in den Medien nie berichtet wird, denen weder Dank, schon gar nicht Anerkennung oder Lob zugesprochen wird. Die aber, wenn es nur objektiv und ehrlich zuginge, all das verdient hätten.

„Es ist eine Benachteiligung universellen Ausmaßes am Werke", hatte er gewarnt, „die das Selbstwertgefühl verletzt, sie ist ein Stachel im Fleisch. Sie provoziert weit größere Verwerfungen und Beschädigungen als ungleiche Einkommen. Über kurz oder lang droht ein Aufstand der Nicht-Berücksichtigten, der Unter-den-Tisch-Gefallenen." Darauf Löwenburg:

„Dann würden wir, du und ich, diese Bedauernswerten anführen?" Er hatte sich mit einbezogen, musste sich angesprochen gefühlt haben. Aber warum? Er gehörte doch nicht zu der bedauernswerten Gruppe. Oder doch? Gab es ein Geheimnis? Wollte er mehr als seinen Lehrstuhl?

Hatte er im Geheimen weitergehende Ambitionen? Etwa den Direktor des Max-Planck-Instituts für Mathematik? Oder gar die *Fields-Medaille*? Nach einer Weile rücksichtsvollen Schweigens, in der beide, möglicherweise, den nicht erfolgten Auszeichnungen nachtrauerten, und Feuerbach, wieder abgekühlt, die Revolte der Zurückgesetzten mangels Masse verwarf, nahm Löwenburg den Faden wieder auf.

„Extreme Ereignisse sind spannend, weil. . . " Löwenburg unterbrach, sein Telefon klingelte in seiner Hosentasche, der nicht nur ein großer Beutel von besonderem Ausmaß, sondern auch von besonderer Bedeutung war, denn darin wurden nicht nur das Telefon, sondern auch Brille, Schlüssel, Taschentuch, Zettel, Heft und Bonbons transportiert. Fabian wusste davon, weil Löwenburg alles, wenn er ihn in seinem Büro aufsuchte, auf den Tisch legte: der Bequemlichkeit halber, wie er sagte, beim Sitzen würden ihn die Gegenstände an empfindlicher Stelle stören. Sein Notizbüchlein steckte er dann, wenn alles auf dem Tisch lag, wieder ein, um zu vermeiden, dass sein wichtigstes Stück, in dem Telefonnummern, Verabredungen, Notizen in einer nur ihm erklärlichen Weise gekritzelt und verschachtelt waren, nicht vergessen werden würde. Löwenburg wollte den Anruf unterdrücken, betätigte aber wie so oft die falsche Taste, jedenfalls krähte eine weibliche Stimme, um ihn zu begrüßen und an die von ihm versprochene Empfehlung zu erinnern. Löwenburg entschuldigte sich, dass er nicht schon längst, wie vereinbart, angerufen habe und versprach den Rückruf für den Nachmittag.

„Schalte das Ding doch einfach ab, dann hast du Ruhe", ermutigte Feuerbach. Löwenburg zögerte. Es könnte ja ein wichtiger Anruf kommen. Er wollte auf keinen Fall etwas verpassen. Erstaunlich, dass der kluge, alte Mann, der von elektronischem Gerät sein Leben lang nichts wissen wollte, sich dem kleinen Ungeheuer vollständig und wie es schien, unwiederbringlich unterworfen hatte. Würde es nach mir gehen, sagte Feuerbach im Stillen, würden all diese zur Geschwätzigkeit animierenden und uneingeschränkte Aufmerksamkeit erheischenden Dinger eingestampft. Löwenburg drückte verschiedene Tasten, war offensichtlich unschlüssig.

„Suchst du die richtige Taste?"

„Also gut, ich schalte ab." In einem Anflug wilder Entschlossenheit drückte Löwenburg zufällig auf die goldene und wichtigste Taste. Damit war das kleine Ungeheuer tatsächlich abgeschaltet. Löwenburg setzte punktgenau dort ein, wo er unterbrochen worden war. Feuerbach staunte.

„Wo waren wir doch? Richtig. Extreme Ereignisse sind deshalb so spannend, weil sie vermutlich durch eine ganz andere Dynamik erzeugt werden als die normalen. Sie können Systeme auf eine andere Schiene setzen. Sie werfen Fragen nach der Verwundbarkeit des Systems auf. Können wir vorbeugen? Können wir die Folgen abwehren? Worauf müssen wir uns einstellen? Das ultimative Ziel ist und bleibt aber die Vermeidung."

„Halt!" rief Feuerbach aus. „Das Ereignis kann nur dann vermieden werden, wenn es auch vermeidbar ist. Die Extreme, die uns zum Beispiel die Natur beschert, sind nur dann vermeidbar, wenn sie auf Einwirkungen des Menschen zurückgehen. Im Übrigen: Ist dir nicht aufgefallen, wie einseitig wir das extreme Ereignis besetzen? Wir sehen es nur negativ. Das ist eine unzulässige Einschränkung. Es gibt extreme Ereignisse, die glücklich machen. Manches ist viel weniger eindeutig, wenn wir das Widersprüchliche in den Ereignissen erkennen."

„Meinst du das Gute und das Böse? Das Zerstörerische, das schöpferisch sein kann? Und umgekehrt, das Schöpferische, das zerstören kann?" ergänzte Löwenburg.

„Ja, genau das. Paradoxerweise", sagte Feuerbach, „können Glück und Unglück die Plätze wechseln. Es geht um die bekannte Konstellation vom Glück im Unglück und die weniger bekannte Umkehrung, vom Unglück im Glück."

„Hast du Beispiele, um Klarheit in die Angelegenheit zu bringen?" fragte Walter.

„Kein Problem", sagte er, „hier sind sie.

Erstens. Die Auflösung der Ehe ist ein extremes Ereignis. So viel geht verloren, so unglücklich ist die Folgezeit. Aber: die Trennung macht den Weg frei für die Bekanntschaft mit einem anderen Partner, der vielleicht besser passt und subjektiv mehr Glück im Zusammenleben verspricht.

Zweitens. Die Existenz Hitlers erwies sich als Katastrophe für die Welt. Im Nachhinein hat diese bestialische Gestalt, einerseits lächerlich und andererseits dämonisch und deshalb für viele von höchster Anziehungskraft, unter anderem entscheidend dazu beigetragen, dass auf absehbare Zeit eine ähnliche Auseinandersetzung wie der zweite Weltkrieg undenkbar geworden ist.

Drittens. Das Nordsee-Hochwasser, das 1953 Tausenden Holländern das Leben kostete, setzte einen umfangreichen Deichbau in Gang. Die Höhe der Deiche sollte einem Jahrtausend-Hochwasser standhalten, dessen Höhe mit der parallel entwickelten Extremwert-Statistik berechnet wurde. Seitdem können zumindest die Holländer darauf bauen, tausend Jahre sicher hinter ihren Deichen zu leben. Sofern ihnen der vermutete Klimawandel die Dinge nicht durcheinander bringt.

Viertens. Noch einmal die Kriege. Die beiden Weltkriege, so wird geschätzt, haben 100 Millionen Menschen umgebracht. Auf jeden Fall waren sie das Schrecklichste, was die Erdbewohner bisher durchgemacht haben. Und dennoch: sie ebneten den Weg für quasi-demokratische Verfassungen in Europa, einen materiellen Wohlstand ungeahnten Ausmaßes und einen bis heute währenden Frieden, zumindest unter den einst so kriegslüsternen Ländern, darunter vor allem Deutschland, das seine Lektion, wie mir scheint, gelernt hat."

„Gut und schön, aber du hattest auch die andere Richtung erwähnt, wo das extreme Ereignis als Glücksfall ankommt, und dann doch als Unglück ausgeht..."

„Dann denk an die Einigung Deutschlands. Es wurde allgemein als Glücksfall historischen Ausmaßes gefeiert. Aber für viele bedeutete die Einigung Arbeitslosigkeit, sozialen Abstieg und schließlich die völlige materielle und psychische Verarmung. Oder die vielzitierten Lottogewinner. Nicht selten kommen sie mit ihrem Gewinn nicht zurecht; geraten in den Strudel der Verschwendung und enden unter der Brücke. Was folgere ich aus unseren Überlegungen? Die Unterscheidung in gute und böse Ereignisse ist zeitabhängig und subjektiv, von gesellschaftlichen Vereinbarungen abhängig, die zum Beispiel in China ganz anders aussehen können als in den Vereinigten Staaten. Merkwürdigerweise scheinen sich, auf längere Sicht zumindest, das Gute und Böse, das ein Ereignis auslöst, die Waage zu halten."

„Also ein Null-Summen-Spiel?"

„Ja, wenn der lange Zeitraum betrachtet wird, gleicht sich alles wieder aus. Ist das ein Zeichen von Gerechtigkeit? Irgendwie tröstlich. Aber wie gesagt, man muss mitunter lange auf diesen Ausgleich warten. Möglicherweise zu lange."

„Verstehe ich dich recht? Ist der betrachtete Zeitraum nur hinreichend lang, ist alles wieder in Balance, hat sich nichts verändert, plus durch minus kompensiert?"

„Ja, wenn die Selbstregulation nicht durch Atombomben außer Kraft gesetzt wird."

Löwenburgs Welt

Inspektion von Löwenburgs Gepflogenheiten. Im Mittelpunkt steht seine Literaturliste. Man erörtert die Rolle der Gutachter und die Merkwürdigkeiten der Begutachtung. Eigennützige versus uneigennützige Forschung.

Fabian und Walter waren Freunde, die der Beruf geschmiedet hatte. Unter anderen als den gegebenen Umständen wären sie kaum Freunde geworden. Walter trank Kaffee, Fabian Tee. Walter verabscheute, Fabian praktizierte Sport. Walter liebte die indirekte, Fabian bevorzugte die direkte Rede. Walter war höflich, Fabian unhöflich. Doch verbanden die beiden zwei wichtige Themen: die Natur- und die Sozialwissenschaften. Sie diskutierten miteinander, telefonierten, unterrichteten sich über das Wohlergehen von Frau und Kind und unterstützten sich gegenseitig, wenn es um die Verfolgung der wissenschaftlichen Ziele ging. Das meiste auf Gegenseitigkeit, wie ich dir so du mir. Privates blieb überwiegend ausgespart. Löwenburg war vergesslich und unpünktlich. Er bevorzugte den Weg der Verständigung und vermied es, persönlich oder gar ausfällig zu werden. Seine äußere Erscheinung war altersgerecht, wenn man siebzig Jahre zu Grunde legte und mangels Ganzkörperscanner, nur das Sichtbare berücksichtigte. Seine Haut war mäßig erschlafft, nicht übermäßig gefaltet, und das Volumen des Bauches passte in das von der Weltgesundheitsbehörde festgelegte Maß. Seine Augen schauten normalerweise gutmütig und freundlich, eher vage, doch konnten sie das Gegenüber erschaudern lassen, wenn sie unter gewissen, schwer vorhersehbaren Umständen schmal und stechend wurden. Dann war es höchste Zeit für Kollegen, Doktoranden oder Studierende, Freunde und Verehrer, Vorsicht im weitesten Sinn walten zu lassen. Seine Kleidung war immer deutlich zu lang und zu weit, im Gegensatz zu der modernen Frau, die ob dick oder dünn, bekanntlich seit Jahren hautenge Bekleidung bevorzugt. Über die Farbe des Haares hatte er lange mit seiner Frau debattiert. Sollte er sich, dem Trend folgend, die Haare dunkel färben? Viele machten das so, wie sie wisse, seine nächsten Kollegen gehörten dazu und natürlich namhafte Politiker. Alle hätten nach erfolgter Färbung ein ganz anderes Selbstbewusstsein, wären fröhlich und frei und wirkten um ein Dezennium verjüngt. Das könne er doch auch gut gebrauchen. Dass sich Mathematiker um ihre Haare kümmern, sei ihr neu, hatte sie entgegnet.

„Du bleibst, wie du bist, aus moralischen und gesundheitlichen Aspekten."

So konnte sich Löwenburgs Farbe entwickeln, wie sie wollte. Herausgekommen war eine feine silbrige Tönung. Seine Pensionierung hatte er aufgrund seiner fleißigen Publikationstätigkeit und der nicht versiegenden Schar seiner Gäste und Studenten um drei Jahre verlängern können. Genug Arbeit gab es auch in fortgeschrittenem Alter, in seinem Zimmer häuften sich Berge von nicht gelesenen Sonderdrucken und unbeantworteten Schreiben und Mahnungen, in denen er um Stellungnahme zu Berufungen, Veröffentlichungen und Forschungsprojekten gebeten wurde.

Löwenburg durfte drei Jahre länger seine Stelle halten, darauf hatte er heftig hingearbeitet, aber den begehrten Titel des Seniorprofessors hatte er nicht geschafft. De facto hatte er auch die verlängerte Altersgrenze überschritten. Die Universität hatte nicht aufgepasst und führte Löwenburg noch immer als Lehrstuhlinhaber, obwohl er doch längst in den Status des Emeritus hätte verfügt werden müssen.

Löwenburgs Intentionen lagen im Trend. Während der überwiegende Teil der Bevölkerung schon lange vor Erreichen des Rentenalters von der sorgenfreien Zeit danach träumt, ist für die Professorenschaft die nahende Pensionierung ein Albtraum. Viele möchten länger arbeiten, am liebsten bis zum bitteren Ende. So entfalten nicht wenige von ihnen gerade gegen Ende ihrer Dienstzeit eine bis dahin nicht gekannte Betriebsamkeit, in der Absicht, die begehrte Verlängerung von der Universitätsleitung zu erhalten. Diese gilt mittlerweile als Auszeichnung, nachdem die vormals strikte Grenze von fünfundsechzig Jahren in allen Bundesländern gefallen ist, die Verlängerung aber nur denen zugeteilt wird, die von der Universität, aus welchen Gründen auch immer, für würdig befunden werden. Besonders begehrt ist der Titel des Seniorprofessors. Mit dessen Verleihung wird nicht nur die Dienstzeit fortgeschrieben, sondern werden auch Rechte und Vergünstigungen des ordentlichen Professors aufrechterhalten. Bekanntlich sind alle, der eine mehr, der andere weniger, von den Unbilden des Alterns betroffen. Nicht so der Professor. Der ist überzeugt, dass er durch permanentes Training von Verstand und Gedächtnis schon von Berufs wegen unsterblich ist. Er erstrebt das Unmögliche, will das unendliche Leben. Die inzwischen fünfundsiebzigjährigen Rockstars der sechziger Jahre machen es vor. Totgeglaubte röcheln auf der Bühne und werden für ihr Revival gefeiert. Angesichts ihrer Verausgabung hätte man ihnen die Strapazen gerne erspart. Achtzigjährige rennen auf hohe Berge und laufen den Marathon, obwohl ihr Körper längst ernsthafte

Spuren des Verfalls offenbart, so dass nach Beendigung der Schinderei der Körper regelmäßig reanimiert werden muss.

Der Professor verspricht, wenn er bleiben darf, dass er dem Nachwuchs Vorbild sein und das eigene wissenschaftliche Werk zum Ruhm der Universität fortsetzen und vollenden werde. Ein Schelm, der Böses dabei denkt. Natürlich geht es auch um den Erhalt der Vergünstigungen, die dem Professor mit Dienstantritt zugesichert wurden: lukrative Dienstreisen, Vollzeit-Sekretärin, Mitarbeiter, Büroräume, Forschungsgelder, Unabhängigkeit, großzügige Besoldung und eigenes Dienstzimmer. Und dies ist der Traum des Professors, wie sich aus ernstzunehmenden Umfragen ergibt: ein Leben lang auf dem Campus, im Dienstzimmer, im Labor oder am Computer verbringen und vom Tod auf der Dienstreise ereilt werden, vorzugsweise in den Armen seiner jungen, ihm ergebenen und umsichtigen Sekretärin, die er verpflichtet hat, über sein Ableben hinaus den wissenschaftlichen und sonstigen Nachlass für ihn zu sichten und zu regeln und die Herausgabe seines letzten, größten, leider nicht vollendeten Werkes zu besorgen.

Allerdings führt kein Weg daran vorbei, dass die um drei Jahre verlängerte Dienstzeit, noch mehr natürlich die Fortsetzung des Dienstes bis zum freiwilligen Abgang oder unfreiwilligen durch Tod, in hohem Maße unsozial ist. Die Alten blockieren auf diese Weise die dringend benötigten Posten für die Jungen. Derweil diese, pausenlos publizierend, als Single sexuell ausgehungert, des Wartens überdrüssig, der Resignation nahe, aus allen Himmelsrichtungen in die Universitäten stürmen und an den Türen der Lehrstuhlinhaber rütteln. Das Rütteln aktiviert den automatischen Anrufbeantworter, den der Chef des Dienstzimmers vorsorglich hat installieren lassen, derweil er es sich im eigenen Ferienhaus in der Schweiz oder auf Sylt gut gehen lässt:

„Hier spricht das Dienstzimmer von Professor Dr. Ohnesorge. Junger Mann, junge Frau, ich muss Sie enttäuschen, es ist noch nicht soweit, ich werde noch weitere drei Jahre, und wenn ich gesund bleibe, womit zu rechnen ist, sogar um fünf und mehr Jahre im Amt bleiben. Unser Hochschulverband ist dabei, die Abgeordneten der Landtage zu bearbeiten. Die sollen beschließen, dass die Dienstzeit der Ordinarien (oder Lehrstuhlinhaber, zum besseren Verständnis) unter Beibehaltung der vollen Bezüge bis an das Lebensende verschoben werden darf. Pensionierung nur noch auf ausdrücklichen Wunsch. Mein Institut bleibt also auf unbestimmte Zeit in meiner Hand. Ihr Ehrgeizlinge werdet noch ein Weilchen warten müssen. Denn jeder ist sich selbst der nächste. Ich wünsche Euch alles erdenklich Gute. Mit den besten Grüßen, Professor Dr. Ohnesorge.“

Löwenburg hatte die Verlängerung seiner Dienstzeit nicht aus finanziellen Erwägungen betrieben. Das hatte er nicht nötig, denn als *Professor Emeritus* wurde sein Gehalt, im Gegensatz zu der normalen Beamtenpension, nahezu unverändert bis zum Ableben gezahlt. Auch wenn diese überaus großzügige Regelung in den neunziger Jahren gekappt worden ist, erfreuen sich noch immer zahlreiche Professoren, die vor einem von den Ländern festgeschriebenen Datum berufen worden sind, dieser lebenslangen Privilegierung. War das der Grund, warum viele der in die USA abgewanderten und dort zu Assistenz-Professoren beförderten Wissenschaftler bei Zeiten wieder nach Deutschland zurückgereist sind? Sie mit üppig bemessenen Forschungsgeldern aus dafür eigens aufgelegten Programmen zu versorgen, wie in einigen Fällen geschehen, war jedenfalls überflüssig. Sie wären auch ohne den ausgelegten Köder gekommen. Denn nirgendwo in dieser Welt, vermutete Feuerbach, ließe es sich als Professor im Alter wohlversorgter und bequemer leben als in Deutschland.

Wer wollte Löwenburg den Status Emeritus verdenken? Am allerwenigsten sein Freund Feuerbach. Denn der wusste, dass Löwenburg nicht so sehr an das Geld, sondern vor allem an seine Mathematik dachte, und diese als Emeritus einfacher zu betreiben war, denn als Pensionär. Und außerdem gehörte er nun wirklich nicht zu den Spitzenverdienern in der Universität. Zu dieser Gruppe zählen bekanntlich die Klinikdirektoren, die sich auf die Behandlung der Privatversicherten konzentrieren und damit so viel Geld machen, dass die staatlichen Bezüge, wiewohl reich bemessen, im Vergleich zu den als Nebeneinkünften bezeichneten privaten Dienstleistungen eben nur ein Taschengeld sind. Angesichts des opulenten Einkommens des Ehemanns muss die Ehefrau nichts dazu verdienen und kann folglich von der Beihilfe profitieren, die eine kostengünstige Krankenversicherung ermöglicht. So ergibt sich ein Vorteil aus dem anderen, es bildet sich eine Kette von Vergünstigungen, die manchen selbständigen Industriellen vor Neid erblassen lässt. Ärzte, Juristen, Architekten, Ingenieure, gelegentlich auch Wirtschaftswissenschaftler verdienen als Professoren oft ein Vielfaches dessen, was ihre regulären Dienstbezüge ausweisen.

Löwenburg hatte ein phänomenales Gedächtnis, wenn es um Publikationen ging. Er kannte die Inhalte von Tausenden von Veröffentlichungen, auch wenn sie schon Jahre zurücklagen. Sein Kurzzeitgedächtnis war weniger gut ausgeprägt. Verabredungen waren so gut wie sinnlos, weil er sie entweder überhaupt vergessen hatte oder aber den Zeitpunkt falsch erinnerte. So konnte es vorkommen, dass er eine Stunde nach Ende des Treffens auftauchte. Er setzte sich dann in den leeren Raum, in der Vorstellung, er sei der erste, bis ihm nach etwa einer halben Stunde das Alleinsein verräterisch vorkam und er bei Feuerbach anrief. „Fabian, hatten wir heute nicht ein Treffen?"

„Das ist schon seit einer Stunde vorbei, wo warst du nur? Wir hatten auf dein Erscheinen gesetzt!"

„Da muss ich mich entschuldigen, ich dachte, wir hätten 16 Uhr gesagt", sagte Löwenburg. Niemand wagte seine Nachlässigkeiten zu kritisieren. Denn er stand, was die Anzahl der Publikationen betraf, international an vorderster Stelle der Zählmaschine. Dadurch genoss er uneingeschränkte Entschuldigung, ein durchaus übliches Phänomen in der wissenschaftlichen Welt. Wer die (unscharfen) Kriterien der Exzellenz erfüllt, genießt überall Respekt und kann sich Ungeschicklichkeiten leisten, die weniger exzellenten Kollegen zum Verhängnis werden. Feuerbach wusste um die astronomische Zahl seiner Publikationen, konnte aber nichts über deren sogenannten Impakt-Faktor sagen, der die Resonanz seiner Arbeiten bei den Fachkollegen misst. Eine höchst simple Messung übrigens: sie ist nichts anderes als die Häufigkeit, mit der die eigene Arbeit bei der Konkurrenz zitiert wird. Die Auto-Zitation ist in dieser Summe nicht enthalten, sie würde die Ergebnisse verfälschen, da belegt ist, dass der Autor am liebsten sich selbst zitiert. Löwenburg interessierten in diesem Zusammenhang im Wesentlichen zwei Zahlen: der Umfang seiner Publikationsliste sowie die Einladungen zu Vorträgen. Die Liste seiner Publikationen wurde von seiner Sekretärin erstellt und gewartet, und Feuerbach glaubte sich zu erinnern, dass sie jahrelang daran gearbeitet hatte, bis alle Satzzeichen und Sätze wohlgeordnet und fehlerfrei aufgereiht waren. Jedes Jahr drängten sich neue Veröffentlichungen in die Liste. Neue Veröffentlichungen waren der Stolz von Löwenburg, aber für die Sekretärin ein Albtraum, denn bei den Änderungen geriet ihr regelmäßig alles durcheinander, und sie musste Wochen damit verbringen, das Monster einer Literaturliste neu zu richten. Natürlich hatte sich trotzdem immer irgendwo ein Fehler festgesetzt, schon allein deshalb, weil die Sekretärin die englische Sprache nur bruchstückhaft beherrschte. Die Liste von Löwenburgs Publikation beanspruchte hunderte Seiten DIN A4-Papier. Jede geschriebene Zeile durchmaß die gesamte Papierbreite, also circa eine Breite von zwanzig Zentimetern und jede Publikation mehrere Zeilen: als erstes die Nennung der meist zahlreichen Autoren unter Respektierung der Vor- und Nachnamen, darunter oder daneben deren *affiliation*, wie es im Englischen heißt, also die Zugehörigkeit zu der Institution, die Lohn und Brot gab, in der nächsten Zeile der Titel, der mitunter mehr als eine Zeile beanspruchte, auf neuer Zeile Name des Journals sowie numerische Angaben, die den Artikel lokalisierten; dann die Länge des Artikels, gemessen in Einheiten der gezählten Seiten und schlussendlich das *Abstract*, die Zusammenfassung des Geschriebenen, die kurz und prägnant sein sollte, und es nur selten war. Verzeichnet wurden in dieser enormen Liste sogar die Danksagungen an all diejenigen, die mit Rang und Namen bei der Publikation Pate gestanden hatten. Insgesamt bedeckten die beidseitig beschriebenen Blätter der Literaturliste, neben- und untereinander gereiht, eine Fläche von ungefähr zweiundzwanzig Quadratmetern, das entsprach in etwa den Maßen von Löwenburgs Arbeitszimmer.

Über die Begutachtung seiner Artikel hatte sich Walter eher selten Gedanken gemacht. Das würde schon laufen, versicherte er. Ebenso wenig über die Zitation seiner Artikel, die von vielen Wissenschaftlern als Aushängeschild ihrer Ergebnisse genutzt werden. Walter pflegte dazu zu sagen: „I quote you, you quote me", und mit dieser ironischen Andeutung war die Angelegenheit für ihn erledigt. Über die Begutachtung seiner Forschungsanträge war er indes mit den Verantwortlichen mehr als einmal in die Haare geraten. Das war ungewöhnlich für einen Mann wie Löwenburg, der den Frieden liebte und betreten reagierte, wenn dieser in Gefahr war. Dass im Begutachtungs-Verfahren allerlei Ungereimtheiten lauerten, gab er unumwunden zu. Herausgeber von Zeitschriften oder Geldgeber von Forschungsmitteln bitten die Experten unter den Professoren, Artikel oder Forschungsanträge von anderen Autoren zu bewerten. Das nennt man peer-review. Es urteilen also Leute über Leute aus demselben Bereich. Das Urteil erfolgt in aller Regel anonym; der Name des Urteilenden bleibt verborgen, während der Name des zu Beurteilenden für jedermann sichtbar ist. So ist es eben diese halbseidene Anonymität, die den Gutachter nicht selten ermutigt, der alltäglichen und so menschlichen Voreingenommenheit nachzugeben und die Kommentierung entsprechend einzufärben. Seine eigene Identität bleibt ja unerkannt. Es gäbe zwei Alternativen, bedeutete Löwenburg, um das Problem zu entschärfen. Er hätte das gerade mit den Kollegen diskutiert. Die erste sei vollständige Anonymität, bei der auch der Antragssteller beziehungsweise Autor dem Gutachter verborgen bliebe. Das würde dessen Neugier nicht stillen, wenden die Herausgeber der Zeitschrift und Geldgeber der Projekte ein. Der Gutachter möchte wissen, wen er vor sich hat. Also abgelehnt. Die zweite sei die namentliche Bekanntgabe nicht nur des Autors, sondern auch des Gutachters. Dann würde keiner mehr begutachten, sagen Gutachter, Herausgeber und Geldgeber. Auch abgelehnt. Änderungen seien also nicht in Sicht, sagte Löwenburg, sie scheitern an den Entscheidungsträgern. Auch unter den Wissenschaftlern rege sich nur zaghafter Unmut. Zu groß werde die Gefahr eingeschätzt, so Löwenburg, als Querulant diffamiert zu werden und in Folge das eigene Ansehen sowie die Chancen auf Förderung und zukünftige Beförderung zu verspielen. Und alle, die mit dem Verfahren zufrieden seien, weil es ihnen eine hohe Quote an genehmigten Anträgen oder akzeptierten Artikeln beschert, würden sowieso nicht mitmachen.

Wie mit dem Problem der Voreingenommenheit umzugehen sei, wollte Feuerbach wissen. Löwenburg antwortete: „Es müsste die Voreingenommenheit belegt werden, und das geht nur, wenn entsprechende Fakten gesammelt werden. Dazu wäre die Veröffentlichung nicht nur der akzeptierten, sondern auch der abgelehnten Anträge oder Artikel erforderlich, unter Angabe der Namen der Antragsteller und der Gutachter. So ließen sich möglicherweise interessante Korrelationen zu Tage fördern. Natürlich würde sofort der Datenschutz zur Abwehr solchen Ansinnens ins Feld geführt...“

„Ich vermute“, sagte Feuerbach, „dass Daten dieser Art existieren und im Panzerschrank der Entscheider eingelagert sind. Schade, dass sich bisher kein Whistle-Blower daran gemacht hat.“

„Du übersiehst, dass auf allen Kanälen gegen die Pfeifenbläser zu Felde gezogen wird. Die haben es in Zukunft schwer, denn sie werden von den Geheimdiensten verfolgt. Die Leute in den Förderabteilungen sind aufs Schweigen eingeschworen, da wird es auf lange Sicht keine Datenlecks geben. Wer würde ihnen ihre DVD abkaufen? Der Finanzminister ganz sicher nicht."

„Der wohl nicht. Aber so mancher Wissenschaftler würde gern davon Gebrauch machen", sagte Feuerbach.

„Wir kommen vom Thema ab. Worum ging es, kannst du mir auf die Sprünge helfen?" fragte Löwenburg.

„Um die Geheimnisse der Begutachtungsverfahren."

„Richtig. Das Problem mit der Voreingenommenheit haben wir benannt, aber nicht gelöst. Jetzt bleibt noch zu untersuchen, ob die Verfahren transparent sind. Wie wir schon festgestellt haben, werden sie von keiner übergeordneten Instanz überprüft. Du kannst dich zwar beschweren, bekommst aber im besten Fall nicht mehr als allgemein gehaltene Briefe, in denen Bedauern ausgedrückt, aber die Entscheidung als endgültig hingestellt wird."

„Aber sind nicht Transparenz, Kontrolle und Beschwerderecht die Grundbausteine der Demokratie? Und bekennen sich nicht die führenden Köpfe der Wissenschaft nicht unisono zur sogenannten freiheitlich-demokratischen Grundordnung?", warf Feuerbach ein.

„Natürlich tun sie das", erwiderte Löwenburg. „Aber im eigenen Bereich sind sie durchwegs Autokraten. Denn Wissenschaft genieße einen besonderen Status, demokratische Spielregeln seien nicht anwendbar, die Mehrheit dürfe nicht entscheiden, sagen die Autokraten. Sie würde aufgrund mangelnden Fachwissens nur zu leicht populären Fehleinschätzungen erliegen. Die Entscheidung bleibe ihnen, den Wissenden vorbehalten. Ähnlich argumentiert man übrigens, um dem Volk die Abstimmungen zu verwehren."

„Aber es gibt doch die Informationssysteme der Geldgeber, dort sollte doch einiges zu holen sein..."

„In diesen sind die geförderten Projekte gelistet. Sie sagen nichts über das Begutachtungs-Verfahren und deren Ergebnisse. Dazu gibt es Protokolle, die sind aber streng vertraulich. Die Meinung der Gutachter wird vom Förderinstitut zugeschnitten und Häppchen davon dem Begutachteten zur Kenntnis gegeben. Ich kann mich tatsächlich des Verdachts nicht erwehren, dass die abgelehnten Anträge mitunter interessanter sein könnten sind als die genehmigten."

Feuerbach resignierend: „Die Öffentlichkeit ist machtlos, der Gesetzgeber desinteressiert, und die Regeln des Begutachtens werden von befangenen Wissenschaftlern diktiert."

Die rege Schreiberei war Löwenburgs Leidenschaft. Auch er war, Feuerbach wusste es nicht anders zu deuten, dem Fetisch der schieren Quantität verfallen. Andererseits hätte gerade Löwenburg, den ihm erwiesenen Respekt nutzend, andere Maßstäbe setzen können, zum Beispiel Arbeiten reifen lassen und nur das veröffentlichen, was wirklich Neues enthält. Oder den großen Leibniz nachmachen und das Wichtigste in der Schublade belassen, wovon die Nachwelt erst erfährt, wenn der Autor schon von dannen ist. Posthum zu einer wahren Berühmtheit anwachsen, wenn der Nachlass von kundiger Hand gesichtet und geordnet würde. Was im Übrigen die Sucht nach Veröffentlichung betrifft, erinnerte Löwenburg, habe sich diese bekanntlich seit etlichen Jahren auch des unwissenschaftlichen Teils der Bevölkerung bemächtigt, die über diverse Medien überall und zu jeder Tageszeit, meist in trivialer Form, über sich selbst referiert. Er sagte:

„Beide Bereiche, der wissenschaftliche und der populäre, leiden unter der Erscheinung der Überproduktion. Während die Märkte solche Tendenzen durch Preisverfall zu korrigieren versuchen, fehlt der Überproduktion der Lebensäußerungen in Form von Getextetem, Gefilmten,

Bebildertem und Gesprochenen, Eingetastetem und Gepostetem dieses Korrektiv. Im Gegenteil, die Unterhaltungsindustrie produziert ständig Geräte und Software, die zu weiterer Überproduktion anregen."

„Was wäre, wenn Publikationen namenlos abgedruckt würden? Die Netzaktivisten machen es vor. Die schreiben ihre Kommentare fast immer ohne oder mit einem erfundenen Namen. Die Kommunikation funktioniert trotzdem oder gerade deshalb", warf Feuerbach ein.

„Die Wissenschaft würde andere Wege nehmen. Der Name ist eben nicht Schall und Rauch, da irrt der Goethe sich im Faust. Der Name des Autors hat im Gedruckten die gleiche Bedeutung wie die Marke in der industriellen Warenproduktion. Nicht verwunderlich, ist doch die Publikation die (weiche) Ware des Wissenschaftlers, insofern vergleichbar mit der (harten) Ware des Industriellen. Es wäre interessant, deinen Gedanken weiter zu spinnen, aber das musst du ohne mich machen oder wir müssen das auf das nächste Mal vertagen, es drängt die Zeit, ich muss dich jetzt leider verlassen", sagte Löwenburg.

Der Vollständigkeit halber war anzumerken, dass sich Löwenburg zahlreicher Helfer bediente. Wie anders hätten die vielen Veröffentlichungen entstehen können? Er bekam Unterstützung aus vielen Ländern, ganz zuvorderst aus Ländern, die im Zuge des Zerfalls der Sowjetunion die Förderung der Wissenschaften mehr oder weniger eingestellt hatten. Dort gab es gute Mathematiker, die im Westen Geld verdienen mussten, um ihre Familie am Leben zu erhalten. Sie schufteten hier, getrennt von Weib und Kind, Tag und Nacht, kochten ihr Süppchen, tranken den Wodka, bis sie ermattet, wohl auch trunken vor dem Computer einschliefen. Dort wurden sie schlafend am nächsten Morgen von den Putzfrauen gefunden, die sich meist ordentlich erschreckten und beim

Professor Meldung machten. Der profitierte von den unermüdlichen Gästen und ließ sie gewähren. Verhältnisse auf Gegenseitigkeit, gibst du mir, geb ich dir, das Beste und ziemlich das Einzige, was die Universität an Kollegialität zu bieten hat. Dass sich die Wissenschaftler bei Löwenburg mit zahlreichen Publikationen bedankten, die von ihm gelesen, redigiert, ergänzt und unter Hinzufügung seines Namens schlussendlich veröffentlicht wurden, war doch irgendwie selbstverständlich, am allerselbstverständlichsten für Löwenburg selbst, denn er hatte für seine Gäste Aufenthaltserlaubnisse und Finanzierungen erwirkt.

Feuerbach hatte einige Zeit gebraucht, bis er die Gepflogenheiten seines Freundes richtig zu interpretieren wusste. Was zunächst verborgen blieb, sich hinter Löwenburgs Bescheidenheit versteckte, trat erst bei näherer Betrachtung und stetem Kontakt zu Tage – dass auch Walter, wie seine Kollegen, immer und zuallererst an den eigenen Vorteil dachte. Aber das schmälerte seine Sympathie für Löwenburg nur unwesentlich. Wann immer er mit Löwenburg zusammentraf, spürte er diese besondere Form von Dankbarkeit, die auch dann nicht verloren geht, wenn die tägliche Praxis dagegen steht. Denn Walter war auf ihn zugegangen, als er wieder zurück zur Universität kam. Er hatte ihm einen Platz angeboten, der ihm eine gewisse, wenn auch späte Entfaltung ermöglichte. Stillschweigend wurde ausgehandelt, was beiden zu Gute kam: Löwenburg vergrößerte mit Feuerbach die Zahl seiner Mitarbeiter, konnte frische, neuartige Aktivitäten einverleiben; während Feuerbach frei agieren durfte, um eben diese zu erbringen.

Feuerbach diskutierte gern mit Löwenburg. Sie waren oft

ähnlicher Meinung, was das gegenseitige Verständnis förderte. Feuerbach fragte Löwenburg:

„Hast du eigentlich auch über Ameisen veröffentlicht?"

„Du stellst Fragen. Ach so, du meinst die Ameisenmodelle? Die Ameisen zeigen ein interessantes kollektives Verhalten, das zum Verständnis der komplexen Systeme beigetragen hat. Nein, es gab schon zu viele Veröffentlichungen. Ich hätte ausnahmsweise nichts Neues hinzufügen können", sagte Löwenburg.

Würde Löwenburg die Sache etwas weniger milde betrachten, dachte Feuerbach, käme er unweigerlich zu dem Ergebnis, dass ihm der Mitarbeiter fehlte, der solche Modelle hätte erstellen können, denn mit dem Praktischen kam Löwenburg, wie gesagt, nicht zurecht. Es waren die Ameisen, nicht Bienen, Zebras oder Wale, die die Physiker lockten. Es entstanden unzählige Veröffentlichungen über diese unbestritten interessanten Tierchen. Die Modelle konnten Beiträge zu Fragen der Ökologie, Sozialisation und Kooperation der virtuellen Ameisen erbringen. Ameisen dienten als Beispiel, um das Thema Komplexität nach vorne zu bringen. Das Wichtigste wurde in drei, höchstens vier Veröffentlichungen erarbeitet. Ähnlich wie mit den Ameisen verhielt es sich auch mit der so genannten *Econophysics*, ein aus Ökonomie und Physik zusammengesetztes Gebilde. Und wiederum waren es die Physiker, die sich auf die Computersimulation sozialer Systeme und Finanzmärkte stürzten. Aufgrund der großen Zahl der involvierten Physiker weltweit war auch hier schon bald das Wichtigste abgegrast. Aber der Ruhm galt dem Ersten. Die Wiederholung, wie schwierig oder wie elegant auch immer, zählte wenig oder gar nichts.

„Die Wissenschaft ist zu teuer für solche Wiederholungen. Was läuft da nicht richtig? Wo bleibt die Erkenntnis?" fragte Feuerbach.

„Auch die Nachahmung enthält immer ein bisschen Eigenes, das dann veröffentlicht werden kann. Im Übrigen möchte ja jeder der erste sein, jeder will dem neuen Gebiet seinen Stempel aufdrücken. Die Veröffentlichung schreiben, die dann in Fachkreisen als seminal gefeiert wird. Es gibt die Ameisen, die Sandhaufen, die Vogelschwärme, die Fahrzeugkolonnen, die Aktienkurse, die Fußgänger, die Netze jedweder Art... dazu wurden Dutzende ähnlicher Modelle entwickelt, hunderte Veröffentlichungen geschrieben. Es wurden Bücher angefertigt und Dutzende von Tagungen und Workshops veranstaltet."

Und Löwenburg, einer der reinsten im Klub der reinen Mathematiker, fuhr fort:

„Gleichwohl gibt es bis heute kein operationales Verkehrsmodell, kein gerechtes Rentenmodell, kein Modell für die medizinische Versorgung der Zukunft, kein brauchbares Stadtmodell für ein verträgliches Miteinander von Zugereisten und Eingesessenen, kein realistisches Modell des Immunsystems, kein erfolgreiches Modell zur Wohnraumbewirtschaftung, um nur einige Beispiele zu nennen. Der Punkt ist: es wird zu wenig nützliche Forschung geleistet. Doch nirgendwo gibt es interessantere Projekte als in der angewandten Forschung, nichts ist schwieriger, als praktische Probleme zu knacken."

Feuerbach sagte: „Was ist passiert, Walter? Du entwickelst dich zu einem waschechten Utilitaristen. Aber damit du mich nicht falsch verstehst: ich bin doch ganz auf deiner Seite. Jeder macht das, was er kann, nicht das, was benötigt wird. Natürlich ist das Verhalten soweit verständlich. Aber es geht ja nicht nur um das persönliche Wohlergehen der Wissenschaftler, die sich damit ihr Brot und etwas mehr verdienen. Es geht auch um die Gesellschaft, die diese Forschung finanziert und vielleicht etwas ganz anderes als Ameisen und Vogelschwärme erwartet."

„Erwartet sie das? Die Forschung genießt kein sonderliches Interesse in der Gesellschaft. Die einschlägigen Tageszeitungen bringen viel Kulturelles, Theater, neue Bücher, Filme. Über Forschung wird nur ganz selten berichtet. Als die ersten Großprojekte in der Forschung angeschoben wurden – Kernenergie, Weltraum, Elementarteilchen, später die Genomprojekte und Klimaforschung – wurde auch die Frage des Nutzens thematisiert; Forschung zum Wohl der Allgemeinheit oder zum Wohl eines exklusiven Zirkels? Forschung fürs Militär? Oder doch vor allem für die Industrie? Darüber ist geschrieben worden, aber leider waren es meistens Soziologen, die von den Natur- und Ingenieurwissenschaften nicht viel verstehen."

„Freiheit der Forschung", warf Feuerbach ein, „vergiss nicht die Freiheit, die im Grundgesetz verankert ist." Löwenburg lächelte milde:

„Die ist nicht in Gefahr. Alle möglichen anderen Freiheiten dagegen schon, nicht aber die Freiheit der Forschung. Das ist meine feste Überzeugung. Denn die Lobby der Forscher ist geschickt und sie ist stark."

Feuerbach: „Was die Lobby betrifft, hast du sicher recht. Was die Freiheit betrifft, möglicherweise auch. Aber ich definiere Freiheit im erweiterten Sinn. Ich beziehe die Unabhängigkeit mit ein. Wie steht es um die Unabhängigkeit der Forscher, die doch von der Finanzierung ihrer Forschung abhängen? Es gibt in diesem Zusammenhang vielfältige Versuche der Geldgeber, Forscher für ihre Interessen einzuspannen; Industrie, Politik und wie von dir erwähnt, das Militär sind in dieser Hinsicht besonders erfolgreich. Und es gibt zahllose Forscher, ganze Universitäten eingeschlossen, die nur allzu bereitwillig auf die Wünsche der Geldgeber eingehen. Folglich ist die Unabhängigkeit der Wissenschaft ständig in Gefahr. In dieser Hinsicht ist der in Mode gekommene und subventionierte Wettlauf um nationale und internationale Forschungsgelder alles andere als unproblematisch."

„So ist es. Stichwort Drittmittel. Seit vielen Jahren wird die Qualität der Forschung an der Quantität der eingeworbenen Finanzmittel festgemacht. Quantität gleich Qualität. Diejenige Universität wird von den Wissenschaftspolitikern für die Beste gehalten, die über die meisten Drittmittel verfügt. Die große Erfindung, das richtungsweisende Experiment, die gelungene Simulation oder die bahnbrechende Theorie setzen nicht mehr den Maßstab. Das heutige Bewertungssystem hat gewisse Parallelen mit den Krankenhäusern. Wenn jene finanzielle Überschüsse erarbeiten, wird das von den Gesundheitspolitikern mit größter Begeisterung aufgenommen. Dagegen tritt die Quote der Geheilten oder erfolgreich Behandelten in den Hintergrund. Man kennt sie oft gar nicht."

Beide schwiegen, gewissermaßen bedrückt. Löwenburg fand als erster zurück.

„Natürlich darf unsere Forschung nicht ausschließlich zweckgebunden sein. Es muss dem Forscher möglich sein, seinen Interessen nachzugeben und einer Sache um ihrer selbst willen auf den Grund zu gehen. Das ist Hobby-Forschung, und diese ist die dominierende Form der Forschung in Deutschland. Also, wie lösen wir das Dilemma. Hier ist mein Modell. Forschung soll aus Kür und Pflicht bestehen. Der Kürteil der Forschung, den wir getrost als Hobby bezeichnen können, wird nicht oder nur zu einem geringen Teil aus Mitteln der Gesellschaft bezahlt werden. Diese sind dem Pflichtteil der Forschung vorbehalten, der unter dem Aspekt finanziert wird, dass er einen definierbaren und allseits anerkannten Nutzen für die Gesellschaft abwirft. Mit ihrer Ernennung zu Professoren würde nicht nur – wie bisher – deren Lehrverpflichtung, sondern auch der Pflichtteil an nützlicher Forschung vereinbart werden. Ansonsten können sie machen, was sie wollen. Genau: ihrem Hobby frönen."

Der deutsche Professor

Feuerbach und ein Außerplanmäßiger lästern über den
Professor als solchen und erhärten das mit einer Reihe von
unwiderlegbaren Beobachtungen.

*Feuerbach wird umweht vom Zephyr, dem Wind, der den
Frühling ankündigt; er wird gewärmt von der Märzson-
ne, deren Strahlung ungehindert auf die Terrasse fällt.
Er greift erneut zum Tee, dieses Mal einem Darjeeling,
nachdem der Assam seine Schuldigkeit getan hat. Wie
geht es mir gut, findet er, aber es war ein hartes Stück
Arbeit, ein Gespenst zu vertreiben, das mich damals auf
Schritt und Tritt begleitete: die Arbeitslosigkeit. Ich sah
mich in Trainingshosen die Straßen auf- und ablaufen,
die Zigarette in der linken, den Kinderwagen in der Rechten, das Gesicht vom Alkohol gerötet, unrasiert, die Haare nicht gewaschen, kurzum: arbeitslos und natürlich ver-
wahrlost. Ich war drauf und dran, mir einen Hund an-
zuschaffen, der lästige Frager vom Leibe halten würde.
Was? Sie können am Vormittag Ihre Tochter ausführen?
Haben Sie aber günstige Arbeitszeiten! Oder warten Sie,
sind Sie womöglich arbeitslos? Dann leben Sie also von
meinem Geld? Sie sollten sich schämen.*

Alle Stellen ringsherum waren besetzt, und neue Stellen gab es nicht. Bewerbungen waren eher sinnlos, denn
im wissenschaftlichen Bereich, den allein Feuerbach verfolgte, dem er sich, trotz allem, zugehörig fühlte, wurde
man *gerufen*; was zählte, war die Bekanntheit, der Name,
das Auftreten, die Fähigkeit, bei den Zuhörern Begeiste-

rung zu wecken. Eine Begebenheit war charakteristisch für das Dilemma, aus dem zu befreien er zahlreiche, allerdings vergebliche Versuche unternommen hatte.

„Ich habe Sie ja noch gar nicht auf unseren Tagungen gesehen", quäkte irgendwann ein bekannter Professor der Physik, mit unüberhörbar vorwurfsvollem Ton. „Wie kann es sein, dass ich Sie gar nicht kenne." Mit diesem Satz waren alle Aussichten auf eine Mitarbeit in der Umgebung dieses Professors sehr unwahrscheinlich geworden.

„Ich war im Ausland, habe mich dort engagiert und dort die Tagungen besucht", hielt er trotzig dagegen.

„Aber man hält doch Kontakt zur Heimat, insbesondere, wenn man dort wieder Fuß fassen will", sagte der Professor der Physik und schaute ihn missbilligend an. „Ich an Ihrer Stelle wäre von Institut zu Institut gegangen und hätte mich auf diese Weise bekannt gemacht, wenn ich, wie das bei Ihnen der Fall zu sein scheint, ein unbeschriebenes Blatt bin. Wie alt sind Sie denn eigentlich?"

Feuerbach sagte damals zu dreiviertel das, was er dachte. Das fehlende Viertel hatte man ihm im Laufe seines bisherigen Lebens bereits abgewöhnt. Er hätte ihm gerne schon an dieser Stelle seine Meinung gesagt, aber das wäre nicht gut gegangen. Er gab nach und antwortete wahrheitsgemäß, im Sinne der Drei-Viertel-Regel:

„Ich bin gerade dreißig geworden."

„Donnerwetter! Nicht möglich. Sie sehen jünger aus, ich hätte auf fünfundzwanzig getippt. Vielleicht von Vorteil für Sie. Wie auch immer. In Ihrem Alter hatte Einstein schon seine wichtigsten Veröffentlichungen geschrieben. Sie müssen so etwa zehn begutachtete Veröffentlichungen vorzeigen können, jedes Jahr zwei, nach Beendigung des Studiums. Wie viele haben Sie?"

Feuerbach hätte ihn gerne gefragt, wie viele Veröffentlichen er mit fünfundzwanzig gemacht hatte, doch da kam das eine Viertel dazwischen, und so sagte er kleinlaut:

„Ich habe zwei begutachtete, aber zehn sind in meinem Kopf, gespeichert und schreibgeschützt."

„Sie haben aber Mut, sich mit so einer mageren Bilanz bei uns zu bewerben. Und dann noch an einer renommierten Universität wie der unsrigen. Wir wissen Nobelpreisträger in unseren Reihen und sind in allen Disziplinen ganz vorne dabei. Das setzt Maßstäbe. Halten Sie sich ran und schreiben Sie Veröffentlichungen, von mir aus duplizieren Sie ein oder zwei, aber kommen Sie nicht wieder, wenn Sie nicht mindestens zehn davon in Ihrer Hand halten. Was sich in Ihrem Kopf befindet, interessiert mich in diesem Zusammenhang nicht."

Nach dieser Rede verließ er den Raum. Fabian hätte ihm am liebsten ein Bein gestellt, um ihn auf diese Weise von seinem Podest zu stürzen. Oder einen Schlag auf seine Brust versetzt, die sich als Zeichen seines Alters, dem Mangel an Testosteron und der Neigung zur Fettbildung zu einem veritablen Busen entwickelt hatte. Aber Schlag oder Sturz hätte den Professor mit hoher Wahrscheinlichkeit körperlich beschädigt. Fabian wäre womöglich ins Gefängnis gewandert. Das wäre der Mann nicht wert gewesen.

„Lassen Sie sich nicht entmutigen, der nimmt kein Blatt vor den Mund. Er ist als Wissenschaftler international bekannt und gehört zu denen, die sich für den Mittelpunkt schlechthin halten", bemerkte der außerplanmäßige Professor, der Feuerbach zu einem Vortrag eingeladen hatte. Der Außerplanmäßige ist eine merkwürdige Konstruktion im akademischen Gefüge. Er kommt typischerweise bei verspäteten Karrieren in Anwendung, sozusagen als Ersatz für den richtigen oder planmäßigen Professor. Eine Art Freundschaftsdienst des Fachbereichs, wenn der Ruf einer anderen Hochschule sich verzögert und wegen des unausweichlich zunehmenden Alters überhaupt auszubleiben droht. Nicht selten, so hatte Feuerbach feststellen müssen, waren darunter fähige Wissenschaftler, den Planmäßigen haushoch überlegen, womit sich wieder einmal bestätigte, dass der Titel wenig über die Qualifikation des Titulanten aussagt.

Der Außerplanmäßige hatte noch mehr gesagt. Er hatte sich über die Arbeit der Professoren Gedanken gemacht und schilderte Feuerbach seine Ergebnisse. Vermutlich glaubte er in ihm eine Person gefunden zu haben, die ihm zuhörte. Womit er ja durchaus nicht Unrecht hatte.

„Im Ernst, tatsächlich gibt es Professoren, die selbst keine Forschung betreiben. In grober Näherung lassen sich Professoren in drei Gruppen gliedern: Gruppe 1 macht selbst Forschung; Gruppe 2 lässt Forschung machen und Gruppe 3 macht keine oder keine nennenswerte Forschung. Die Einteilung ist bekannt, aber leider nicht mit Zahlen unterfüttert. Nicht wenige, die den Gipfel mit der Ernennung zum Professor erreicht haben, sind schon zu diesem Zeitpunkt schachmatt und folglich froh, wenn sie wenigstens ihr Lehrdeputat von acht bis zehn Stunden pro Woche und Semester einhalten können. Aber auch das tun keineswegs alle. Viele lassen sich von ihren Assistenten vertreten und begründen das damit, dass diesen Gelegenheit gegeben werden muss, frühzeitig Erfahrung in der Lehre zu erwerben, um später erfolgreich bei der Wahl zum Hochschullehrer abzuschneiden. Es gibt eine vierte Gruppe, die weder Forschung noch Lehre macht. Diese gibt an, dass sie sich um die Belange der Hochschule kümmert und behauptet, als Dekan, Prorektor, Vorsitzender oder Mitglied von irgendwelchen wissenschaftlichen Ausschüssen, Hochschulräten, Sachverständigenräten und Wissenschaftsorganen vollständig ausgelastet zu sein.

„Haben Sie richtige Zahlen, die ihre Aussage stützen können?" wollte Feuerbach wissen.

„Eben nicht. Wir sollten darauf hinwirken, dass sie erhoben werden. Aber der Druck wächst. Es sind die Hochschulleitungen, die drücken. Die Gehälter der Professoren sollen nach den neueren Bestimmungen auch an die Leistungen in der Forschung gekoppelt sein. Das ist wohl bisher aufgrund des Widerstandes der Professoren und des Hochschulverbandes nur in Ansätzen realisiert, wird sich aber in Zukunft immer mehr durchsetzen. Wir sollten dabei aber nicht vergessen, dass der Professor verpflichtet ist, und das ist meines Wissens die einzige Verpflichtung, die ihm der Dienstherr auferlegt, die Studierenden auszubilden und zu fördern. Auch diese Leistungen sollten zur Gehaltsfindung herangezogen werden", sagte der Außerplanmäßige.

„Also gut, dann propagieren wir den bescheidenen Professor, der zu gleichen Teilen ein guter Lehrer und ein guter Forscher ist, den erheben wir zu unserem Ideal", sagte Feuerbach. „Die Bescheidenheit liegt zwischen den Extremen der Unverschämtheit und Verschämtheit."

Der Außerplanmäßige lachte. „Ja, warum nicht? Haben Sie übrigens je einen schüchternen respektive verschämten Professor gesehen?"

Feuerbach dachte kurzfristig an seinen Freund Löwenburg, verwarf den Gedanken aber sogleich wieder, nein, schüchtern war Walter nicht, bescheiden und zurückhaltend, diskret und vorsichtig in seiner Rede, aber schüchtern?

„Nein. Aber von genügsamen und maßvollen gehört

und darüber gelesen. Man sagt, der große Gauß war bescheiden in Auftreten und Lebensführung. Mir kommt in diesem Zusammenhang etwas anderes in den Sinn. Ich gehe davon aus, dass Ihre Beschreibung für den männlichen Teil der Professorenschaft zutrifft. Wie charakterisieren Sie den weiblichen Anteil?"

„Über die Professorinnen kann ich nichts sagen, da fehlt mir jegliche Erfahrung, eben weil sie in meinem Bereich nicht sonderlich zahlreich sind, ehrlich gesagt, eine verschwindende Minderheit darstellen..."

„In den Naturwissenschaften, aber insgesamt stellen die Frauen doch inzwischen einen erklecklichen Anteil."

„So ist es", bestätigte der Außerplanmäßige.

„Wenn ich Sie anschaue, kann ich mich des Eindrucks nicht erwehren, dass Sie noch weitere Annehmlichkeiten über den Professor im Köcher haben. Heraus damit!", sagte Feuerbach.

„Einverstanden", lachte der Außerplanmäßige, „Was halten Sie davon? Die Professoren werden alt. Das liegt an ihren exzellenten Arbeitsbedingungen. Besonders begünstigt sind die Geisteswissenschaftler, denn sie sind dem Druck der weltweiten Konkurrenz bislang, zumindest weitgehend, entgangen, die den Naturwissenschaftlern das Leben deutlich schwerer macht. Während der Semesterferien werden Sie diese Leute, ich meine die Geisteswissenschaftler, zu Hause oder anderswo, aber nicht in ihren Dienstzimmern finden."

„Was Sie mir da erzählen", staunte Feuerbach. „Das mag ich kaum glauben. Da müssen Sie sich aber vorsehen, dass daraus nicht üble Nachrede wird. Wenn es denn stimmt, was Sie da sagen, werde ich richtig neidisch. Jetzt verstehe ich, warum ich so gern Professor werden möchte."

„Da gäbe es noch ganz andere Dinge", sagte der Außerplanmäßige. „Stichwort Dienstreisen. Ein richtiger Professor ist ständig auf Dienstreise. Eine merkwürdige Zusammensetzung, übrigens. Dienst und Reise passen irgendwie nicht zusammen. Deshalb macht der kluge Professor aus der Dienstreise ganz einfach eine vom Land bezahlte Vergnügungs- oder Lustreise. Aber Schwamm drüber, sitze ja selbst mit im Boot. Übrigens: eitel sind sie alle. Maßlos eitel. "

„Aber eitel sind so viele, Politiker vor allem, Fernsehleute, Schauspieler, all jene, die gefallen wollen, wo Beliebtheit den Rang bestimmt", entgegnete Feuerbach. „Aber niemand ist so eitel wie jener Professor, dessen Namen ich bereits vergessen habe, der eine Zeitlang im Fernsehen in Mode war, dort viel zu oft, fand ich, zum Zeitgeschehen befragt wurde. Der hat allen Ernstes sein Haupt schräg gelegt, die Augen gen Himmel gerichtet und mit großer Feierlichkeit und Bestimmtheit, unter fortwährender Selbstvergewisserung, seine Soziologie zu Umwelt, Flüchtlingen und Gesellschaft erzählt. In puncto Prosodie allererste Sahne, Emphase und Verwendung von Kunstpausen wahrscheinlich wochenlang einstudiert. Aber vom Inhalt her weitgehend unbedeutend."

„Vertrauen wir darauf, dass er zumindest für das Fernsehen fürs Erste ausgedient hat", sagte der Außerplanmäßige.

Feuerbach ließ nicht locker: „Denken Sie an die enorme Eitelkeit von Schriftstellern. Goethe hatte übrigens nichts gegen die Eitelkeit, ebenso wenig Thomas Mann. Allerdings hatten beide natürlich Höheres im Sinn, nicht die gemeine Selbstgefälligkeit oder Selbstverliebtheit, sondern die vornehme Form der Eitelkeit, die den Lieblingen der Götter zusteht. Aber wie halten wir es mit der harmloseren Form der Eitelkeit, die der Frauen? Die akzeptieren wir Männer doch gerne. Frauen müssen eitel sein, sagen wir sogar und manche ergänzen, sonst sind sie keine Frauen."

„Ernst Bloch sieht in *Das Prinzip Hoffnung* die Eitelkeit als das letzte Kleid, das der Mensch auszieht. Eitelkeit macht erpressbar, macht anfällig für Korruption. Deshalb stört sie nicht nur, sondern ist sogar gefährlich", behauptete der Außerplanmäßige. „Haben Sie Arthur Koestlers *The Ghost in the Machine* gelesen? Nein? Ich empfehle dieses aus der Mode gekommene Buch. Darin finden Sie eine anthropologische Erklärung, sie ist ein bisschen simpel, aber immerhin nicht ganz von der Hand zu weisen. Die pathologische Seite der Menschheit beweist, gemäß Koestlers Interpretation, dass etwas falsch gegangen ist in der menschlichen Evolution. Sie ist zu schnell verlaufen und dabei sind ihr, verständlicherweise, Fehler wie die Eitelkeit unterlaufen", sagte der Außerplanmäßige.

„Möglich, aber nochmals: bei Frauen akzeptieren Sie Eitelkeit?"

„Eher."

„Auch bei den Frauen, die Professor sind?"

„Wie schon gesagt, das zu beurteilen, fällt mir schwer, da in meiner Umgebung keine Frauen zum Professor gemacht worden sind."

„Obwohl es von dieser Sorte inzwischen mehr als zehntausend geben soll?"

„Das mag sein, aber wie Sie wissen, sind die Professorinnen in Mathematik und Physik eher die Ausnahme", sagte der Außerplanmäßige.

„Leider ist das wohl so", bekannte Feuerbach.

Der Außerplanmäßige wollte die Angelegenheit aber so nicht stehenlassen. Schließlich nannte er sich ja auch Professor, wenngleich er beim Auftritt des Physik-Professors wieder einmal schmerzlich hatte erfahren müssen, dass der wahre Professor der planmäßige Professor ist. Er sagte: „Es muss uns allerdings jederzeit gegenwärtig sein, dass die von uns diagnostizierte Eitelkeit sich auf die Professorenschaft im allgemeinen bezieht, also eher eine statistische ist; wir sind natürlich weit davon entfernt, jeden x-beliebigen Professor, ohne weitere Prüfung des Einzelfalls, der Eitelkeit zu bezichtigen, da werden Sie mir ja wohl recht geben."

Feuerbach gab ihm Recht. Natürlich, es gebe wohltuende Ausnahmen, er, der Außerplanmäßige, gehöre zu diesen Ausnahmen. Was dieser dankend annahm und daraufhin gutgelaunt daran erinnerte, dass die Ausnahme die Regel sei. Auf diese kluge Bemerkung konnten die beiden sich unschwer einigen. Nicht erwähnt hatte Feuerbach die andere, mindestens ebenso wichtige Eigenschaft des Professors, die er mit Christoph herauspräpariert hatte: die Begierde. Er war sich nicht sicher, ob der Außerplanmäßige da nicht sauer geworden wäre. Denn unzweifelhaft war auch jener begierig.

Die Bewerbung

Feuerbach wird Mitarbeiter im Wissenschaftsministerium. Aus lauter Freude darüber unternimmt er nächtliche Ausflüge mit seinem zweijährigen Töchterlein.

Was musste Feuerbach anstellen, um den unbefristeten Vertrag zu erbeuten? Er erwog, in ganz andere Bereiche der Arbeitswelt einzusteigen. Warum nicht den radikalen Wechsel versuchen. Aber wohin konnte er sich wenden? Was, vor allen Dingen, hatte er anzubieten?

Und dann änderte sich alles. Wie ein Blitz aus heiterem Himmel schlug die Nachricht ein: Im Wissenschaftsministerium des Landes sei eine Stelle ausgeschrieben worden. Es handelte sich um eine nicht befristete Stelle, eine von unbestimmter Dauer. Unbestimmt steht im öffentlichen Dienst für eine Zeitspanne, die von der Einstellung bis zur gesetzlichen Rente oder Pensionierung reicht, vorausgesetzt, die Hürde der Probezeit wird genommen.

War das die Lösung? Der Ausweg? Feuerbach musste es versuchen. Aber wie stand es um die Inhalte? Was sollte er dort machen? Alle seine Bekannten waren eher skeptisch. Sie tippten auf eine unangemessen langweilige Arbeit. Das ginge gegen die Ehre eines qualifizierten Physikers. Er würde verlieren, was er sich aufgebaut hatte; ob er wisse, dass er damit alles aufs Spiel setzen würde? Es war ihm egal. Und außerdem hatte er nichts Nennenswertes aufgebaut. Vor allem, so sagten die Mahner, solle er um Himmels willen nicht zu hoffnungsvoll an die Sache herangehen. Feuerbach ignorierte diese Leute, es war klar, dass sie sich ärgern würden, warum auch immer, sollte er zum Zuge kommen. Das Ministerium verfügte über einen kolossalen Geschäftsbereich, war Dienstherr von etwa dreissigtausend Bediensteten, Gebieter über ein Mittelvolumen in der Größenordnung von zehn hoch zehn Euro, verantwortlich für das Wohl von unzähligen, mindestens aber einer halben Million Studierenden. Förderer der Forschung mit etlichen zehn Millionen Euro. Die Forschungsförderung war der interessante Aspekt. Das wäre sogar auch etwas für sie selbst, blökten seine skeptischen Bekannten. Die, anders als er, schon mit dreißig ihre Lebensstellung gefunden hatten, aber dennoch ständig nach etwas Interessanterem und besser Bezahltem Ausschau hielten.

Feuerbach hatte ein Alter von fünfundvierzig Jahren erreicht, zu alt für den Arbeitsmarkt, das sagte ihm jeder, den er nach Arbeit gefragt hatte. Und jetzt wurde er aus einer ziemlich großen Liste von Bewerberinnen und Bewerbern ausgewählt und zur Vorstellung ins Ministerium eingeladen.

Damit hatte Fabian nicht gerechnet. Er war davon ausgegangen, dass wie üblich schon jemand ausgekegelt worden war und weitere Bewerber die schon gefällte Entscheidung lediglich im Nachhinein dekorieren sollten. So wie bei den so genannten Berufsverfahren in den Hochschulen, die fast immer schon entschieden waren, bevor das Verfahren eröffnet war. Meist wusste sogar der Favorit um seine Rolle, konnte demzufolge auch ganz locker auftreten, während die anderen, schon abgeschriebenen, davon nichts wussten und schwitzend um den ersten Platz kämpften. Das war ihm einmal passiert, und er hatte sich geschworen, an solchen Scheinveranstaltungen nie wieder teilzunehmen. Was musste er im aktuellen

Fall beachten, um seine Chance zu wahren? Es gehört zur Strategie der Gewinner, so seine Beobachtung, Optimismus und Siegeslaune zu simulieren. Bewerber, die sich nicht als potentieller Gewinner präsentierten, hatten schon verloren, bevor sie den ersten Satz sagen konnten. Dieses im Sinn, war er voller Tatendrang zur Vorstellung aufgebrochen. Er war ja persönlich vom Rektor der Universität über die offene Stelle informiert worden. Ob sich dieser für ihn an höherer Stelle verwendet hatte? Nein, hatte dieser später glaubwürdig versichert, er hätte sich da ganz rausgehalten, das wäre nicht seine Art, und so was könnte nur allzu leicht nach hinten losgehen.

Er musste früh starten, um sechs Uhr dreißig im Februar stand er auf dem Bahnhof, umgeben von einer Hundertschaft von Pendlern, die alle auf den (verspäteten) Zug warteten. Es hatte in der Nacht geschneit, und so war er gezwungen, die Stiefel anzuziehen, die in den Bergen gute Dienste leisteten, in der Stadt sich aber erst noch bewähren mussten. Er hatte einen Fußweg von zwanzig Minuten zurückgelegt, die sich unerwartet auf dreißig verlängert hatten, denn er hatte verkehrswidrig eine rote Ampel passiert. Ein Polizist hatte das gesehen und seine Personalien verlangt. Also war der Polizist jetzt im Besitz seines Namens und seiner Adresse. Was der wohl damit machen würde, fragte sich Feuerbach. Vorsehung und Menetekel kamen ihm in den Sinn. Die Koinzidenz von Verkehrssünder und Bewerber um eine Stelle im Ministerium. Da half nur eines: Sich auf das vor ihm Liegende zu konzentrieren.

Unruhig lief er den Bahnsteig auf und ab. Kein Schutz gegen den Wind und den Lärm, den die ein- und auslaufenden Züge machten. Die Leute standen in Gruppen, regungslos, einige sagten schon am Morgen ihre Witze auf, die sie beim abendlichen Kneipenbesuch aufgeschnappt hatten. Verlegenes Grinsen aus müden Gesichtern. Einer der unwirtlichsten Orte auf dieser Erde, ein Bahnhof im Dunkel des anbrechenden Tages, Anfang Februar. Zum Glück hatte er warme Füße, dank der schweren Bergstiefel. Seine Frau Luise war strikt gegen das Schuhwerk, hielt ihm vor, dass sie ihn für einen Bauern halten würden.

„Wenn ich den Mund aufmache, werden sie den Unterschied wohl merken", hatte er entgegnet.

Kaum war der Zug eingerückt, fuhr er auch schon wieder an. Er musste Verspätung rückgängig machen. Feuerbach fand einen Sitzplatz am Gang. An dem nächsten Bahnhof war der Zug voll, aber fünf weitere gab es noch, wo massenhaft Passagiere auf endlosen Steigen an diesem windigen Morgen darauf warteten, vom Zug aufgenommen und in die Metropole transportiert zu werden. Was für eine Verschiebung hier stattfindet, staunte Feuerbach. Jeden Tag machen sich hunderttausend Menschen auf, um per Bahn, Bus oder Auto die Landeshauptstadt zu erreichen. Das war ihm bisher entgangen. Das wahre Leben hier im Zug, auf den Bahnsteigen, in den großen Städten hatte mit seiner Arbeitsumgebung, in der er seit fünfzehn Jahren steckte, rein gar nichts zu tun.

Schon bei der dritten Station wurde die Hälfte der Passagiere wegen akuter Überfüllung abgewiesen. Es gab Geschrei, der Schaffner drohte mit der Bahnpolizei. Die kam schneller als erwartet, mit Hunden und gezogenen Knüppeln. Polizisten marschierten den Zug entlang, konnten ihre scharfgemachten Schäferhunde nur mit Mühe daran hindern, sich auf die Passagiere zu stürzen. Das war der gewalttätige Aspekt deutscher Bahnkultur. Die Menschen wichen angstvoll zurück, es ging um Leute, die zur Arbeit mussten und jede Verspätung angekreidet bekommen würden. Ist das immer so, fragte Feuerbach den Sitznachbar. Das sei immer so, bestätigte dieser und vertiefte sich wieder in seine Morgenzeitung. Blickte wieder auf und fügte hinzu: „Deshalb verlege ich meinen Zustieg zwei Stationen zurück, muss also die Extratour mit dem Auto und die verlängerte Strecke bezahlen, dafür bekomme ich dann aber einen Sitzplatz. Die Hälfte der zusätzlichen Fahrtkosten kann ich dann über die Steuer zurückholen. Ich gebe zu, dass mehr Platzangebot eine bessere Lösung wäre, aber so geht es auch."

„Es soll auch Leute geben, die haben kein Auto oder können sich die Extratour nicht leisten", gab Feuerbach zu bedenken.

„Davon gibt es nur wenige, vernachlässigbar wenige, und die arbeiten auch nicht in der Landeshauptstadt."

Feuerbach war zu müde, der Tag noch zu früh, um eine Gegenposition aufzubauen. Ratsam, die Kräfte für das vor mir Liegende zu reservieren, sagte er sich. Er verstummte und beendete damit das Gespräch, war im Übrigen damit beschäftigt, die Bedrängnis abzuwehren, die von den Passagieren ausging, die keinen Platz gefunden hatten. Diese schaukelten mit ihren raumfordernden Hinterteilen, in zu enge Hosen verschnürt, vor seinem Gesicht, und immer wieder musste er sie mit den Händen abwehren, wenn sie, angetrieben durch die schlingernden Bewegungen der Waggons, auf seinem Schoß Halt finden wollten. Was würde geschehen, wenn der Zug, was ja nicht selten vorkam, plötzlich bremsen musste? Gefahr würde vor allem von den Übergewichtigen drohen. Das musste verhindert werden. Er arbeitete sich durch die Traube von Menschen, die den Gang bevölkerte und positionierte sich nahe am Ausgang. Er war der erste, der aus dem stickigen, überbelegten Innern nach draußen sprang.

Es hätten sich viele beworben, berichtete der Abteilungsleiter, darunter einige Habilitierte, allesamt promovierte Physiker. Alle guten Willens, setzte Feuerbach in Gedanken dazu. Es habe also eine Vorauswahl stattfinden müssen, und die vier Bewerber, die diese Vorauswahl überstanden hätten, dürften sich bereits als ausgezeichnet betrachten, unabhängig von dem tatsächlichen Ausgang des Verfahrens. Die launige Einleitung des Abteilungsleiters machte deutlich, dass der Stellenmarkt für Physiker der damaligen Zeit alles andere als rosig war. Es gab zu viele der klugen Leute, und offenbar wurden nur wenige von ihnen in Hochschule und Industrie gebraucht. Eine Schande, dass sie sich in solch einer Umgebung präsentieren müssten, befanden die Bewerber. Sie hätten etwas Besseres verdient. Dass sie sich jetzt um diese Stelle bemühten, zeige nur, wie tief sie schon gefallen seien. Feuerbach stimmte aus Solidarität mit dem Chor der Enttäuschten, obwohl er es eigentlich nicht so sah. Unüberhörbar der Dünkel der Bewerber. Die Lage allerdings war deprimierend: auf jede freie Stelle für Physik in den Universitäten bewarben sich den Statistiken zufolge zehn bis zwanzig Leute. Es gab keine Anstrengungen seitens der Politik, der Hochschulen, Fördervereine oder Verbände, diese klugen Leute in Lohn und Brot zu bringen. Erschwerend kam hinzu, dass das Alter jenseits der vierzig als chancenlos galt. Tröstlich für Feuerbach, dass er nicht allein war, es gab auch andere, die noch nicht angekommen waren und an dieser Stelle nach dem Strohhalm griffen, der Stelle fürs Leben.

Die vier Kandidaten, drei männlich, eine weiblich wurden in Einzelgesprächen nach Motivation und bisheriger Berufserfahrung gefragt. Dann kam das Verhalten in der Gruppe an die Reihe, danach sollten Meinungen zu aktuellen politischen Fragen geäußert werden und schließlich wurde so etwas wie Allgemeinbildung getestet, unter anderem auch nach dem aktuellen Ministerpräsident des Landes gefragt. Zwei der vier Bewerber wussten ihn nicht zu nennen, was vom Komitee als Nachteil für die zwei ausgelegt wurde, aber auch als Defizit des noblen Herren hätte interpretiert werden können, der überall als Landesvater vorgestellt wurde, aber dessen Bekanntheitsgrad überraschenderweise nicht reichte, um bei den akademisch Gebildeten Spuren der Erinnerung zu hinterlassen. Im großen und ganzen wurde abgefragt, was sich die Psychologie der Eignungsbewertung im Laufe der Jahre ausgedacht hatte. Die Fragen erreichten zumeist nicht einmal das Niveau von Abiturienten, deren Wissen im Durchschnitt bekanntlicherweise eher niedrig zu veranschlagen ist. Die Jury bestand aus vier Beamten: Abteilungsleiter, Gruppenleiter, Personalreferent und Gleichstellungsbeauftragte. Der Abteilungsleiter war Jurist und führte das Gespräch militärisch-routiniert. Er stand kurz vor der Pensionierung und hatte alles erreicht, was ein Verwaltungsmann im Ministerium erreichen kann. Der Gruppenleiter, zweiter in der Runde, selbst Physiker wie die Bewerber, machte sich Hoffnungen auf die demnächst freiwerdende Stelle des Abteilungsleiters. Immer wieder warf er eine Frage ein, um mit seinem verbliebenen physikalischen Wissen zu punkten. Das beeindruckte den Abteilungsleiter ganz offensichtlich überhaupt nicht, war ihm eher lästig, denn es ging aus seiner Sicht nicht um Inhalte, sondern um Formales, und darin konnte dem Abteilungsleiter niemand etwas vormachen. Wenn sich der Gruppenleiter einschaltete, signalisierte der Abteilungsleiter unübersehbar sein Unbehagen, was er mit einer abklappenden Handbewegung dokumentierte. Das brachte den Gruppenleiter noch im laufenden

Satz zum Verstummen. Der dritte im Bunde, Personalreferent und Sozialwissenschaftler, durfte sich erst äußern, wenn er vom Abteilungsleiter dazu aufgefordert wurde. Das war selten genug, so dass sich Merkle, der Personalreferent, im Wesentlichen darauf beschränken musste, den vorgezeichneten Ablauf zu kontrollieren. Die vierte der Jury war die in Mode gekommene Gleichstellungsbeauftragte. Sie war von Haus aus eine Grundschullehrerin und wie viele andere Mitglieder der regierenden Partei, im Ministerium zu einer besser bezahlten Beschäftigung gekommen. Ihr oblag, neben der Beachtung der Chancengleichheit, die Aufgabe, für ein freundliches Betriebsklima in der Bewerbungsrunde zu sorgen. Das Klima war in der Tat freundlich, ob das allerdings an ihr lag, konnte nicht entschieden werden, da sie die ganze Zeit über zugegen war, aber zumindest die Hälfte der Veranstaltung vor der Tür hätte bleiben müssen, um zu ermöglichen, das Verfahren mit und das Verfahren ohne Beauftragte gegeneinander halten zu können. Alle bis auf den Abteilungsleiter waren angespannt, und es wurde im Laufe der Befragung immer deutlicher, dass sich nicht nur die Kandidaten, sondern auch die drei anderen, Gruppenleiter, Personalreferent und Gleichstellungsbeauftragte beim Abteilungsleiter empfehlen mussten.

Der Personalreferent war Ende vierzig, sah aus wie fünfundsechzig und war erst seit kurzem fürs Personelle zuständig, das aber, wie Feuerbach später erfuhr, nur nach heftigem Kampf – viele hielten ihn, wie später herauskam, für keine gute Wahl. Mit der aktuellen Vorstellungsrunde hatte er seine erste Bewährungsprobe. Seine Hände waren eiskalt und neigten zum Zittern, der Aufregung und nicht, wie im ersten Augenblick vermutet, einem verfrühten Parkinson geschuldet, sein Gesicht war bleich, mit einem Stich ins Gelbliche, und sein Atem roch nach fauligem Fisch, was auf ein Geschwür des Magens oder beschädigte Zähne schließen ließ. Er schien sich des Geruchs bewusst zu sein, den er erzeugte, denn alle halbe Stunde öffnete er seinen Mund und sprühte eine reinigende Lösung hinein. Seine rechte Hand führte den Behälter, und seine linke verbarg den geöffneten Mund, der auf den hygienischen Sprühstoß wartete.

Die Bewerbungs-Prozedur nahm einen Zeitraum von sechs Stunden in Anspruch. Alle waren am Ende erschöpft, alle hatten ihr Bestes gegeben. An Feuerbachs Stiefel wollte sich jedenfalls niemand stoßen, auch wenn sie sich deutlich von den modischen, spitz zulaufenden, blank polierten Straßenschuhen der anderen absetzten. Schweren Schritts hatte er das Zimmer betreten, in dem sich die Kommission niedergelassen hatte. Ein Blick auf seine Füße überzeugte den Vorsitzenden, dass der Kandidat beschädigt oder sogar schwerbeschädigt war, und die Beschädigung wohl von den Füßen ausgehen musste. Sie waren vermutlich deformiert, musste er gedacht haben, so dass sie besonderes orthopädisches Schuhwerk benötigten. Taktvoll verzichtete er auf lästige Nachfragen. Vielleicht war es am Ende auch nur die vermeintliche Behinderung, die aus den Stiefeln sprach, die am Montagvormittag den Anruf auslöste. Der Personalreferent war am Telefon und verkündigte, dass er im Ministerium als Favorit gehandelt würde. Dabei hatte das Gespräch zunächst einen ganz anderen Verlauf genommen.

„Feuerbach. Wie ist ihr Name, bitte?"

„Hier redet Merkle, Personalreferent des Ministeriums. Herr Feuerbach, wie geht es Ihnen?"

„Herr Merkle", stammelte Feuerbach, „das ist aber eine Überraschung! Ich bin in Ordnung, und wie geht es Ihnen?"

„Machen Sie sich um mich keine Sorgen. Ich hatte den

Eindruck, es war Ihnen nicht wohl bei der Vorstellung, Sie wirkten so müde", sagte der Personalreferent.

Dachte er es sich doch. Er war wieder mit etwas angestoßen. Irgendwie schien er sich unangemessen verhalten zu haben. Das kannte er ja, es war beileibe nicht das erste Mal. Schon bei der Konfirmandenstunde hatte sich der Pastor bei den Eltern beschwert, weil er seinen Blick von einem früh und üppig gereiften Mädchen im rosaroten Pullover nicht abwenden konnte, fasziniert war von der Vorstellung, das Geheimnis, das dieser barg, zu enthüllen, oder später, als der Tanzlehrer bei seiner Mutter Klage führte, dass ihr Sohn sich weigere, die übrig gebliebenen Mädchen, samt und sonderst hässliche Entlein, zum Tanze zu fordern, oder als zu Studentenzeiten der Verfassungsschutz auf ihn aufmerksam geworden war und wegen Mangels an Beschäftigung eine Akte über ihn und seine harmlosen Proteste angelegt hatte.

„Herr Merkle, ich bitte Sie! Müde? Ich war hellwach."

„Es war nur ein Eindruck von mir. Ich habe auch Psychologie studiert, ich achte auf so was. Dazu bin ich als Personalreferent verpflichtet. Ich habe mich erkundigt über Sie. Ihre Vorgeschichte studiert. Wir im Ministerium sind Mitglieder einer sozialen Partei, unter diesem Gesichtspunkt würde ich Ihre Aktivitäten als eher ungefährlich einstufen. Aber mich beunruhigt die Frage, ob Sie Psychopharmaka genommen hatten. Haben Sie ein Problem, das Sie nicht in Griff bekommen? Wenn ja, dann müssten wir darüber sprechen."

„Herr Merkle! Sie wollen mich ärgern! Ich war stocknüchtern. Tabletten gibt es in der Apotheke, aber doch nicht bei uns. Jedenfalls keine Tranquilizer oder irgendeines der anderen, allseits beliebten Drogen, falls Sie die im Sinn haben. Aber wenn Sie schon so fragen, Herr Merkle, dann darf ich doch sicher zurückfragen, ob Sie das eine oder andere in den falschen Hals bekommen haben? Entschuldigen Sie das offene Wort, Herr Merkle, aber wir sind ja unter uns, der Herr Abteilungsleiter, darauf vertraue ich, wird nicht mithören, nicht wahr?"

„Herr Feuerbach, Sie reden sich um Kopf und Kragen, verderben sich alle Chancen, die wir bereit sind Ihnen einzuräumen. Wir sind nämlich der Ansicht, dass Sie der Geeignete sind. Was sagen Sie jetzt?"

„Hatte ich es mir insgeheim doch gedacht. Ich bin glücklich. Sie haben den Richtigen gewählt. Ich stimme zu. Ich nehme die Stelle."

„Gemach. Halten Sie sich wirklich für geeignet? Sie wissen, es geht um trockene Angelegenheiten. Keine Wissenschaft, keine intellektuellen Höhenflüge in unserem Hause, solides bürokratisches Wissen, regelbasiert, nichts anderes wird verlangt. Sie werden es überwiegend mit Juristen zu tun haben, die auf ihr Prädikatsexamen stolz sind. Sie werden strikte Hierarchie erfahren, nichts als Verwaltungsarbeit, wenig Beinfreiheit, wenig Entscheidungsfreiheit, alles konzentriert sich im Ministerbüro, keiner trägt Verantwortung, nicht einmal der Minister, denn wenn er Rede und Antwort stehen muss, erklärt auch er sich regelmäßig für unschuldig. Es ist, Sie verstehen mich richtig, die *unschuldige Hand*, die hier die Geschicke leitet. Also das darf ich Ihnen vorweg sagen, lassen Sie sich nie durch den Appell an ihre Verantwortung zur Verantwortung ziehen! Das sage ich Ihnen als Personalreferent und Schutzbefohlener der Belegschaft. Von Mann zu Mann. In Kürze, es ist bestimmt alles ganz anders als Sie gedacht haben."

Feuerbach, zu sich selbst: Herr Merkle, der Schutzheilige. Wenn das nur gut geht. Und wieder laut, unüberhörbar:

„Egal, wenn Sie mich für den Richtigen halten, dann

werde ich das auch sein. Ich nehme an."

„Gemach. Sie werden einige ihrer Überzeugungen ablegen müssen. Alle unsere Entscheidungen beruhen auf Kompromissen. Viele davon sind faul, ich muss das so sagen, sind richtig faul. Diese Anmerkung bleibt aber unter uns, verstanden?"

„Der Herr Abteilungsleiter hört also nicht mit?"

„Herr Feuerbach, Sie nerven mich. Mir als altem Sozialdemokraten blutet gelegentlich die Seele, was da so alles als Kompromiss ausgegeben wird. Das darf ich Ihnen, aber nicht im Ministerium sagen. Dort dürfen Sie vieles nicht laut sagen, das werden Sie schnell merken. Meinungsfreiheit müssen Sie beim Pförtner abgeben. Sie werden unglücklich sein, wenn Sie erst das volle Ausmaß der Einschränkungen erfahren werden. Sie werden dem Beförderungsdruck unterliegen, eifersüchtig die täglichen Hausnachrichten verfolgen und sich übergangen fühlen, wenn Ihr Name bei den monatlichen Beförderungen nicht auftaucht."

„Himmel noch einmal, Sie malen den Teufel an die Wand. Ich werde mein Bestes geben, das andere interessiert mich nicht. Hauptsache, ich werde auf Dauer beschäftigt, damit die Unsicherheit ein Ende hat."

„Gemach. Ich verstehe Sie, aber ich will, dass Sie sich keine Illusionen machen. Enttäuschte Mitarbeiter sind schlechte Mitarbeiter, sie sind eine Gefahr für den Betrieb. Sie verbreiten Unruhe, schlechte Laune und Ungehorsam. Das will ich vermeiden."

„Das ist aufrichtig von Ihnen. Sie kümmern sich wahrhaftig um Ihre Schutzbefohlenen."

„Genauso ist es. Sie wissen nicht, wie sehr die allgemeine Missgunst die Mitarbeiter schon angefressen hat. Sind Sie immer noch überzeugt?"

„Na klar, und wenn es die Hölle wäre, für eine dauerhafte Beschäftigung würde ich auch dort arbeiten."

„So schlimm ist es nun auch wieder nicht. Einige fühlen sich hier sehr wohl, naturgemäß diejenigen, die es besonders weit gebracht haben und besonders viel vom Verwaltungsbeamten im Blut haben. Oder die Juristerei, abgeschlossen oder nicht abgeschlossen, studiert haben. Selbstverständlich ist immer das Parteibuch dabei, es ist eine große Hilfe. Sind Sie schon Parteimitglied? Sie sollten es sich überlegen."

„Damit werde ich nicht dienen wollen."

„Deshalb will ich Sie ja haben. Ich mag die Juristen nicht und auch nicht meine Genossen. Bei denen kommt als erstes die Frage nach einer eventuellen Parteizugehörigkeit des Kandidaten. Damit muss irgendwann einmal Schluss sein."

„Ich verstehe Ihre Aversionen", sagte Feuerbach mitfühlend, bereute das aber, kaum ausgesprochen, fühlte, dass er wieder zu weit gegangen war.

„Ihr Verständnis ist nicht gefragt. Unser Gespräch bleibt unter uns, nicht wahr. Ich fürchte, ich bin ohnehin schon viel zu weit gegangen, hätte Ihnen weniger verraten sollen. Der Abteilungsleiter darf auf keinen Fall von unserem Gespräch erfahren; gehen Sie davon aus, dass dieses nicht stattgefunden hat."

„Aber dann ist alles ungültig?", fragte Feuerbach mit Verzweiflung in der Stimme.

„Ach was, Sie kommen morgen in mein Dienstzimmer, dann werden wir die Angelegenheit mit dem Abteilungsleiter besprechen", sagte Merkle, und damit war das Gespräch beendet.

Am nächsten Tag unterschrieb Feuerbach den Arbeitsvertrag, der wie im öffentlichen Dienst üblich, eine halbjährige Probezeit vorsah. Nach aufmunternden Glückwünschen des Abteilungsleiters (derweil Merkle den reinigenden Sprühstoß zum wiederholten Male ansetzte) wurde er fürs Erste nach Hause entlassen. Dienstbeginn war auf den ersten April festgesetzt.

Jedwede Form von Aufmunterung war allerdings unnötig. Im Gegenteil. Feuerbach geriet in eine euphorische Stimmung. Er fuhr beschwingt die Autobahn zurück, die zur Mittagszeit freie Fahrt gewährte. Er fühlte sich als Held, der nach bestandener Schlacht zu Frau und Kind eilt, um den Lieben, rechts und links an seine Brust geschmiegt, die frohe Kunde zu überbringen. Eine wahrhaftiges Glücksgefühl hatte sich seiner bemächtigt. Wann hatte er je so viel Freude verspürt? Nichts schien in diesen Augenblicken unerreichbar. Wann war es ihm je so gut gegangen?

Zu Hause angekommen, nahm er Alice, seine kleine Tochter, setzte sie ins Auto, und ab ging es, bis die beiden die Höhe erreicht hatten, die noch Schnee hatte, mit bräunlichen Pfützen dazwischen, wo die Wärme des Bodens und die Strahlung der Sonne, sozusagen in gemeinsamer Aktion den Schnee hatten schmelzen lassen. Es war ein prächtiger Tag, die milde Luft meldete den nahenden Frühling, viel zu früh, verkündeten schon damals die Apostel der Klimaapokalypse im Radio, doch was kümmerte ihn an diesem Tag der Klimawechsel, er wollte das Glücklich-Sein, diesen überaus seltenen Zustand, nicht beschädigen lassen, wollte ihn von Anfang bis Ende auskosten. Die Tochter auf dem Arm, setzte er mit kleinen Sprüngen über die Wasserlachen; er hätte sie auch umgehen können, doch seine übermütige Stimmung animierte zu Sprüngen, wie das bei jungen Pferden zum Ausdruck kommt, mit dem Unterschied, dass er kein Pferd, zumal kein junges war, folglich seine Sprünge nicht hoch und weit, sondern flach und kurz gerieten.

Aber er hatte ja auch seine fünfzehn Kilogramm schwere Tochter auf dem Arm. Wenn er die Wasserlache übersprungen hatte, setzte er Alice auf den Schnee, nahm sie an die Hand und ließ sie durch den Schnee stolpern. Bei der nächsten nahm er sie wieder auf den Arm. Das tat er ein ums andere Mal nur zu gerne, denn er liebte seine Tochter mit ganzer Kraft. Sie hatte ihm mit ihrer Geburt neuen Schwung gegeben, ihr verdankte er, vermutete er, dass es so gut gegangen war mit seiner Bewerbung. Er war damals viel mit ihr zusammen, hatte sie, wo immer es ging, auf dem Rücken in einer kleinen grünen Kiepe die Berge bis zu den Zweitausendern hinaufgetragen, ohne je zu kippen, zu stolpern oder zu rutschen; sie hatte alle seine Anstrengungen erfahren; seine beschleunigte Atmung, die schweißnassen Haare, die Anspannung der Rücken- und Nackenmuskulatur, schließlich seine verhaltene Sorge, wenn die Wege unsicher wurden und er seine teure Last gefährdet sah. Er fühlte ihre Füße gegen seine Rippen schlagen, die Hände an seinen Haaren ziehen, ihren Kopf sich im Rhythmus seiner Schritte vor und zurück bewegen, er trug einen Rucksack gefüllt mit prallem Leben, und den trug er nur allzu gerne, auch wenn er mit jedem Monat naturgemäß schwerer wurde, denn es war seine Tochter, die durfte auf ihn vertrauen und sich ganz mit ihm verbinden. Er hatte sie manchen Abend, selbst bei Regen, in den überdachten Anhänger gesetzt und war mit dem Fahrrad durch den stockdunklen Wald gereist; zur Beruhigung ihres empfindlichen Nervensystems, das seinem ähnelte, indem es sich dem Schlaf nur allzu oft widersetzte. Kaum hatte er in die Pedalen getreten, schlossen sich ihre Augen, der Kopf neigte sich nach vorne, die Bewegung wiegte sie in den Schlaf. Der Wald war zu dieser Zeit längst menschenleer, die Spaziergänger so schien es ihm, mieden die Finsternis und waren wieder zu Hause, wenn er mit seiner Alice und dem Gespann, Fahrrad samt Anhänger, den Wald oben auf der Höhe erreichte. Meist weckte er sie, wenn er genügend lange gefahren war, nahm sie auf den Arm, ließ das Fahrrad stehen und wanderte in der Dunkelheit zu Fuß, bis das Licht der Fahrradbeleuchtung, seine Spezialkonstruktion mit leistungsfähigem Akku, nur mehr schwach sichtbar war. Dann fragte er sie, ob er sie absetzen dürfe, darauf hatte sie, so schien es, gewartet, schnell befreite sie sich aus seinen Armen und lief voraus, dem Fahrradlicht entgegen, auf einer Waldstraße, gesäumt von hohen Fichten, die sich links und rechts gegen den wolkigen Nachthimmel reckten. Sie hatte sich bald an die Dunkelheit gewöhnt, vermisste das Licht ebenso wenig wie er selbst, worüber sich Luise, eine Lichtanbeterin, über die Maßen wunderte. Immer wieder hatte sie ihn wegen seiner Lichtscheuheit gerügt. Kinder wie Erwachsene suchen das Licht, nicht die Dunkelheit, sagte sie. Das gelte nicht für ihn, hielt er dagegen, schließlich ginge es ja auch immer irgendwie um die Beruhigung des eigenen Nervensystems und das der Tochter, und dafür sei der dunkle Wald ganz besonders gut geeignet, denn alle äußeren Reize würden dort abgeschaltet. Während Vater und Tochter auf dem Kamm des bewaldeten Hügels spazierten, erzählte er ihr, dass die Bäume im Stehen schlafen würden, und die Vögel, von denen nur noch der Kauz hörbar war, hoch in den Bäumen mit offenen Augen ruhten. Er war im Übrigen sehr froh, dass es ein Mädchen geworden war. Das war ihm Tage vor der Geburt zur Gewissheit geworden, als er in seinen häufigen nächtlichen Träumen ein Mädchen im Arm wiegte. Frauen, so fand er, hatten den Männern gegenüber unbestreitbare Vorzüge: sie waren leidenschaftlicher, hatten den besseren Geschmack und neigten weniger zum Formelhaften, waren vor allem weniger opportunistisch als Männer. Frauen ging es um das Ideelle, nicht so sehr um das Materielle. Aber er wusste auch, dass das alles nur teilweise richtig war, dass sich viele Frauen, vor allem jene an höherer Stelle, dem Verhalten der Männer angeglichen oder sie in puncto Rigidität sogar noch übertroffen hatten.

„Das hättest du also fürs Erste geschafft. Bliebe nur noch die Probezeit, es wäre gelacht, wenn du die nicht überstehen würdest", versicherte ihm Luise, das Kind auf dem Arm, das dazu lachte, als hätte es mit seinen fünfzehn Monaten den Sinn der Sätze verstanden. Es war genau dieser Arbeitsvertrag, der erste überhaupt, der ihm im vorgerückten Alter von fünfundvierzig Jahren die Aussicht auf eine dauerhafte Beschäftigung eröffnete. Es war ein extremes Ereignis, eines von der höchst seltenen, der positiven Sorte. Es war absolut einzigartig. Es würde seine Zukunft ebnen und ihm und seiner kleinen Familie eine gesicherte ökonomische Basis ermöglichen.

Die Weihnachtsfeier

Unterhaltung zweier nostalgischer Männer über ihre gemeinsame Zeit im Tempel der Minerva. Dabei geraten Lust, Frust und Aufsässigkeit der jungen Jahre in den Fokus.

Man erwartete einen gut angezogenen Mitarbeiter. Deshalb hatte Feuerbach tief in die eigentlich leeren Taschen gegriffen und ein wollenes Jackett gekauft, dessen Farbe an roten Wein erinnerte. Jedenfalls weit genug entfernt vom knalligen Rot seiner Studienzeit, und kein Anlass für den misstrauischen Personalreferenten, weitere Nachforschungen über Feuerbachs politische Vergangenheit anzustellen. Zuhause, vor dem heimischen Spiegel, stellte sich die Jacke als viel zu groß heraus, die Arme zu lang, die Schultern zu mächtig. Feuerbach wollte sie zurückgeben, aber Luise, Fabians Frau, fand sie nicht schlecht, weil sie nicht einschnürte, wenigstens die Jacke weit, lachte sie, wenn es eng werden würde bei der neuen Arbeit. Luise hatte eben immer einen praktischen Gesichtspunkt zur Hand. So blieb er dem Jackett fünf Jahre lang treu, nur im Sommer legte er es ab, wenn es zu heiß wurde, und die Sommer waren damals furchtbar heiß, frühe Boten der Klimakatastrophe, so wollten es die akademischen Klimapropheten sehen. Als die Zeit im Ministerium zu Ende war, hatte er das Jackett einem Bekannten in Italien geschenkt, der es wegen der wolligen Wärme schätzte. Allerdings wurde er nicht recht glücklich damit, denn der Umfang seines Bauches übertraf den der Jacke um etliches, so dass er die Jacke sperrangelweit offen stehen lassen musste.

Ganze fünf Jahre verbrachte Feuerbach im Ministerium. Schon am zweiten Tag seiner Dienstzeit wurde er dem Staatssekretär vorgestellt. Der interessierte sich, wie vom Personalbüro angekündigt, eher für seine Bekleidung als seinen beruflichen Werdegang. Die Prozedur erinnerte an den Appell auf dem Kasernenhof, wenn Knöpfe und Kragen der Rekruten vom Vorgesetzten geprüft werden. Der Staatssekretär war ein Mann mit Striemen und Narben im Gesicht, die vermutlich von seiner Mitgliedschaft in einer säbelschwingenden studentischen Verbindung herrührte. Ein gelernter Jurist mit kaltem Herzen, der seine Umgebung mit Zynismus malträtierte. Gefürchtet eben deswegen, wurde er gleichwohl anlässlich seines Todes als warmherziger und mitfühlender Vorgesetzter gerühmt. Er missbilligte bei jeder sich bietenden Gelegenheit, dass man ihn, den besten Minister aller Zeiten, nach Abgang des besten Bundeskanzlers aller Zeiten aus der einflussreichen Position auf einen, wie er sich ausdrückte, gänzlich unbedeutenden Posten in die Provinz entsorgt hatte. Dieser Umstand hatte seine angeborene Bitterkeit dramatisch verstärkt. Der Posten des Staatssekretärs sei eine exzellente Abfindung, suggerierte die Parteispitze, jedenfalls gut genug für ihn, den alten Zyniker. Er durchschaute den maliziösen Charakter der Umsetzung. Denn er gehörte nicht zu denen, die sich aus Hochachtung vor sich selbst nur allzu gerne täuschen lassen.

Die Klientel des Ministeriums waren die Professoren und Professorinnen der Hoch- und Fachhochschulen. Viele davon hatten auch bei Feuerbach angeklopft. Er schätzte ihre Zahl auf zweihundert, summa summarum etwa ein gutes halbes Prozent des aktuellen Bestandes an männlichen Hochschullehrern in Deutschland. Das war eine ordentliche Stichprobe, die signifikante Aussagen zu Charakteren, Einstellungen und Vorlieben dieser gesellschaftlich herausgehobenen Gruppe erlaubte.

Er hatte Buch geführt, Besuche, Begrüßungen, Telefongespräche, gemeinsame Sitzungen, Lob und Tadel und was sonst noch alles notiert. Er hütete das Heft wie seinen Augapfel. Es begleitete ihn auf Schritt und Tritt, denn niemand im Ministerium durfte davon erfahren, das Heft erklärte er zu seinem persönlichen Dienstgeheimnis. Die Professoren kamen vorzugsweise, Feuerbachs Ressort geschuldet, aus den natur- und ingenieurwissenschaftlichen Disziplinen, waren Männer im Alter zwischen fünfunddreißig und fünfundsiebzig Jahren. Pro Woche bekam er im Ministerium Besuch von etwa fünf Professoren. Unterschiedlich in Auffassungsgabe und Erscheinung, waren sie doch gleich im Verhalten: selbstgefällig und empfindlich, wenn ihre Verdienste, insbesondere ihre Kompetenzen ins Spiel kamen. Denn es ging um Projekte und um Geld, und demzufolge, unweigerlich, auch um die Qualifikation des Antragstellers. Selbstgefällig und empfindlich, das waren sie, dies jedenfalls war Feuerbachs alles beherrschender Eindruck.

War das richtig beobachtet? Oder eher eigener Voreingenommenheit geschuldet? Richtig wohl war ihm nicht dabei. Seine Schlussfolgerungen konnten nicht das letzte Wort sein. Es galt, etwaige Sinnestäuschungen auszuschließen. Er musste sich vergewissern. Würde Christoph Kirchner kontaktieren, den Freund aus früheren Tagen. Der arbeitete in einem wissenschaftlichen Institut, das im Zuge der vermehrten Investition in Wissenschaft und Forschung in den sechziger Jahren entstanden war. Wiesen und Felder mussten weichen, um Büro- und Laborräume zu errichten. Christoph würde sein Bild von den Professoren bestätigen oder verwerfen. Auf seine Meinung konnte er sich verlassen. Christoph war streng und stark in seinen Überzeugungen, entschieden in Zustimmung und Ablehnung. Entfernt an den charakterfesten Jesuiten im Zauberberg erinnernd. *Der Zauberberg*! Feuerbach hatte ihn als Neunzehnjähriger gleich zweimal gelesen, nicht weil das Buch schwer zu lesen war, wie viele behaupten, sondern weil er die Genugtuung verdoppeln wollte, die der Roman vermittelte, denn im Zauberberg wurden viele der Fragen diskutiert, die ihn zu jener Zeit beschäftigten. *Der Zauberberg* von Thomas Mann war sein Buch des Verstandes, *Abschied* von Johannes R. Becher, das war sein Buch des Herzens.

Aber es gab ein Problem. Christoph war zwischenzeitlich Sozialdemokrat geworden. Fühlte sich folglich genötigt, sein Verhalten anzupassen, Überzeugungen aufzuweichen, auf das Machbare zu fokussieren, so wie es sich eben gehörte, um in der staatstragenden Partei Gehör zu finden und vorwärts zu kommen. Er hatte sich verändert. Setzte immer stärker auf das Machbare und entfernte sich von den Utopien. Ihre Freundschaft hatte sich abgekühlt. Was war nach dreißig Jahren davon übrig geblieben?

„Du bist es, Fabian, ich bin überrascht, bald hatte ich gedacht, es gäbe dich nicht mehr. Was gibt mir nach so langer Pause die Ehre?" rief Kirchner ins Telefon.

„Etwas ganz Spezielles. Aber wenn ich dich höre, kommt mir meine Erinnerung dazwischen: Unsere vielen Diskussionen über die Situation im Institut. Die Verärgerung über den Chef, unsere Auflehnung, die Aktionen. Als ich an meiner Doktorarbeit saß und dich um deine feste Stelle beneidete, die dir schon frühzeitig zugefallen war."

„Ach ja? Das hört sich fast so an, als hätte ich nichts dafür getan."

„Keinesfalls, ich habe mich lediglich missverständlich ausgedrückt. Niemanden habe ich diese Stelle mehr gegönnt als eben dir. Niemand hat sie mehr verdient als du."

„Nun lass die Kirche im Dorf. Reden wir über dich. Du warst der Rebell, hast immer gegen den Strich gebürstet. Deine Auflehnung hat übrigens nachgewirkt. Es wird dich interessieren, dass man noch heute im Institut darüber spricht. Obwohl die Belegschaft inzwischen nahezu komplett ausgetauscht ist und der Chef schon seit einiger Zeit, allerdings im biblischen Alter von 99 Jahren, verstorben ist. Eben dieser fühlte sich damals von dir provoziert, und das war ja wohl auch von dir beabsichtigt", sagte Christoph.

„So war es. Es machte mir Spaß, ihn herauszufordern, und es war mir völlig egal, dass ich mich damit unbeliebt machte, wie die wohlmeinenden Kollegen es formulierten. Jedenfalls war die allgemeine Dienstfertigkeit gegenüber diesem Autokraten Grund genug, mich aufzulehnen."

„Alle gestandenen Mitarbeiter redeten ihn mit *Herr Professor* an, auch wenn es wohl nichts anderes als ein Honorarprofessor war, den man ihm von irgendwoher zugesprochen hatte. Der Doktorand Feuerbach begnügte sich mit dem schlichten *Herr*. Eine Selbstverständlichkeit, aber für damalige Verhältnisse ein tolles Stück. Unerhört. Eine Art Majestätsbeleidigung, im Kolloquium stöhnten sie alle, fürchteten den Zornesausbruch unseres Direktors, die sich durch eine blau-rote Verfärbung seines Gesichts ankündigte. Aber der Autokrat schwieg zu derlei Provokationen. Er war sich seiner Macht bewusst und wollte es dir zu geeignetem Zeitpunkt heimzahlen."

„Hat er aber nicht. Jedenfalls habe ich nichts davon gemerkt. Übrigens gab es ja noch die rote Farbe, die nicht nur ihn, sondern alle Leute aus der näheren Umgebung empört hat", ergänzte Feuerbach. Er meinte die rote Farbe seines Hemdes, das er damals zu tragen pflegte.

„Nicht alle waren vom Rot irritiert. Das Rote ärgerte die Männer, erfreute aber die Frauen", korrigierte Kirchner. „Darauf war ich ein bisschen neidisch, um ehrlich zu sein. Dann habe auch ich mir ein rotes Hemd gekauft. Aber keine der Frauen schien von meinem Hemd angetan."

„Das habe ich schon fast vergessen", unterbrach ihn Feuerbach.

„Das Hemd oder die Frauen?" wollte Kirchner wissen.

„Das Hemd. Die Frauen sind mir sehr präsent. Die waren verheiratet mit den Strebern aus dem Institut. Für diese ernsthaften Männer war rot eine herausfordernde Abweichung. Die passte nicht zur Gemessenheit der Charaktere."

„Ach, die Frauen", sagte Kirchner mit Bedauern in der Stimme. Es klang, als hätte er etwas verpasst. „Sie fühlten sich unverstanden und vernachlässigt. Ihre Männer waren damit beschäftigt, Ansehen in der Forschung zu erwerben. Das konnte nicht gut gehen: die Frau zu Hause und der Mann bei der Arbeit, die Frau gelangweilt und der Mann besessen; die Frau mit den Kindern und der Mann vor dem Computer... die Frau zu Hause und der Mann auf Dienstreise, da kamen Mann und Frau, die Freiheit genießend, schon mal auf andere Gedanken."

„Wenn wir schon dabei sind: erinnerst du dich an die Feiern im Institut?"

Von den traditionellen Weihnachtsfeiern blieb auch das Institut nicht verschont. Auf diesen Feiern lief der Direktor zu großer Form auf. Er gedachte der ruhmreichen Anstrengungen des fast abgelaufenen Jahres und lobte den Einsatz der Mitarbeiter, spielte den wohlmeinenden Übervater und verteilte Geschenke. Das kam gut an. Die Geschenke gingen immer nur an seine Lieblinge. Die Weihnachtsfeiern brachten die eher sterilen Wissenschaftler in Wallung. Sie gerieten bei diesen Feiern außer Rand und Band. Sie gingen über Tische und Bänke.

„Aber ja, sehr deutlich. Unter anderem an die segensreiche Wirkung des Alkohol. Wenn die Männer mit ihren Kumpels tranken, haben ihre Frauen mir unter vier Augen und nicht selten unter Tränen ihre Nöte gestanden", sagte Christoph.

„Sie haben ... gestanden? Was haben sie gestanden?"

„Das bleibt bei mir, oder hast du noch nichts vom Beichtgeheimnis gehört?"

Kirchner war eine vertrauenswürdige Person, die das Sachliche betonte, sich schlüpfriger Anspielungen enthielt und strikte Neutralität verkörperte. Die Frauen hatten ihre Angelegenheit in aller Offenheit ausbreiten können.

„Warte einen Augenblick", sagte Kirchner, „ich muss gerade nach draußen, meine Meinung ist gefragt zu einer Veröffentlichung, ich bin gleich wieder zurück, bleib am Telefon."

Im Laufe des Gesprächs war Feuerbach mehr und mehr bewusst geworden, dass ihn weder die Meinung des Freundes zu den Professoren, noch seine rebellische Vergangenheit, noch die Frauen der Wissenschaftler besonders interessierten. Ein Ereignis hatte sich aus den Tiefen seiner Erinnerung gelöst und ins Bewusstsein gedrängt. Es war nicht seine Doktorarbeit, die er sich damals abgerungen hatte. Es war auch nicht Christoph, dem er so viel verdankte und den er schon deshalb nicht vergessen würde. Es war, natürlich, eine Frau, der er begegnet war.

Der Anlass war eine dieser von ihm geschmähten Weihnachtsfeiern. Die geräumige Kantine des Instituts war festlich hergerichtet, der Tannenbaum im nahen Wald geschlagen und mit farbigen Kugeln und elektrischen Kerzen behängt, die Stimmung war gut und der Saal mit den mehr als zweihundert Mitarbeiterinnen und Mitarbeitern fast vollständig ausgefüllt. Es wurde, wie üblich bei solchen Festen, reichlich klebriger Glühwein ausgeschenkt, es spielten die traditionellen Weihnachtslieder, und wenn diese pausierten, dröhnte der benebelnde Kuschelrock. Es roch, wie es immer bei solchen Veranstaltungen riecht, nach Fuselalkohol und Schweiß. Wein, Bier, Schweiß und Musik gingen ans Herz, und Frauen und Männer waren näher beieinander, als notwendig oder vom dienstlichen Ablauf her verträglich schien. Als Feuerbach dazukam, begegnete ihm als erster der Direktor, der in Richtung Toiletten schwankte und ihm freundlich zunickte. Das wertete er als gutes Zeichen und begab sich wohl gelaunt in den Festsaal. Da alle Plätze besetzt waren, lehnte er sich an einen der Pfeiler und bemerkte, dass er von einer jungen, dunkelhaarigen, schön gewachsenen Frau betrachtet wurde. Es war dieselbe, die ihn das eine oder andere Mal in der Kantine, beim Essen über fünf Tische hinweg, angesehen hatte. Er wusste in solchen Augenblicken nicht, wie er ihren Blick deuten sollte. Jetzt wo sich ihre Blicke erneut trafen, kam die Erleuchtung: Ich würde gern aber es geht nicht. Komm und sag mir, dass es geht. War es das? Ihre Augen glimmten wie Holzkohle in der Nacht, über die eine leichte Brise weht. Oder glühten sie sogar? Das wollte er genauer wissen, jetzt oder nie, sagte er sich, und als er ihr dann gegenüberstand, gab es keinen Zweifel: Sie glühten. Die Pigmente in ihrer Iris glühten. Er fragte, ob sie mit ihm tanzen würde, als Leonhard Cohen's *Marianne* aufgelegt wurde.

„Ich habe dich schon oft gesehen", lachte sie. Ihr Lachen verwirrte ihn, es passte so wenig zu Cohens Melancholie. Alles andere hätte er erwartet, nur nicht ein verlegenes Lachen.

„Ich dich noch öfter", sagte er, um lässige Normalität bemüht. „Du heißt Babette, nicht wahr?"

„Wer hat dir das gesagt?"

„Das bleibt mein Geheimnis."

„Übrigens kenne auch ich deinen Namen", sagte sie, jetzt ohne zu lachen.

„Und wer hat dir ihn verraten?"

„Du kennst ihn", sagte sie.

„Dann wissen wir schon alles", sagte er und war Feuer und Flamme.

„Keineswegs", sagte sie, tiefgründig. Cohen hatte inzwischen seinen Gesang beendet, sie standen dicht beieinander. Sie fasste seine Hand, legte sie um ihre Hüfte, strich seine braunen Locken aus der Stirn, küsste sie und lehnte ihren Körper eng an den seinen, ließ ihn die Intensität ihrer Gefühle erahnen. Ihre Unmittelbarkeit überraschte ihn und machte ihm schlagartig bewusst, dass das herkömmliche Verhalten in Form von Schmeicheleien, Andeutungen, Gesten und Blicken, das ganze Repertoire der ausgeklügelten Werbung und Anbahnung einer gewissen Lächerlichkeit nicht entbehrt, wenn es auch anders geht, wenn auf den ersten Blick die Situation geklärt scheint.

„Wie kommt es, dass du mich küsst?"

„Das habe ich in Gedanken schon öfter getan, und jetzt habe ich es einfach gemacht", sagte sie. Ihre Lippen hatten einen süßlichen Geschmack, nicht den des klebrigen Glühweins, es war etwas anderes, das er nicht identifizieren konnte. Jedenfalls war es in höchstem Maße angenehm.

„Deine Lippen schmecken süß", sagte er, „du musst etwas aufgelegt haben."

„Was denkst du?" hauchte sie ihm ins Ohr.

„Ich denke im Augenblick gar nichts, ich fühle deine Stimme, sie ist warm und weich und kitzelig, sie macht mich sprachlos, ist so intim, wie soll ich das verstehen."

„Die Süße kommt durch hormonelle Anregung", sagte sie.

„Oh wenn es das ist", sagte Fabian, und dann küsste er sie.

„Immer noch süß?" fragte sie, ihre Augen noch glühender, der Mund noch süßer.

„Ich mag diese Art Feier nicht, wollte eigentlich gar nicht erscheinen; aber habe vielleicht unterbewusst daran gedacht, dich zu sehen", sagte er. „Was hätte ich versäumt", flüsterte er in ihr Ohr. Sie schloss für Augenblicke ihre Augen und sagte:

„Ich wusste, dass ich dich heute treffen würde. Und wenn ich dich nicht angesehen hätte, wärst du dann auch auf mich zugegangen?"

„Ich glaube, ich wäre", sagte er. Sie nahm seine Hand und legte sie auf ihre Brust.

„Spürst du mein Herz?"

„Die hormonelle Anregung?" sagte er lächelnd, wagte aber nicht, die Hand zu bewegen, machte sie so leicht wie möglich, spürte mehr als den Herzschlag, ließ die Hand liegen ohne sie zu bewegen.

„Du kennst dich aus in der Biologie der Frau", sagte sie, nahm seine Hand und legte sie sehr langsam zurück.

„Die ist in diesem Punkt von der des Mannes nicht sehr verschieden."

„Was hast du gedacht, als du mich gesehen hast, zur Mittagspause in der Kantine?" fragte sie.

„Ich habe mir gewünscht, dass alle Leute rausgehen, du allein zurückbleibst, aufstehst und an meinen Tisch kommst."

„Und wenn ich sitzen geblieben wäre, wärst dann du

gekommen?"

„Vielleicht, doch gewiss, dann wäre ich gekommen."

„Und dann, was hättest du gesagt, so allein mit mir?"

„Das was ich jetzt gesagt habe."

„Oh, ich hätte ein wenig mehr erwartet. Zum Beispiel, dass du mich fragen würdest, ob ich komme, wenn du mich einlädst, um über die Frauenfrage zu diskutieren."

„Nichts lieber als das", lachte Fabian, „habe ich diesen Eindruck auf dich gemacht?"

„Ein bisschen schon, ein ernsthafter junger Mann, der gerne über Politisches spricht. Das war die eine Seite. Die andere: ein spöttischer junger Mann mit lockigem Haar und Mund zum Küssen."

„Nicht mehr?"

„Ich kann doch nicht alles sagen, das andere später."

„Später, wenn wir uns wiedersehen?" sagte er erwartungsvoll. Sie strich mit den Fingern über seinen Mund und bestätigte:

„Wenn wir uns wiedersehen."

„Also heute nicht? Die Nacht ist lang, wir hätten viel Zeit bis zum Sonnenaufgang, und darüber hinaus, wir könnten allein sein, wir könnten alles tun, wonach uns verlangt..."

„Das geht mir vielleicht doch ein bisschen zu schnell", lachte sie. So schöne Zähne, dachte Feuerbach, und überraschend weiß, wie kann das sein?

„Ich sehe dich morgen, ganz bestimmt. Etwas Einhalten, eine kleine Verzögerung, ein kurzes Besinnen, das wird nicht schaden. Im Gegenteil, es fördert das gegenseitige Verlangen."

„Aber ist nicht schon genug davon da?" fragte er, ermutigt durch ihr freies Wort.

„Es kann nicht genug davon geben", sagte sie, begleitet von einem Augenaufschlag, der ihn Großes ahnen ließ.

Dann eher ernst: „Ich muss jetzt gehen. Mein Mann wartet zu Hause, der Unglückliche. Ich habe verlangt, dass er mit dem Warten aufhört, aber ich fürchte, er tut es dennoch. Wir sehen uns morgen, nicht wahr. Hundert Prozent Wahrscheinlichkeit."

Sie küsste ihn, und es kam ihm so vor, als hätte sich die Süße ins Unendliche potenziert.

Fabian war verwirrt, regelrecht benommen. Was für eine Frau. Was für ein Selbstbewusstsein. Was für eine Ausstrahlung. Was für eine Verlockung in ihren Lippen, für eine Zartheit in ihren Fingern. Welche Verführung in der Vorstellung, dass sie zueinander finden und miteinander bleiben würden.

Diese Begegnung, so überraschend und phantastisch sie war, so überraschend schnell war sie auch wieder beendet. Aber sie hatte sich als Erinnerung über die Jahre ausgebreitet und gewissermaßen lebendig erhalten. Und er war sich sicher, dass es diese Frau war, die ihn mit der Zeit damals und dem Ort, der Forschung, dem Institut, dem Land, den Herbstnebeln und in die Weite ausgestreckten Rübenfeldern verband.

Bei genauerer Betrachtung der Angelegenheit musste er im Nachhinein allerdings eingestehen (und wie schwer fällt es, etwas einzugestehen), dass er Paula um nichts in der Welt hatte aufgeben wollen. Paula kam überall gut an. Als er sie kennenlernte, war sie kurz vor dem Abitur, ihre Stärke waren die Sprachen. Sie war hübsch, zärtlich, gutgelaunt, und sie war die eine von zweien (die zweite war Luise), die Fabians Mutter gefiel. Sie hatte alles, was die Frau zur Frau macht, rundherum in schöner Ausführung, der schönsten, die er bis dahin zu Gesicht bekommen hatte.

„Und danach, was war mit den Ausführungen, die danach auf dich zukamen", hatte Luise wissen wollen.

„Danach? Darüber schweige ich."

„Schade", hatte Luise gesagt, „hätte gern deine Bekenntnisse gehört. Ich denke an die Bücher von Stephen Vizinczey und Henri Roché. Bei denen ist das Reservoir ja schier unerschöpflich. Ein Mann und ein Dutzend Frauen, in wenigen Jahren. Umberto Eco belässt es bei fünf, danach hat er aufgehört zu zählen, in seiner *Königin Loana*. Es ist doch aufschlussreich, wie gerne mit der großen Zahl von Frauen geprahlt wird, die den hochgelobten Schreibern zu Füßen gefallen sein sollen."

„Ich glaube den Autoren höchstens eine von den vielen. Alles was darüber hinausgeht ist erfunden, ist Wunschdenken."

„Aber dürfen wir dir glauben?"

„Zu hundert Prozent."

„Dann sag mir wie es mit Paula weiterging."

„Paula wollte heiraten, mindestens aber eine fest geknüpfte Beziehung, so wie sie es bei ihren Eltern erlebte, die sich Tag für Tag, Sommer wie Winter, um neun Uhr abends zu Bett begaben. Ich fand, das hätte noch Weile, warum so früh sich binden. Nachdem sie treu zu mir gehalten hatte und mich auch im Ausland mehr als einmal besucht hatte, wohin die Forschung mich verschlagen hatte, war sie es, die sich verabschiedete. Als der Zug mit ihr abgefahren war, sie: unglücklich, tränenreich, enttäuscht, allein in einem Abteil der skandinavischen Staatsbahn; ich: melancholisch, doch auf seltsame Art erleichtert, allein am Bahnhof den entschwindenden Waggons nachsehend, war sie von heute auf morgen nicht mehr zu sprechen, hatte sich von mir verabschiedet, ohne ade zu sagen, ob mit oder ohne Hilfe, war nicht zu klären. Damit hatte ich nicht gerechnet, es traf mich schwer, auch weil ich dabei war, umzudenken, weil ich es durchaus für möglich gehalten hatte, nach längerem Ringen mit mir selbst, sie doch eines Tages zu heiraten, das was sie offenbar wollte, nun auch zu wollen. Das aber hatte ich ihr nicht gesagt, wollte diesen komplizierten Prozess nicht stören, sondern allein austragen, noch etwas reifen lassen. Das war nun nicht mehr nötig."

„Hier bin ich wieder, sagte Christoph, „bist du noch da?"
„Natürlich bin ich noch da", erwiderte Fabian, als er unwillig aus der Vergangenheit auftauchte, um notgedrungen in die Gegenwart zurückzufallen. „Mich interessiert die aktuelle Situation bei euch. Sind die Männer im Institut noch immer so?"
Christoph sagte, das alles sei Vergangenheit, alles sei anders, rein wissenschaftlich, strenger und unpersönlicher geworden, die Leute würden auch die Nächte und am Wochenende am Computer sitzen, ohne Unterlass. Die Lichter gingen nicht aus, würden auch die Nacht über brennen. Die Weihnachtsfeiern seien langweilig, zwischen den Männern und Frauen würde es, so sagte er, nicht mehr knistern. Wie das, fragte Feuerbach. Ganz einfach, sagte Christoph. Auch die Frauen säßen jetzt am Computer, und die Frauen seien ohne Männer und die Männer ohne Frauen. Das Problem habe sich gelöst, man warte nicht mehr aufeinander, die Geschlechter hätten sich getrennt.
„Das ist eine interessante Entwicklung, in der Tat. Sie geht konform mit ähnlichen Tendenzen in der Gesellschaft, rapide Zunahme der Singles, langsame Abnahme der traditionellen Paarbildung, Vermeidung von Nachwuchs, unübersehbare Zunahme der Bevorzugung des gleichen Geschlechts. Aber zurück zum Wesentlichen. Was du noch nicht weißt: Ich war im Wissenschaftsministeri-

um, dem bedeutendsten unter den vielen in unserer Republik, bin erst kürzlich wieder ausgeschieden und an die Uni versetzt worden" und ergänzte „meinem Wunsch entsprechend". Christoph sollte keinen falschen Eindruck bekommen, hätte er der Wahrheit gemäß gesagt, 'beiderseitigem Wunsch entsprechend', wären Fragen gekommen, die er jetzt nicht Lust hatte, zu beantworten, nicht nach so langer Zeit des gemeinsamen Schweigens.

„Du bist ja mächtig mobil", sagte Kirchner. Er selbst hatte seinen Arbeitsplatz nicht ein einziges Mal gewechselt, wozu ja auch keine Veranlassung bestanden hatte, denn der Autokrat hatte ihm gleich nach dem Studium einen unbefristeten Arbeitsvertrag angeboten. Dieses zu damaliger Zeit keineswegs ungewöhnliche Ereignis hatte sein Selbstvertrauen gefördert und ihm ermöglicht, eine Familie zu gründen und auf gesicherter finanzieller Basis auszubauen.

Das Triumvirat

Über den Opportunismus in den Forschungsinstituten und wie Kirchner und Feuerbach ihm zu widerstehen versuchen.

„Zurück zu meinem Anliegen", sagte Feuerbach. „Im Ministerium hatte ich ausgiebige Gelegenheit, den Charakter und das Verhalten sehr vieler Professoren unterschiedlicher Fachrichtung zu studieren. Meine Eindrücke basieren auf einer großen Zahl und könnten somit statistisch gesehen durchaus signifikant sein. Zusammengefasst: die Leute sind sich ungemein ähnlich. Ich wollte gerne wissen, wie du das siehst."

„Bedauere. Das Thema interessiert mich nicht."

„Christoph! Es geht um den Gesichtspunkt der Ähnlichkeit. Professoren, egal welcher Fachrichtung oder welchen Alters, sind sich in ihrem Verhalten und ihren Einstellungen ziemlich ähnlich, behaupte ich. Ich möchte deine Meinung dazu hören. Wie siehst du das?"

„Als erstes solltest du differenzieren. Ist der Gegenstand deiner Untersuchung der männliche oder weibliche Professor? Ich habe den Eindruck, da gibt es signifikante Unterschiede", sagte Kirchner.

„Das ist wahrhaftig eine wichtige Unterscheidung. Nun muss ich gestehen, dass ich Zeit meines Lebens ausschließlich mit dem männlichen Anteil der Professorenschaft zu tun hatte. Und habe. Das liegt vor allem an der Fächerkombination und den Forschungsgebieten, mit denen ich bis heute konfrontiert bin, und die werden geschätzt zu neunzig Prozent von Männern besetzt. Also sind meine

Untersuchungen auf die männliche Komponente der Professorenschaft begrenzt, wir nennen sie, der Gewohnheit folgend, Professoren, im Unterschied zu Professorinnen, die die weibliche Komponente der Professorenschaft repräsentieren", sagte Feuerbach.

„Nun gut, weil du nicht nachgibst... deine Professoren sind sehr neugierig, das ist gut, und sie sind begierig, das ist vermutlich weniger gut. Aber das sind andere Menschen auch. Gierig oder begierig? Begierig hört sich besser an. Der Gegenstand ihrer Begierde ist ganz offenbar keine körperliche, auch nicht unbedingt eine finanzielle, sondern eine abstrakte, wissenschaftliche: das Projekt, die Veröffentlichung, das Experiment, der Forscherpreis. Das Maximum der Begierde ist der weltweite Ruhm, als erster ein ungelöstes Problem gelöst zu haben, etwas entdeckt zu haben, was den anderen entgangen ist oder auch nur übersehen wurde; der ultimative Höhepunkt schließlich der Nobelpreis, mit dem der Wissenschaftler die Unsterblichkeit erlangt, und in Folge die Fach- und sonstige Welt ihm zu Füßen liegt."

„Die Gier des Professors nach Ruhm ist im Grunde unstillbar, sie ist rastlos und ist mit der Gier des Kapitalisten nach Profit gleichzusetzen", sagte Feuerbach. „Ist das alles? Was geschieht auf ihrem Weg nach oben?" Vielleicht lässt sich die Angelegenheit vertiefen, hoffte er. Vielleicht kommt noch etwas dabei heraus.

„Alle, die nach Macht und Einfluss streben, kommen am Opportunismus nicht vorbei. Da macht der deutsche Professor keine Ausnahme. Im Gegenteil. Ich schäme mich, wenn ich gewahr werde, wie sich Professoren biegen und bäumen, wenn der Dienstherr, also Minister oder Ministerin, sich zum Besuch angesagt hat, oder der Kanzler der Universität, der auf den Finanzen sitzt, bei ihnen anruft, oder im Kolloquium ein Preisträger, womöglich ein Nobelpreisträger, präsentiert werden darf. Manche nennen das Verhalten der Professoren, wenn Höhergestellte in Sicht sind, diplomatisch, andere bezeichnen es als respektvoll. Beides klingt irgendwie gut, weniger freundlich können wir auch sagen, dass man sich unterwürfig zeigt, bedingungslos unterwürfig."

„Ist das nicht ein bisschen zu hart geurteilt?"

„Nein."

„Wie würden Professoren auf unsere Häme reagieren", warf Feuerbach ein. „Ich meine, wenn sie davon erführen. Sie würden sagen, hier handelt es sich um zwei Ignoranten, zwei zu kurz Gekommene, neidische Querulanten, die uns um unseren Status beneiden. Sie würden alle unsere Argumente als Neiddebatte disqualifizieren. Einige wenige würden sich Mühe geben, unsere Gesichtspunkte zu entkräften. Sie würden uns klarmachen, dass sie schwer gearbeitet haben. Dass ihnen ihre Erfolge nicht in den Schoß gefallen sind. Ja das würden sie sagen. Und ich sage dir, Christoph, sie haben es tatsächlich schwer. Sie müssen die Konkurrenz im Blick haben, dürfen sie keinen Augenblick aus den Augen verlieren. Die wievielte Publikation hat der Kollege inzwischen fabriziert, wie groß ist sein Drittmittelbudget? Die Universität hat ihm eine weitere Mitarbeiterstelle zugesagt. Wie konnte das geschehen? Er hatte neulich den Rektor zu Besuch, warum ist der Kerl an meiner Tür vorbeigegangen, ohne mich zu begrüßen? Besondere Sorgen macht mir sein guter Kontakt zum Hochschulkanzler. Den muss ich anrufen und ihm erzählen, dass ich einen Antrag auf Förderung geschrieben und eingereicht habe. Ich muss ihm klarmachen, dass wenn der Antrag durchkommt, die Universität um einige Millionen reicher sein wird. Das muss Konsequenzen haben. Ich werde bei ihm meine Höherstufung anregen."

„Wir werden den Charakter von Professoren nicht ändern können. Aber wir können daran arbeiten, den Charakter und die Richtung der Forschung zu beeinflussen. Ich würde mir mehr Kooperation wünschen, als Gegenentwurf zur Konkurrenz. Die großen Aufgaben der Zukunft verlangen die kooperative, multidisziplinäre Forschung. Darin sind sich im Übrigen alle einig. Deshalb gibt es Forschergruppen und Sonderforschungsbereiche. Sieht man genauer hin, sind das meist lose Verbünde, in denen jeder die eigene Karte spielt. Es muss darauf geachtet werden, was von der versprochenen Interdisziplinarität eingelöst ist, wie sie im Einzelnen realisiert wird, was man ihr an Erfolgen zuschreiben kann. Zu all dem müssen wir uns endlich etwas einfallen lassen", sagte Kirchner.

„Komm, lass uns ein Papier schreiben, das diese Problematik in Angriff nimmt", schlug Feuerbach vor, seinen Freund Löwenburg nachahmend, der bekanntlich jede Diskussion zu einem Papier machen wollte.

„Mir reicht, was wir einst geschrieben haben. Das hat mir so manche schlaflose Nacht eingetragen. Aber warum reden wir darüber? Du hast einen Grund?", fragte Kirchner.

„Ich soll einen Vortrag über den Professor halten, genau genommen über den deutschen, männlichen Professor, das Publikum würde aus der Unternehmerschaft kommen. Was sagst du nun?"

„Sollte, würde, du sprichst in Rätseln. Worum geht es?"

„Die Unternehmer haben mich eingeladen."

„Also das ist der Hintergrund zu deiner Fragerei!"

„Da liegst du nicht falsch."

„Ja und? Was hast du vor?"

„Lass mich ein wenig ausholen. Von Anfang an hatte ich das Gefühl, wenn ich der Einladung folge, wird das ausgehen wie bei meinen ersten Kontakten mit einer Studentenverbindung. Ich sagte mir, warum nicht, vielleicht sind sie gar nicht so schlimm, und wenn doch, macht es Freude, ihnen die Meinung zu sagen. Sie waren schlimm. Zu vorgerückter Stunde habe ich dann nicht mehr an mich halten können, nachdem sie mich zuvor mit opulentem Essen und vielerlei Getränken nebst heiratswilligen, aber farblosen Töchtern der Altvorderen zu ködern versucht hatten. Als ich ihnen sagte, für wie blöd ich ihren Verein hielt, haben sie mich genötigt, das Lokal zu verlassen. Ich hatte einen langen Heimweg, und die ganze Zeit über war ich in Siegerlaune, habe Steine in den Badeteich geworfen und zu Hause einen Aufsatz für die Studentenzeitung geschrieben, über eben diesen Abend und die Praktiken der Verbindung, Mitglieder zu gewinnen. Der wurde veröffentlicht und hat ihnen viel Ärger gemacht."

„Ihnen oder dir?"

„Ihnen. Ich fühlte mich als Gewinner. Die Verbindungsstudenten schäumten. Die unabhängigen Studenten freuten sich."

„Nun bist du fast doppelt so alt, wirst dich zu benehmen wissen. Schreib auf, was du sagen willst, und lass es mich wissen", bat Christoph. „Vielleicht kann ich das eine oder andere glätten, ohne dem Sinn seine Schärfe zu nehmen."

Nach zweijähriger Zugehörigkeit zum Ministerium bekam Feuerbach von einer Unternehmungsberatung die Anfrage, ob er einen Vortrag über Professoren halten würde. Wer konnte den Beratern seinen Namen übermittelt haben? Und was sprach dafür, die Einladung der Berater annehmen? Man hatte mit einem Honorar unbestimmter Größe gelockt. Um in dieser Angelegenheit nicht ganz unbedarft aufzutreten, hatte Feuerbach eigens die Liste der Redner eingesehen, die bei diversen Unternehmen und Verbänden angedockt hatten. Er entnahm diesen Listen, dass Unternehmen, die mit ihren Ressourcen sehr sparsam umgehen und die Löhne gerne niedrig halten, alle Prinzipien der Sparsamkeit vergessen und richtig großzügig werden, wenn es um die Honorare der eingeladenen Honoratioren geht. Ausgemusterten Staatssekretären und abgewählten Bundeskanzlern werden exorbitante Summen geboten. Fernseh-Philosophen und Fernseh-Forscher (vor allem die Spezialisten für Verkehr und Klima) verlangen bis zu fünfzehntausend pro Auftritt, so die neusten Meldungen zu den Vergütungen der Redner. Kanzlerkandidaten deutlich mehr. Das Volk findet die Honorare unmoralisch. Das sind sie auch, weil die Redner ihre Beziehungen aus beruflicher Tätigkeit nutzen, um Geld für sich und ihre Freunde einzusammeln. Das Volk schäumt, doch es würde denen gleichtun, wenn sich ihm die Gelegenheit böte.

Feuerbach sprach mit der Beratungsfirma.

„Was wollen Sie hören?"

„Wir wollen unterrichtet werden über die deutschen Professoren, deren Status und Erfolge, Verhaltensweisen, politische Einstellungen, Weltbilder etc. Wir dachten, Sie könnten dazu auf Grund ihrer Kontakte einige nützliche Hinweise geben".

„Kann ich. Über die diversen Weltbilder, vor allem die politischen, kann ich nicht. Wie ist das Publikum zusammengesetzt?"

„Das sind mittelständige Unternehmer. Überwiegend intelligente Leute, produzieren unter anderem Hightech Produkte. Wollen was Neues hören, keine Blasen, die schon beim nächsten Satz zerplatzen."

„Gut, dann haben Sie auf keinen Fall bei dem Falschen nachgefragt. Meine Blasen zerplatzen erst, wenn jemand das Gegenteil zu meiner Rede vorträgt, und der muss erst noch geboren werden", spottete Feuerbach.

„Dann haben Sie ja einen ausreichenden Vorsprung. Wir würden Ihnen selbstverständlich die Reisekosten zahlen und Ihnen ein Honorar von 500 Euro in Aussicht stellen. Wären Sie damit zufrieden?"

„Wenn ich lese, dass andere Redner es auf mindestens zehntausend bringen, gleicht Ihr Angebot eher einem Almosen, das sie besser in Ihre Vereinskasse stecken, oder noch besser, als Anzahlung für den nächsten Bordellbesuch reservieren, der dem Vernehmen nach auch bei Ihnen nicht ungewöhnlich sein soll. Behalten Sie das Geld oder besser, geben Sie mir das Doppelte, also Tausend. Ich rede als Privatperson. Jeder Bezug aufs Ministerium ist zu unterlassen."

„Das nehme ich zur Kenntnis. Eine definitive Zusage kann ich nicht geben, über ein Honorar in der von Ihnen verlangten Höhe muss ich erst Rücksprache nehmen. Ich möchte aber vorsorglich darauf hinweisen, dass mögliche Konflikte mit Ihrem Arbeitgeber zu Ihren Lasten gehen. Wir wollen damit nichts zu tun haben. Sie werden das verstehen."

Christoph und Fabian hatten sich aus den Augen verloren, nachdem sie ihren Artikel über den Verein zur Förderung der Wissenschaften verfasst hatten. Christoph fürchtete Sanktionen. Sie blieben aus. Vermutlich hatten die Einflussreichen den Artikel weder gesehen noch gelesen oder einfach nur ignoriert. Christoph und Fabian gehörten zu einer kleinen, bedeutungslosen Minderheit. In dem international angesehenen Verein zur Förderung der Wissenschaften rebellierte man nicht, man vergrub sich in der Wissenschaft, vor allem, wenn man jung war und nach oben wollte. Vielleicht wäre die Sache anders ausgegangen, wenn sie auch dem Präsidenten des Vereins ihren Artikel zugeschickt hätten. Um bei der Wahrheit zu bleiben: sie hatten sich nicht getraut, ihn persönlich zu beliefern. Der Artikel begann mit: *Die Worte des Präsidenten ermutigen uns.* Sie hätten umgekehrt natürlich auch den Präsidenten ermutigen können – den Artikel zu lesen. Und sich daraufhin womöglich genötigt zu sehen, die Rebellen rauszuwerfen, von heute auf morgen arbeitslos zu machen? Hätte er das wirklich getan? Doch wohl eher nicht. Die Autoren waren zurückhaltend gewesen. Hatten nichts von der Verstrickung prominenter Forscher in die Forschungsprojekte der Nazi-Zeit erwähnt. Hätten sie, wären Repressalien unausweichlich auf die drei zugekommen.

„Dann hätten wir an die Berühmtheiten wie Fritz Haber, Otto Hahn oder Werner Heisenberg erinnern müssen, deren Nähe zum Machtapparat der Nazis inzwischen vielfach dokumentiert worden ist. Neuerdings sogar in Buchform, Richard von Schirach hat in seiner *Nacht der Physiker* einiges dazu gesammelt und aufgeschrieben. Die Auseinandersetzung mit den Protagonisten der damaligen Zeit war nicht unsere Sache. Wir fanden das nicht besonders interessant. Im Übrigen waren die Quellen, die darüber hätten Auskunft geben können, damals noch unter Verschluss", sagte Feuerbach.

„Wir waren mutig, als wir über unseren Arbeitgeber und die Arbeitsbedingungen geschrieben haben, sagte Kirchner.

„Das waren wir, das steht außer Zweifel", bestätigte Feuerbach. „Wir haben dem Verein den Spiegel vorgehalten. Sie haben nur nicht reingeschaut. Über eine Institution zu schreiben, die aller Kritik enthoben war und nun von uns drei kleinen Leuten, Angestellte und Stipendiaten dieser Institution, öffentlich kritisiert wurde, das war schon was. Wir waren Whistle-Blowers der ersten Stunde!"

„Das sehe ich anders, schließlich haben wir ja nichts verraten. Gab es überhaupt etwas zu verraten? Die Argumente, die im Zusammenhang mit Gründungen und Schließungen von Instituten gefunden wurden? Wenig spektakulär. Die Angelegenheit war beschlossen, bevor sie zur Entscheidung gestellt wurde. Ohnehin hatte der Präsident immer das letzte Wort", sagte Kirchner.

„Und Schließungen gab es nur höchst selten."

Der Dritte in ihrem Bund war Anton. Anton war der Philosoph im Triumvirat. Sein Merkmal war die Toleranz, seine Nachsichtigkeit, mit der er auch die weniger sympathischen Zeitgenossen betrachtete. Allerdings war Anton nur mäßig engagiert. Er verlegte sich aufs feinsinnige Privatisieren und widmete sich mit allen seinen Kräften der griechischen Philosophie. Von ihm stammte der erste, ermutigende Satz des Artikels. Die Drei hatten über die Arbeitsbedingungen der Wissenschaftler, deren Möglichkeiten der Mitbestimmung, über Entscheidungsprozesse und die Frage der Wechselwirkung zwischen Forschung und Industrie nachgedacht. Dazu hatten sie ein paar Fakten gesammelt, die der Öffentlichkeit weniger bekannt waren, anderseits aber auch nichts Sensationelles enthielten. Sie machten aus ihren Recherchen einen dreißig Seiten Text. Im Ergebnis konnte das Triumvirat bestätigen, was zu vermuten war: Die Wirtschaft übt auch auf die Grundlagenforschung einen nicht vernachlässigbaren Einfluss aus. Sie will Forschungsgebiete, die innovative Produkte hervorbringen, die Gewinne abwerfen; entsprechend verhält sie sich, wenn es um die Entscheidung für neue Institute geht. Diese Fakten widersprachen den Verlautbarungen der diversen Präsidenten des Vereins. Diese behaupteten nämlich, dass die Grundlagenforschung ganz und gar unabhängig, mithin von keinerlei Interessen, ausgenommen rein wissenschaftlichen, beeinflusst sei; sie sei vor allem nicht planbar, denn die Ergebnisse der Forschung basierten auf dem Einfall, der dem Genie unbeabsichtigt und unabhängig von allen gesellschaftlichen Konstellationen, typischerweise beim Spazierengehen, zufliegt. Diese Konstruktion war fester Bestandteil des Begrüßungs-Rituals, das auf den Festveranstaltungen und den Preisverleihungen des Vereins zur Anwendung kam. Die Absicht des Triumvirats zur damaligen Zeit war, solche und ähnliche Verlautbarungen als Ideologie zu enttarnen.

„Ich würde das heute entspannter sehen, die Frage der Verflechtungen zwischen Kapital und Forschung", sagte Feuerbach, „was wäre denn anderes zu erwarten gewesen? Es ist doch weltfremd, von einer Forschung auszugehen, die sich von allen Finanz- und Wirtschaftsinteressen freihält. Die ökonomischen Bedingungen, so hätte Karl Marx vermutlich gesagt, beeinflussen auch die Themen der Forschung. Vielleicht hat er es sogar gesagt."

„Damit liegst du noch ganz auf der Linie unseres Artikels. Damals durfte in einem gesellschaftskritischen Text der Hinweis auf den unerbittlichen Marx nicht fehlen, und so haben wir sogar seine sprachlichen Besonderheiten an der einen oder anderen Stelle nachgestellt. Das war eben üblich damals. Aber zu Marx können wir auch heute noch stehen, nicht wahr?"

„Das können wir", bekräftigte Feuerbach, denn für beide galt: die Ideen von Marx waren der singuläre, radikale, nie realisierte Gegenentwurf zu der weltumspannenden, verführerischen Herrschaft des Kapitals.

„Dass die Industrie in der Planung der mit Steuergeldern geförderten Forschung mitmischen will, ist so verwerflich nicht, sofern sie sich auf die Rolle des Mäzenatentums beschränkt", sagte Feuerbach.

„Aber genau das tut sie nicht! Sie nimmt massiven Einfluss, der aber nicht öffentlich wird. Sie privatisiert die Ergebnisse der Grundlagenforschung, profitiert davon, ungeachtet der Tatsache, dass sie zu großen Teilen vom Geld des Steuerzahlers finanziert wurde. "

Beide pausierten eine Weile, dann kam Christoph mit einem Geständnis: „Ich muss gestehen, dass ich erst dann zur Zufriedenheit zurückgefunden habe, als ich all mein soziales Engagement fallen ließ und mich wieder ganz auf meine Forschung konzentriert habe. Nur dort konnte ich ein Ergebnis erzielen, und das war nachhaltiger, als über soziale Probleme zu grübeln oder mit dem Autokraten im Institut aneinander zu geraten. Meine wissenschaftliche Arbeit wurde geschätzt, mein Ausflug in die Politik dagegen missbilligt, es gab Kommentare der folgenden Art: wie kannst du das nur tun; hast du dafür fünf Jahre Physik studiert; man hätte so viel mehr von dir profitiert, wenn du dich ausschließlich auf die Forschung konzentriert hättest."

„Ja, ja, das kommt mir alles sehr bekannt vor. Ich verstehe dich. Du hast mir damals geraten, alles sein zu lassen, was von der Forschung abweicht. Und dann hast du es selbst nicht getan. Aber du kannst stolz sein, es riskiert zu haben. Es gibt eine Reihe von Leuten, die dir dafür dankbar sind. Ich gehöre zu diesen", bekräftigte Fabian und fand im gleichen Augenblick, dass er nicht zu dick aufgetragen hatte. „Aber aufrührerisch hin oder her, auf jeden Fall war unser Artikel die längst überfällige Einmischung von Naturwissenschaftlern in eine Diskussion, die ausnahmslos von Soziologen beherrscht wurde, deren Ausdrucksweise ungenießbar und deren Wissen um den

Prozess der naturwissenschaftlichen Forschung unzureichend war."

„Lassen wir es damit bewenden", schlug Kirchner vor. „Was hast du mir sonst noch zu berichten? Was hast du eigentlich gemacht, nachdem du bei uns ausgeschieden bist?"

„Erstmalig etwas, für das ich mich begeistern konnte. Klimaforschung! Ich wurde erneut in den Tempel der Minerva aufgenommen, dieses Mal in ein Institut mit internationalem Renommée, wenn auch wieder nur in befristeter Stellung", berichtete Feuerbach nicht ohne Stolz.

„Bist du? Nimm im Nachhinein meinen Glückwunsch entgegen", sagte Kirchner.

„Ich dachte, du hättest davon gehört. Was unseren Artikel betrifft, hatte ich die Befürchtung, er könnte mir schaden. Er schien aber auch dort nicht bekannt zu sein. Wenn wir daraus eine Geschichte für den Spiegel gemacht hätten, wäre es anders gekommen. Er war alles in allem viel zu akademisch. Für die Nische geschrieben, wo er auch gelandet ist."

„Schluss jetzt. Wir haben genug darüber gesprochen. Aber zu deiner Beruhigung – ganz so schlimm war es nun auch wieder nicht. Habe ihn kürzlich im Internet gefunden. So etwas wie ein Zufallsbefund. War eine echte Überraschung, ihn dort zu sehen. Ein dreißig Jahre alter Artikel abgedruckt von Anfang bis zum Ende", sagte Kirchner.

„Gab es einen Kommentar?"

„Kein Kommentar."

„Aber zu allem und jedem gibt es irgendeine Stellungnahme", protestierte Feuerbach.

„Es bleibt dabei. Zu unserem Artikel gab es keine. Vielleicht war der Artikel zu alt, die Autoren zu unbekannt, das Thema nur für Eingeweihte, die sich inzwischen zurückgezogen haben. Was auch immer", sagte Kirchner. Er wollte damit tatsächlich nichts mehr zu tun haben, fand Feuerbach, konnte sich aber nicht verkneifen, zu fragen:

„Würdest du ihn heute anders schreiben?"

„Ich glaube nicht."

„Ähnliches verfassen?"

„Warum nicht? Aber in anderer Form bringen", sagte Kirchner.

„Christoph, haben wir den Elan verloren, den es dafür braucht? Ist unser Feuer abgebrannt?", argwöhnte Feuerbach.

„Unser Bündnis zu dritt war kurzlebig. Aber es ist etwas daraus hervorgegangen." Christoph seufzte: „Hat am Ende der Opportunismus nicht auch uns in Besitz genommen?"

„Ganz haben wir uns ihm nicht verweigern können. Ich bilde mir allerdings ein, dass von meiner jugendlichen Aufsässigkeit ein guter Teil erhalten geblieben ist. Mal sehen, was ich davon bei meinem Vortrag über die Professoren noch aktivieren kann. Schön übrigens, dass wir nach so langer Zeit so frisch und frei miteinander gesprochen haben", sagte Fabian.

„Sollten wir deshalb nicht doch ein bisschen Kontakt halten, ich meine ganz unverbindlich?" fragte Christoph.

„Ganz unverbindlich. Überlassen wir das nächste Treffen dem Zufall, der sowieso immer seine Hände im Spiel hat. Unsere Freundschaft hat Bestand, mit oder ohne Zufall, nicht wahr?" sagte Fabian, eher traurig, beim Gedanken an deren unweigerliche Vergänglichkeit.

Christoph bestärkte ihn in seiner Ansicht. Sie vereinbarten, beim nächsten Mal einander zu besuchen. Auge in Auge die aktuelle Situation zu erörtern. Wozu es nicht kam. Aus dem Internet erfuhr er, dass Christoph wenige Wochen später gestorben war. Christoph hatte ihn auf

den Weg der Wissenschaft und der Politik gesetzt. In-
direkt hatte Christoph sogar Anteil an der erfolgreichen
Bewerbung beim Ministerium. Denn er hatte ihm ver-
mitteln können, dass unter gewissen Umständen die Be-
reitschaft zur Anpassung, sofern sie nicht sein Innerstes,
sein Eigenes beschädigt, sehr hilfreich, sogar notwendig
sein kann, letztlich das Überleben rettet. Und deshalb
moralisch gerechtfertigt ist. Er trauerte über den Verlust
und bereute, dass ihre Freundschaft eine so lange Pause
gemacht hatte. Feuerbach beschloss, den Vortrag über
die Professoren, wenn es denn tatsächlich dazu kommen
sollte, ganz öffentlich dem verstorbenen Freunde zu widmen.

Zwei Tage nach dem Telefonat mit Christoph rief Feuerbach den Unternehmensberater an.

„Spreche ich mit dem Chef der Unternehmensbera-
tung?"

„Der spricht mit Ihnen."

„Herr Berater, hier ist Feuerbach. Es tut mir sehr, sehr
leid, ich muss meinen Vortrag absagen. Ich hatte ihn fest
bei Ihnen gebucht. Nun hat sich herausgestellt, dass meine Dienststelle Bauchschmerzen kriegen würde, wenn ich
an meiner Absicht festhalte."

„Wie kann das sein?"

„Sorge um mich, Sorge um den Ruf des Ministeriums,
wir alle machen Fehler, das wissen Sie doch, kann eben
passieren."

„Dann muss ich wohl stornieren, oder?"

„Das müssen Sie, leider. Ich habe für Ihre Sache gekämpft wie ein Löwe, aber die oben sind stärker. Wir
haben unsere Hierarchien."

„Wirklich? Ich dachte bei Ihnen geht es demokratisch
zu."

„Herr Berater, Sie scherzen. Aber demokratischer als in den Unternehmen, denen Sie mit Rat und Tat zur Seite stehen, das glaube ich schon."

„Das können Sie nicht beurteilen. Also dann gibt es nichts mehr zu besprechen. Ich verabschiede mich."

Keine Tätigkeit hielt er für nichtsnutziger als die von den Beratern ausgeübte. Es hatte sich herumgesprochen, dass die Beraterei spätere politische Karrieren begünstigte, dafür gab es handfeste Beweise, selbst einige der politischen Leichtgewichte waren auf dieser Schiene vorwärts gekommen und in der ersten Reihe gelandet. Berater erledigten übrigens gegen hohe Honorare auch die etwas aufwendigeren Arbeiten des Ministeriums. Das war in Mode gekommen, als sich immer deutlicher abzeichnete, dass die Bediensteten, vor allem die nach Parteibuch bestellten, mit den ihnen zugeteilten Aufgaben überfordert waren. Das Land zahlte also doppelt: für die Berater und die Bediensteten, eine Tatsache, die in der Presse nicht die Aufmerksamkeit bekam, die sie verdient hätte.

Feuerbach ging am Wochenende in einen Übungsraum der zahlreichen Universitäten des Landes. Alles war vorhanden, Kreide, Tafel, Licht, viele Tische und Stühle. Nur kein Publikum. Er besetzte, in Gedanken, die Stühle mit Unternehmern. Die vorderste Reihe reservierte er für den Veranstalter, den Berater der Unternehmer. Und dann verkündete er, der Vortrag würde später stattfinden, in fünf oder zehn Jahren. Heute sei die Zeit, so leid es ihm täte, noch nicht reif dafür.

Auch aus der in Aussicht gestellten Diskussion, vom Abteilungsleiter des Ministeriums als Ersatz für den gestrichenen Vortrag gedacht, wurde nichts. Er habe das auf der Leitungsebene nochmals zur Sprache gebracht, informierte der Abteilungsleiter, man habe sich, wie erwartet, an Feuerbachs Person gestoßen, darüber hätten sie, der Abteilungsleiter und Feuerbach, ja neulich gesprochen, das solle er aber bloß nicht zu Herzen nehmen, ohnehin sei ja bald alles vorbei. „Was, alles vorbei?", fragte Feuerbach entsetzt. „Aber haben Sie es vergessen? Ihre Dienstzeit im Ministerium. Mit der ist es bald vorbei." Darauf Feuerbach:

„Ach so, ja natürlich. Vielleicht sehen wir uns irgendwann wieder in der Universität, auf einer Veranstaltung über das Wesen des deutschen Professors. Ich würde mich freuen und mir, falls Sie kommen, eine besondere Begrüßung ausdenken." Darauf der Abteilungsleiter:

„Geben Sie mir Bescheid, Sie können davon ausgehen, dass ich kommen werde."

Einige Monate später wurde der Abteilungsleiter, offiziell wegen seines schwächer werdenden Herzens, tatsächlich aber auf Betreiben seiner Kollegen an der Spitze des Hauses, vorzeitig in den Ruhestand versetzt.

Im Ministerium

Feuerbach sucht seinen Platz im beförderungssüchtigen
Ministerium. In den Universitäten erfährt er ungewohnte
Ehrbezeugungen. Er schreibt Reden für die Obrigkeit.

Die Drohkulisse des Personalreferenten zeigte Wirkung.
Zweifel verdüsterten Feuerbachs Euphorie. Was würde
werden, wenn die Arbeit, wie behauptet, nur aus Forma-
litäten bestünde? Wenn er mit den Gepflogenheiten des
Hauses nicht zurecht käme? Wenn er sich den Weisungen
des Hauses widersetzen würde? Wenn der lange Weg zur
Arbeit zu beschwerlich würde? Wenn, er wagte es kaum
zu denken, die Probezeit nicht bestanden würde?

Aber im gleichen Augenblick erinnerte er sich der un-
erhörten Chance, das Leben der Familie mit einem re-
gelmäßigen Einkommen zu sichern. Darum ging es, um
nichts anderes. Alles andere hatte sich dem unterzuord-
nen. Es gab kein Zurück. Er müsse an seine kleine Familie
denken, seine Vorbehalte eindämmen oder erst gar nicht
entstehen lassen, das sei er ihnen schuldig, sagte Luise,
und er konnte nicht anders, als ihr zuzustimmen.

Der Personalreferent erinnerte regelmäßig an die Probezeit. Es sei alles andere als beschlossene Sache, dass
Feuerbach bleiben würde, die Probezeit sei kein Zucker-
schlecken, sei eine echte Prüfung, entscheide über die
weitere Zukunft des Aspiranten, verkündete Merkle viel-
sagend und richtete seine Augen zur Decke, so als er-
bitte er Gnade für seinen Schützling von oben. Er ließ
es sich nicht nehmen, Feuerbach einmal pro Woche in
sein Dienstzimmer zu rufen. Meist wartete der ungedul-

dige Mann schon an der Tür auf ihn. Nachdem er ihn ins Zimmer bugsiert hatte, schloss er leise, aber nachdrücklich die Tür, drehte den Schlüssel, um eventuelle Besucher auszuschließen, kontrollierte, ob die Fenster dicht waren, zog den Telefonstecker aus der Buchse und putzte sich mehr als eine Minute seine Brille, ohne ein Wort zu sagen, kontrollierte hin und wieder aus kurzsichtigen Augen Feuerbach, sich dessen Präsenz versichernd, und beendete die Präliminarien mit dem desinfizierenden Sprühstoß, den er sich wie üblich hinter vorgehaltener Hand verabreichte. Dann endlich begann er zu reden, leise, kaum hörbar, so dass Feuerbach das Ohr zum Trichter formen musste, um Merkles Laute einzufangen. Dieser erklärte mit sorgengefalteter Stirn, alles stände unter Vorbehalt, es sei sogar denkbar, dass sich das Haus, er meinte das Ministerium, anders, das hieße gegen Feuerbach entscheiden könne, diese Möglichkeit sei ja schließlich vorgesehen, mit Recht und Gesetz vereinbar und wenn es dazu käme, was er natürlich nicht hoffe, dann müsse er, so leid es ihm täte, bedauerlicherweise... Und an dieser Stelle machte Merkle eine seiner Kunstpausen, die er den Politikern abgesehen hatte. Dann lachte er, wie es die gefärbten Köpfe der damals herrschenden sozialdemokratischen Troika zu tun pflegten, wenn sie Siegeslaune zu verbreiten suchten; sie wieherten einander an, die drei an der Spitze, dabei mit Absicht ihre Zähne freilegend, schadhafte oder falsche, wie ihr Lachen, das nichts anderes als geheuchelte Heiterkeit zum Ausdruck brachte, weil ihnen in Wahrheit doch eher zum Heulen zumute war, wegen der verlorenen Wahlen, der gebrochenen Versprechungen, der fehlenden Visionen, der allgemeinen Mutlosigkeit, der mittelmäßigen Kandidaten, der unübersehbaren Perspektivlosigkeit. Wenn Merkle mit seinem Gelächter fertig war, formte er den nahezu lippenlosen, überraschend kindlichen Mund, der sich in das Gesicht eines Greises verirrt hatte, zu einem perfekten Kreis, und prustete heraus, was Feuerbach inzwischen nur allzu vertraut war: „Dann müssen wir Sie ganz einfach wieder zurückschicken." „Wohin?" fragte Feuerbach, stets aufs Neue im Innersten erschüttert. „Da wird sich was finden lassen." Und danach eine erneute Lachsalve, die erst dadurch zum Stillstand gebracht werden konnte, wenn auch Feuerbach in das Gelächter einstimmte. Und über allem waberte Merkles Atem, der aus seinem Inneren aufstieg, das Zimmer füllte, aber nicht rauskonnte, denn die Tür des Personalzimmers war gepolstert gegen Schall und Luft, wie die Zimmer von besonders wichtigen Leuten, Chefärzten etwa oder Rektoren der Universitäten. Das alles war zu viel. Feuerbach stürmte aus dem Dienstzimmer des Personalreferenten, sobald dieser die Zeremonie beendet und ebenso leise, wie er die Tür verschlossen, sie auch wieder geöffnet hatte.

Ob denn der Rauswurf in der Probezeit schon mal vorgekommen sei, fragte Fabian den dienstältesten Oberamtsrat, zu dem er Vertrauen gefasst hatte. Ob jemand tatsächlich die Probezeit nicht überstanden habe, fragte er nochmals, nachdrücklicher. Der Oberamtsrat konnte das herrschaftliche Gehabe von Merkle nicht leiden, er stöhnte stets vernehmlich, wenn sich Merkle zu Wort meldete. Merkle würde mit seiner Angstmacherei, so der Oberamtsrat zu Feuerbachs drängender Frage, nichts anderes als seine eigene Unsicherheit zum Ausdruck bringen. Er könne sich in seiner langen Dienstzeit an nur einen Kandidaten erinnern, der die Probezeit nicht überstanden hätte, und dieser Fall lag so eindeutig, dass man gar nicht anders konnte, als den Unglücklichen in seine vormalige Dienststelle, ein Finanzamt, zurück zu beordern. Er an Feuerbachs Stelle würde sich keine Sorgen machen und auch nicht auf den Psychoterror des Personalreferenten reinfallen, der hätte seinen Spaß daran, Mitarbeiter zu verunsichern; die Chancen ständen aber 100:1, dass er übernommen werde. Die günstige Prognose des Oberamtsrates beruhigte Feuerbach bis zu einem gewissem Grad, konnte aber eine unterschwellige Besorgnis nicht ausräumen, denn es stand 1:100, einer von Hundert musste gehen.

Der Oberamtsrat war ein Geschenk des Himmels, ohne ihn wäre es schwieriger geworden, sinniert Feuerbach. Der labile Kreislauf des stets gutgelaunten Oberamtsrates hatte den Anforderungen des Ministeriums auf die Dauer nicht standhalten können, immer wieder soll er ins Stocken geraten sein, so erzählte man, da half auch sein bewundernswerter Optimismus nicht, so dass letztlich der Weg in die vorgezogene Pensionierung unumgänglich war. Feuerbach beobachtet das Schmelzwasser, das aus dem zusammengefegten Schnee tropft. Unmöglich vorherzusagen, wann der nächste Tropfen fällt. Das ist eine der harmlosen Ungewissheiten, räumt Feuerbach ein, im Gegensatz zu den hinterhältigen, die vom Personalreferenten ausgestreut wurden. Der fürsorgliche Oberamtsrat! Ich habe ihn immer wieder in Anspruch genommen, ihm die Versicherung abgerungen, dass die wöchentliche Tortur des Herrn Merkle nichts anderes als dessen eigene Unsicherheit widerspiegele.

Der Oberamtsrat sollte Recht behalten, Feuerbach überstand seine Probezeit, das eröffnete neue Möglichkeiten. Der Gruppenleiter aus der Vorstellungsrunde zeigte sich zugänglich für Feuerbachs Wünsche und ermöglichte ihm nach Ablauf der Probezeit, in die Forschungsförderung zu wechseln. Das war Forschungsförderung aus Landesmitteln, in der Höhe nur ein geringer Posten im Vergleich zu den Mitteln, die der Bund bereitstellte und doch heftig umworben, denn das Geld des Landes wurde aus unerklärlichen Gründen in den Universitäten höher gehandelt als das des Bundes.

Jetzt war alles ganz anders. Er war der Herr, und die Professoren waren die Knechte. Herr und Knecht hatten die Plätze getauscht. In der staatlichen Hierarchie stand das Ministerium über den Universitäten, und so erklärte sich die Umkehrung der Verhältnisse. Die Professoren, die ihn bis dahin ignoriert hatten, bemühten sich jetzt um seine Aufmerksamkeit. Und er wurde zu abendlichen Essen und feierlichen Veranstaltungen eingeladen, respektvoll nach seiner Meinung gefragt; vom Bahnhof abgeholt, ins Hotel geleitet. Er wurde bei den Veranstaltungen als Gast begrüßt, nicht wie vormals an letzter Stelle, sofern überhaupt, sondern herausgehoben, oft schon an erster, und nur dann an zweiter Stelle, wenn auch der Minister oder Abteilungsleiter zugegen war. Natürlich wusste er, dass alle diese Freundlichkeiten opportunistisch waren. Dennoch erlag der Umworbene ein ums andere Mal der Versuchung, die Schmeicheleien, die Großzügigkeit, die zuvorkommenden Gesten als Beweis von Respekt und Anerkennung, gelegentlich sogar als Beweis der Freundschaft zu verbuchen, so dass die eigentlichen Absichten des Werbenden: zusätzliche Ausstattung, Aufstockung des Personals, Sitz in den Gremien, Beförderung zum ordentlichen Professor, leicht übersehen werden konnten.

Die Ministerialen hatten ihre Lieblinge unter den Professoren. Diese bedankten sich mit ganztägigen Führungen durch die Welt der Forschung, die regelmäßig mit einem ordentlichen Verzehr in einem der besseren Restaurants am Ort abgeschlossen wurden. War es doch für den Beamten eine willkommene Gelegenheit, Abwechslung in die monotone Aktenfresserei zu bringen. Wer mochte es ihnen folglich verdenken, dass Dienstreisen zu ihrer beliebtesten Beschäftigung zählten? Und es gab viele davon, jeden Tag reisten bis zu zehn Beamte, das war rund ein Sechstel des in Frage kommenden Personenkreises, und da die Ausfahrten vom Haus beglichen wurden, wurde das Budget des Ministeriums nicht unerheblich durch die Reisen seiner Bediensteten geschmälert.

Die Universitäten hielten das Ministerium für überflüssig; sie wollten keinen Aufpasser, schon gar nicht einen, der nach ihrer Meinung von Forschung und Wissenschaft nichts verstand. Umgekehrt hielten die meisten Ministerialbeamten ihr Ministerium für unentbehrlich, weil sie glaubten, dass die Universität nichts von Verwaltung verstand. Gleichwohl befand sich das Ministerium in einem stetigen Rückzug. Viele Kompetenzen waren ihm im Laufe der Zeit entglitten, hatte es, auf Druck der führenden Köpfe im Wissenschafts- und Kultusbereich, an die Hochschulen abgegeben. So war es vor noch nicht langer Zeit Privileg des Ministers, den Titel des Professors zu verleihen und dem Ergebnis der Berufung seinen Segen zu erteilen. Darauf hatte er verzichtet, was ihm leicht gefallen sein dürfte, denn in nahezu allen Fällen tat er nichts anderes, als der Hochschule zu akklamieren. Im Bereich der Finanzen spielte das Ministerium allerdings nach wie vor eine gewichtige Rolle. Denn die Hochschulen bestritten ihre Ausgaben aus den Mitteln des Landeshaushalts, und über diese wachte das Ministerium. Aber es bestimmte nicht mehr wie früher in endlosen Verhandlungen die Verwendung der Mittel, sondern allein deren Umfang und übergab die jeweilige Summe zur weitgehend freien Verfügung seinen Hochschulen.

Feuerbach erörterte in zahlreichen Gesprächen das Ministerium der Zukunft. Nach seinen Vorstellungen sollte es als unvoreingenommener Schlichter im Kampf der Hochschulen um die Landesmittel fungieren. Das Ministerium als ehrlicher Makler, mit maximal fünfzig Beschäftigten, das wäre sachgerecht, erklärte Feuerbach. Dieser oder einer ähnlichen Aufgabe könne er wohl zustimmen, erklärte der Oberamtsrat, die Sache mit der Personalabbau würde bei ihm aber auf schärfsten Widerspruch stoßen.

„Was soll aus den abgestoßenen Mitarbeitern werden? Zu jung, um sie zu pensionieren, zu alt, um sie an anderer Stelle einzusetzen, zu verwöhnt, um mit weniger Einkommen auszukommen", sagte der Oberamtsrat. Ob Feuerbach nicht sehe, dass bei seinem Vorschlag Karrieren, Familien und Haushalte durcheinandergewürfelt und zusammenbrechen würden. Das täte ihm leid, erwiderte Feuerbach, aber um die Karrieren, die sich allzu oft auf die Zugehörigkeit zur Regierungspartei gründeten, um die sei es doch nicht schade. Auch nicht um die Staatssekretäre und Abteilungsleiter, die ohnehin beim nächsten Regierungswechsel im besten Mannesalter in den vorzeitigen Ruhestand versetzt würden. Und sein Freund und Vertrauter, der Oberamtsrat, wisse doch, dass eine Reorganisation des Ministeriums bereits von höherer Stelle beschlossen sei; die Regierung hätte eingesehen, dass gerade die hoch bezahlten Beamten zu wenig und zu ineffektiv arbeiteten, weshalb die anspruchsvolleren Aufgaben von Externen erledigt werden müssten. Das Outsourcing sei eine Schweinerei, antwortete der Oberamtsrat, aber er rate ihm doch dringend, seine umstürzlerischen Gedanken wieder fallen zu lassen, sie würden allenfalls nur ihn, Feuerbach, umstürzen. Würde er daran festhalten, müsse er sich mit Bedauern zurückziehen und jede weitere Unterstützung einstellen. Das wollte Feuerbach begreiflicherweise nicht riskieren, und so behielt er seine Pläne für sich.

Feuerbachs Ideen zur Reorganisation des Hauses kamen nicht von ungefähr. Sie gründeten auf der Beobachtung, dass etliche Mitarbeiter des Ministeriums keine Aufgaben erhielten. Sie kamen und gingen, ohne zu arbeiten. Beamte mit gediegenem Einkommen wurden quasi beschäftigungslos gestellt. Bemerkenswert, dass der Ausfall dieser Beamten gar nicht bemerkt wurde, sich ganz im Stillen abspielte, und zu keiner Mehrbelastung der anderen führte.

Das ins Abseits-Stellen war eine hausinterne Strafe, für die zwei Gründe in Frage kamen. Der erste war in gewisser Weise ehrenhaft. Man hatte sich unbotmäßig verhalten, unerlaubt eigene Vorstellungen entwickelt, die der Leitung des Hauses widersprachen oder den von der Leitung eingeforderten dienstlichen Gehorsam vermissen ließen. Wiederholte sich das zu oft, mehr als drei-, vier- oder fünfmal, wurde man nicht mehr befördert, schlimmstenfalls sogar im eigenen Dienstzimmer eingefroren: man bekam nur noch belanglose oder gar keine Aufgaben. Feuerbach hatte den Eindruck, dass das Ausbleiben der Beförderung vom Betroffenen als die härtere Strafe angesehen wurde. Denn die Beförderung war Dreh- und Angelpunkt im Haus, bildete die Motivation, mitzuarbeiten und sich einzubringen. Definierte den Status innerhalb der Belegschaft. Fand die Beförderung nicht statt oder erfolgte verspätet, reagierten die Nichtbeförderten mit Verbitterung und Rückzug. Manchmal schien es Feuerbach, als seien dieses Haus und überhaupt alle Ministerien im Land allein deshalb erbaut worden, um Beförderungen auszusprechen oder zu verweigern. Die eingefrorenen Beamten nutzten die freie Zeit, um für den

Beamtenbund zu werben, sich als Versicherungsmakler ein Zubrot zu verdienen und das zu erwartende Ruhegehalt samt Beihilfen und sonstigem immer wieder neu zu ermitteln. Welche Genugtuung, wenn jedes weitere Jahr des Nichtstuns die zukünftige Pension erhöhte.

Der zweite Grund war weniger ehrenhaft. Nicht die Unbotmäßigkeit, sondern die Inkompetenz bugsierte ins Abseits. Ein Fall war besonders pikant. Es handelte sich um einen gerade zum Oberamtsrat beförderten Beamten. Kurz nach dessen Beförderung erkannten die Vorgesetzten seine Unfähigkeit und ließen ihn einfrieren. Von da ab kam er als erster und konnte, da das Haus noch leer war, eine Stunde lang ungestört seinen vorzeitig unterbrochenen Schlaf fortsetzen. Um acht Uhr schaltete er den Computer ein (viel mehr konnte er dem Computer nicht entlocken) und studierte die Zeitung, die er bei der Fahrt ins Ministerium dem Kiosk am Eingangstor abgekauft hatte. Niemand störte ihn dabei. Den Nachmittag verbrachte er mit Besuchen bei den Kollegen, denen er auf die Nerven ging. Um halb vier Uhr war er der erste, der dem Haus den Rücken kehrte, denn er war ja auch der erste, der gekommen war. Nach Jahren des Eingefroren-Seins erinnerte sich die Personalabteilung an den Oberamtsrat und ließ ihn kurzerhand zum Invaliden erklären. Damit war der Weg frei für die vorzeitige Pensionierung. Der Ausgesonderte dankte es der Behörde mit einem heftigen Herzinfarkt. Und dieser Mann war kein Einzelfall. Viele verkrafteten die ausbleibenden Beförderungen nicht, sahen darin eine bösartige Missachtung ihrer Leistungen und Fähigkeiten. Sie erlagen dem *Bore-Out*, der in den Verwaltungen grassiert und was die Gesundheit betrifft, nach Meinung der Experten weitaus gefährlicher ist als der *Burn-Out*, einer eher seltenen Erscheinung im öffentlichen Dienst. Nach einer ein- bis mehrjährigen Wartezeit werden die durch Nichtstun Erschöpften für berufsunfähig erklärt und auf diese Weise vorzeitig ausgesondert.

Das Ministerium war ein Paradebeispiel für das Peter-Prinzip – Aufstieg bis zur Stufe der individuellen Inkompetenz. Oft sogar noch eine Stufe darüber. Und über allem thronte der wichtigste Grundsatz der Personalleitung: Stellen festhalten oder vermehren. Denn die Bedeutung der jeweiligen Institution wird mit der Anzahl der Beschäftigten gleichgesetzt; je mehr Beschäftigte, umso wichtiger das Ministerium. Ähnliche Zusammenhänge sind auch in den Hochschulen erkennbar. Der Professor mit den meisten Mitarbeitern und größten Räumlichkeiten ist der wichtigste; der Kanzler mit der größten Verwaltung der einflussreichste, die Hochschule mit den meisten Drittmitteln die angesehenste...

Also wäre, alles im allem, die komplette Abwicklung des Hauses durchaus sachgerecht, dachte Feuerbach, aber sagte es nicht, das hatte er dem Oberamtsrat versprechen müssen. Dann in einem Aufwasch auch die anderen Häuser der Landesregierung schließen, überhaupt den ganzen föderalen Ballast abwerfen? Eine große Idee – aber wer in dieser Welt würde freiwillig auf Macht, Einfluss und Bedienstete verzichten?

Andererseits war der allgemeine Mangel an Effizienz keineswegs nur der Leitung des Hauses anzulasten. Nur zu oft waren es die alt-eingesessenen Ministerialräte, die passiven Widerstand leisteten. Zukunftsweisende Ideen kamen bei diesen Leuten nicht gut an, da deren Bearbeitung mehr als die übliche Routine erforderte. Zu dieser Sorte zählte sein Referatsleiter nicht. Der war gut informiert, war den anderen überlegen und präsentierte sich gern als Innovator. Das Problem war sein maßloser Ehrgeiz. Wenn Feuerbach in den Korridor einbog, in dem sich das Büro des Vorgesetzten befand, sprang ihn dessen Körpergeruch an; je mehr er mit dem Vorgesetzten zu tun hatte, umso intensiver wurde der Geruch, umso weitreichender dessen Wirkung. Schon vom ersten Tag an war klar: die beiden, Referent und Referatsleiter würden miteinander kämpfen. Doch wer würde die Oberhand erringen? Der Vorgesetzte verlangte das letzte Wort, sein Recht, denn so war es in den Statuten geregelt.

Überdies war der Vorgesetzte eine der wenigen Stützen des Hauses, das war unübersehbar; er verdiente sein Geld zu Recht, weil er mit Verve und Kompetenz arbeitete. Er saß am längeren Hebel. Feuerbach musste ein ums andere Mal nachgeben und wurde, um den Frieden im Haus wiederherzustellen, in einen anderen Bereich gesetzt.

Nach einem Jahr war Feuerbach den transpirierenden und ehrgeizigen Vorgesetzten also los. Stattdessen hatte er es mit dessen Gegenteil zu tun, einem Beamten in Erwartung des Ruhestands, faul, inkompetent, leutselig und maßvoll autoritär, unübersehbar dem selbstüberschätzenden Vorgesetzten in Donna Leones Venedig-Krimis ähnelnd. Der Pensionär in spe sah seine Ruhe am besten gewahrt, wenn er Feuerbach machen ließ, was Feuerbach wollte. Das war diesem nur allzu recht, und die Situation entspannte sich merklich. Und plötzlich gab es Kollegen, die Feuerbachs verwaltungsfernen, meist aber originellen Zugang zu den Dingen mit einem gewissen Respekt betrachteten. Die Zahl dieser Personen war klein, das war nicht anders zu erwarten, aber immerhin war einer der Sympathisanten der Minister höchst persönlich, was ihm sein Abteilungsleiter in angeheiterter Stimmung überbracht hatte. Und es kam noch besser. Seine Aktivitäten fanden Anklang bei den Hochschulen. Das erfüllte ihn mit großer Genugtuung.

Feuerbach musste für den Minister Reden schreiben. Da-

mit ging der Minister in die Hochschulen und verlas sie
vor Professoren, Industriebossen, Presse, Parteispitzen
und Verwaltung. Die Zeitungen berichteten darüber und
zeigten sich angetan vom unkonventionellen Stil und den
kühnen Vorschlägen, die der Minister in seinen Reden
zum Ausdruck brachte. Sie lobten seinen Gestaltungs-
willen, der die Universitäten von heute auf morgen um-
krempeln würde. Natürlich war allen klar, dass es sich
um Fensterreden handelte, dass alles so bleiben würde wie es war. Und ebenso klar war, dass der Minister
die Reden nicht selbst geschrieben, sondern hatte schreiben lassen, das entsprach den Gepflogenheiten; aber man
wusste nicht, dass Feuerbach sie geschrieben hatte. Feuerbach verfasste mit Leichtigkeit und Leidenschaft die
Reden, hatte sogar hin und wieder den Eindruck, dass
er womöglich ein talentierter Redeschreiber war, der seine Produkte am liebsten selbst vorgetragen hätte. Umso
mehr ärgerte er sich, dass seine Entwürfe nicht selten am-
putiert wurden, um sie dem vereinfachenden Erzählstil
des Ministers anzupassen. Immerhin schimmerte selbst
nach Streichung und Änderung Feuerbachs Handschrift
unübersehbar durch die Blätter. Zweimal wurde er aufgefordert, sogar für den Ministerpräsidenten des Landes
eine Rede zu verfassen. Das empfand Feuerbach als besondere Ehre und produzierte eine ausgefeilte und wie
er fand, besonders originelle Rede. Sie wurde nach be-
währtem Muster simplifiziert. Als das auch beim zweiten
Mal passierte, machte er seinem Ärger Luft und schrieb
einen persönlichen Brief an den Ministerpräsidenten. Das
hatte dieser an Widerspruch nicht gewohnte Herr, der
beim Wahlvolk höchstes Ansehen genoss (es hatte ihn
schon mehrmals ins höchste Amt verholfen) nicht einmal
übel genommen. Jedenfalls rief er zur größten Überraschung bei Feuerbach an. Der Herr Feuerbach sei wohl

enttäuscht, sagte der Ministerpräsident, aber er hätte unmöglich dessen Text übernehmen können, jeder hätte gemerkt, dass nicht er, sondern der Schreiber reden würde. Ob er das verstehen würde? Natürlich, Herr Ministerpräsident, erwiderte Feuerbach, noch immer überrascht von der direkten Ansprache. Dann fasste er sich und gab zu bedenken, dass sein Büro doch hätte versuchen können, die Rede soweit anzupassen, dass dem hohen Anspruch, den Akademia an solche Reden stellte, Genüge getan würde. Es ging um die Fertigung von neuartigen Telefonen, heute nennt man sie Smartphones, damals Handys. Damals war dieses nervige Gerät noch nicht an jedermanns Ohr geklemmt; durch des Präsidenten Rede sollte seine Einführung gefeiert und die Verbreitung am Ohr forciert werden. Feuerbach hatte seine Rede begonnen mit: „Der große Bonner Physiker Heinrich Hertz war der erste, der die Reise elektromagnetischer Wellen durch den Äther entdeckt hatte. Elektromagnetische Wellen sind die Grundlage des gesamten Funk- und Handyverkehrs in dieser Welt." Das wurde in der Rede des Ministerpräsident reduziert auf: „Bei mir piept's wohl." Da hatte er die Lacher auf seiner Seite, allerdings zugleich die Gefahr eines großen Missverständnisses heraufbeschworen, denn eigentlich wollte der Herr Ministerpräsident doch nur sagen, dass sein Handy geklingelt hatte. Davon abgesehen, passte das Piepen besser zu ihm als die Reise der elektromagnetischen Wellen, daran gab es auch für Feuerbach nicht den geringsten Zweifel.

Den Hinweis, dass die aktuelle Rede des Ministerpräsidenten etwas hinter den Erwartungen des akademischen Publikums zurückgeblieben sei, hatte der empfindliche Herr gar nicht goutiert, so wenigstens vermutete Feuerbach, weil er mit keinem Wort darauf einging, sondern lediglich seine Frage wiederholte, ob Feuerbach denn seinen Gesichtspunkt nicht verstünde. Doch, doch, Herr Ministerpräsident, ich verstehe Sie sehr gut. Wenn das so sei, sagte der Ministerpräsident, müsste er die revidierte Version der von ihm verfassten Rede doch wohl für gelungen halten. Das nun ging Feuerbach entschieden zu weit. Wie konnte der Präsident von ihm verlangen, die deformierte, mit Kalauern gespickte Karnevalspredigt für gut zu halten? Er würde sich gedemütigt vorkommen, wenn er dem Drängen des mächtigen Mannes stattgeben würde. Der dreiviertel Anteil seines Gewissens forderte sein Recht, denn hier war einer der seltenen Augenblicke, wo Standfestigkeit mehr Eindruck machen würde als Nachgiebigkeit. Er sagte:

„Herr Ministerpräsident, ich bin Ihnen sehr dankbar, dass Sie mich angerufen haben. Aber meine Rede, in deren Abfassung ich übrigens einige Zeit investiert habe, meine Rede halte ich trotz alledem für die weitaus bessere. Finden Sie das nicht auch?"

„Nein", sagte der Ministerpräsident, „wir beide verstehen uns nicht, oder besser, Sie wollen mich nicht verstehen. Dann macht weiteres Reden keinen Sinn, und so will ich damit auch unser Gespräch beenden" und hängte ab.

Der Anruf des Präsidenten ging wie ein Lauffeuer durch das Ministerium. Neid und Anerkennung hielten sich in etwa die Waage. Ob das Folgen haben würde, die plötzliche Beendigung des Gespräches, fragte Feuerbach den Oberamtsrat. Er hätte einen Gottvater, einen Schutzheiligen bekommen können, diesen hätte er nun sehr leichtfertig verspielt, erwiderte der Oberamtsrat mit ehrlichem Bedauern.

„Der Ministerpräsident wollte doch nur, dass Sie ihm Recht geben, dass Sie seine väterliche Art anerkennen. Dazu haben Sie sich nicht durchringen können. Das gereicht nicht zu Ihrem Vorteil. Schade, schade."

Was hatte der Oberamtsrat sagen wollen? Er wollte an das System des väterlichen Beschützers erinnern. Dessen Geltungsbereich erstreckte sich vom Ministerium bis in die untersten Ränge der Universitäten. Feuerbach nannte es Patronage. Eine Art Günstlingswirtschaft, fester Bestandteil jedweder menschlichen Aktivität. Die Leute mit Einfluss vergeben Positionen, Finanzmittel oder Personal an ihre Schützlinge und sichern sich so ihren Einflussbereich. Es sind regelrechte Netzwerke, patrimoniale Netzwerke. Manche nennen das auch Klientelismus.

War nicht auch in meinem beruflichen Leben die eine oder andere Begünstigung durch Einflussnahme von wohlwollenden Menschen zustande gekommen? Feuerbach will der Frage nicht ausweichen; jetzt ist die Zeit gekommen, darüber Rechenschaft abzulegen, sagt er sich. Hier und da hatte ich kleinere Hilfestellungen bekommen, nichts Großes in meinen Augen, ohne nennenswerte Wirkung. Mit einer wichtigen Ausnahme. Ich kann mich an die Hilfe eines amerikanischen Wissenschaftlers mit deutschem Namen erinnern. Dieser war Gutachter bei meiner ersten internationalen Publikation, die ich an eine angesehene amerikanische Zeitschrift geschickt hatte. Es gab immer zwei Gutachter, der andere hatte ablehnend reagiert. Tatsächlich war die Arbeit nicht gut geschrieben, vom fehlerhaften Englisch ganz abgesehen. Es war meine erste Veröffentlichung. Der Amerikaner mit deutschem Namen hatte Verständnis für die Schwierigkeiten, fand Interessantes im Artikel und bot sich an, den Text neu zu schreiben. Der revidierte Artikel wurde akzeptiert und fand positive Resonanz. Hilfe darf nicht mit Patronage verwechselt werden, entscheidet Feuerbach. Das sind zwei Paar Schuhe. Und gegen eine Empfehlung ist nichts einzuwenden, wenn der Empfehlende damit nicht überwiegend eigene Interessen verfolgt. Dass Fürsprache und gönnerhaftes Verhalten, eben Patronage, gelegentlich schwer auseinanderzuhalten sind, heißt nicht, erstere pauschal abzulehnen, bekräftigt Feuerbach und nimmt einen erneuten Schluck Tee, aus der inzwischen erkalteten Tasse.

Die klassenlose Universität

Das Ende der Ungerechtigkeiten: Plädoyer für befristete Professoren.

Alle hatten sich damals echauffiert, der Ordentliche, der Außerplanmäßige und Feuerbach. Dabei hatten sie ein wichtiges Problem gar nicht angesprochen, das die eigentliche Ursache der Erregung war: die befristeten Verträge. Diese Art der Vertragsgestaltung war für die Universitäten zum Regelfall geworden. Die Dauer der Verträge schwankte zwischen einem Zeitraum von einigen Monaten und einigen Jahren. Die Verträge konnten in kleineren oder größeren Portionen gestreckt oder gestaucht werden. Was davon letztlich zum Zuge kam, war abhängig von den vorhandenen finanziellen Mitteln, sowie dem Wohl und Wehe des Institutsdirektors. Umfragen hatten ergeben, dass die in ihrer überwältigen Mehrheit beamteten, also unbefristeten Professoren die Befristung der Mitarbeiter verteidigten. Viele, wenn auch nicht alle begrüßten sie sogar, lobten sie als das Mittel der Wahl.

Das Ministerium vertrat in diesem Punkt eine etwas andere Auffassung. Feuerbach verfolgte die Diskussion am Mittagstisch. Oh ja, es gab dort auch sozial orientierte Ministerialräte (Folge der jahrzehntelangen Inbesitznahme des Hauses durch die Sozialdemokratie?), die im Beschäftigungsmodell der Hochschulen Sprengstoff vermuteten. Einer von ihnen präsentierte seine Klassentheorie, er hatte zu Studienzeiten viel über Sozialismus und Mar-

147

xismus gelesen und das eine oder andere für bedenkenswert gehalten. Er war, obwohl in Amt und Würden, noch immer davon beeinflusst, denn er sagte, als er im Kreis der sozialdemokratischen Kollegen auf das Essen wartete:

„Haben Sie mal über die Klassenstruktur in der Universität nachgedacht? Wenn Sie alle Verästelungen und Differenzierungen außer Acht lassen, die es natürlich gibt – ich höre schon Ihre Einwände, ja protestieren Sie nur, das wird Ihnen gut tun, aber damit wir weiterkommen in unserer Analyse, lassen wir die Feinheiten beiseite – reduziert sich das System Universität auf zwei Klassen, nicht sehr viel anders als die Gesellschaft, wie sie Karl Marx vor 150 Jahren gesehen hat. Dann besteht die Universität nämlich aus Besitzenden und Besitzlosen. Besitzende sind die Professoren, sie genießen im akademischen Vertragswerk die Dauerstelle als lebenslange Beamte; Besitzlose sind die Mitarbeiter, mehr als viermal so viele Köpfe, die bis auf wenige Ausnahmen, als Angestellte oder Beamte auf Zeit mit einer befristeten Stelle vorlieb nehmen müssen. Diese Konstellation birgt einen erheblichen Antagonismus. Dass er sich so friedlich präsentiert, liegt natürlich daran, dass die Besitzlosen in ihrer großen Mehrheit in die besitzende Klasse aufzusteigen versuchen. Und deshalb wird Wohlverhalten zur Überlebensfrage. Die Aussicht auf Aufstieg garantiert die Stabilität des Universitätsgefüges. Egal, wie klein die Chance sein mag. Das Interesse der Besitzenden ist natürlich, die Besitzlosen möglichst lange im Zustand der Besitzlosigkeit zu halten, denn nur dann können sie, sozusagen gratis, die Qualitäten der Mitarbeiter absaugen und Kapital daraus schlagen. Sie werden einwenden, dass das Ganze komplizierter ist. Ist es auch. Mikroskopisch gesehen schon. Aber wenn Sie die Verhältnisse mit genügendem Abstand betrachten, sagen wir aus zwei Kilometer Entfernung, bleibt nichts anderes übrig, als diese Zwei-Klassen-Struktur."

Es gab mehr Zustimmung als Ablehnung. Feuerbachs Gegenüber sagte:

„Die Stabilität unserer Gesellschaft funktioniert übrigens ganz ähnlich wie die in der Universität. Die da unten wollen nach oben, und die da oben versuchen, die da unten so lange wie möglich unten zu halten. Die Unteren wollen die Oberen nicht eliminieren, sondern emulieren. In Zielen und Verhaltensweisen sind sie sich verblüffend ähnlich, auch wenn die momentane soziale Lage ganz anders aussieht."

Eine Ministerialrätin kam auf die Zeitverträge zurück.

„Neuerdings redet man viel über befristete Beschäftigungen und behauptet, ihre Zahl nähme überall rapide zu. Dabei sind sie, statistisch gesehen, in der Industrie und den Verwaltungen noch immer die Ausnahme. Das kann sich langfristig ändern, wenn ausländische Arbeitskräfte auf den Arbeitsmarkt drängen und die sogenannte Digitalisierung weiter fortschreitet. Im akademischen Bereich sind die Zeitverträge dagegen seit Jahrzehnten die Regel, unbefristete Verträge die Ausnahme. Das ist aber nie problematisiert worden, am wenigstens von den Gewerkschaften, die diese Frage satzungsgemäß aufgreifen müssten. Die sind alle eingewickelt worden von der vermeintlichen oder tatsächlichen Andersartigkeit des Forschungsbetriebs. Künstler, Musiker und Filmemacher, Schauspieler und Schausteller haben es übrigens nicht besser. Das nur am Rande. Ich gebe zu, dass die Argumente, mit denen man die Dauerstelle den Mitarbeitern in der Forschung verwehrt, einen wahren Kern enthalten. Wie kann man in einem herausgehobenen Bereich wie der Forschung Hunderttausende auf Lebenszeit einstellen, wenn man nicht weiß, wie sie sich entwickeln und ob es nicht Bessere gibt. Ähnlich könnte man übrigens in vielen anderen Vertragswerken argumentieren, wie etwa dem Ehe-, Miet- oder Versicherungsvertrag. Dennoch ist dort die Befristung die absolute Ausnahme.

„Frau Kollegin, Sie schweifen wieder ab", erinnerte ihr Tischnachbar.

„Das ist mein Problem, ich sehe immerfort Analogien. Das werden Sie mir nachsehen, Herr Kollege. Was die Hochschule und Professoren betrifft, habe ich einen radikalen Vorschlag. Die Überwindung der Klassengesellschaft ist die Befristung der Professoren. Wenn schon die Mitarbeiter, dann auch die Professoren befristet, der Gerechtigkeit halber. Der Vertrag sollte fünf Jahre laufen, er kann beliebig oft erneuert werden, Voraussetzung ist die erneute Bewerbung, über die ein Gremium der jeweiligen Hochschule entscheidet, das zu gleichen Teilen aus Professoren, Mitarbeitern und Studenten besteht. Gleiches gilt für die Mitarbeiter. Auch diese werden für fünf Jahre beschäftigt und können sich erneut bewerben."

„Bekommen wir unter diesen Umständen noch die Besten? Wer wird dann noch Professor in Deutschland werden wollen?" war die bange Frage.

„Da mach ich mir keine Sorgen, bei dem Überangebot der vermeintlich Besten", spottete ein anderer Ministerialrat. „Alle reden von den Besten. Natürlich dürfen auch nur die allerbesten Wissenschaftler in unseren Universitäten Platz nehmen. Aber im Ernst: Stimmt das? Wir haben nicht die Besten. Ich persönlich kenne vorwiegend mittelmäßige Professoren. Die haben als Abteilungsleiter in der Industrie gearbeitet, sind dort ausgemustert und von der Universitäten schnell zum Professor gemacht worden, weil sie die so dringlich benötigte praktische Erfahrung mitzubringen versprachen. Das geht nicht immer gut, oft stellt sich heraus, dass sie nicht ohne Grund von der Großindustrie abgehalftert wurden. Diese Leute haben gern auf einen Teil ihres Gehaltes verzichtet und gegen Lebensqualität getauscht, Arbeitsplatzsicherheit und komfortable Pension eingeschlossen. Die meisten schreckt das vergleichsweise mickrige Gehalt nicht ab. Die wollen alle Sicherheit."

„Aber genau die würde doch mit den fünfjährigen Verträgen in Frage gestellt", kam es zurück.

„Auch das Modell der fünfjährigen Erneuerung bietet die große Chance, lebenslang auf dem Posten zu bleiben. Keine hundertprozentige Chance, das wäre beabsichtigt. Die eingebaute Unsicherheit würde auch die Professoren stimulieren, die sich bislang eher ausgeruht haben. Wichtiger noch wäre mir aber, dass durch die neue Struktur die Universitäten insgesamt gerechter würden. Es würde eine ganz neue Arbeitskultur entstehen. Niemand wäre vom Status her privilegiert. Differenzierung allein durch Fleiß und Erfolg. Vergütung an dem Arbeitsergebnis orientiert", verteidigte die Ministerialrätin ihr Modell.

„Aber ist nach Einführung der W-Besoldung die Leistungsorientierung nicht längst gang und gäbe?", echote es.

„Keinesfalls, denn sie kommt nur in Ausnahmefällen zum Zuge, dafür sorgt schon der Hochschulverband", erwiderte der andere Ministerialrat.

„Die Befristung als Regelfall, nicht auszudenken, das würde den Wettbewerb in den Hochschulen weiter verschärfen, ist es das was Sie wollen", wurde der Ministerialrätin entgegengehalten.

„Es geht um qualifizierten Wettbewerb", erwiderte diese. Aber es blieb im Unklaren, was sie damit sagen wollte. Keines der möglichen Modelle war wirklich durchgearbeitet, aber sie zeigten eine Richtung, die verfolgt werden könnte, fand Feuerbach.

Tatsächlich hatte niemand ernsthaft die Absicht, auch die Erneuerer in der Ministerialbürokratie nicht, sich mit den Professoren und ihren Interessenvertretungen anzulegen, die ihr privilegiertes Dasein mit allem, was ihnen an Einfluss, Vermögen und Rhetorik zur Verfügung stand, verteidigten. Das Ministerium wäre hoffnungslos ins Hintertreffen geraten, hätten sie die Schlacht mit offenem Visier riskiert. Denn der Universitätsprofessor in Deutschland ist eine Person von hohem Rang. Er lehrt und prüft und forscht, im Wesentlichen wie es ihm beliebt, er bestimmt Anfang und Ende seines Arbeitstags, erkundet die Welt auf Dienstreisen, genießt weitestgehende Unabhängigkeit und darf sich, bei voller Lohnfortzahlung in den Semesterferien, bis zu fünf Monate im Jahr regenerieren. Eine bedeutende Minderheit unter den Professoren verausgabt Millionen öffentlichen Geldes, berät die Politik, kommentiert im Fernsehen, urteilt als Sachverständiger über Kollegen und deren Forschung, beeinflusst oder dirigiert Richtung, Ausstattung und Inhalt der Forschungsprogramme. Diese Figuren gehören zu den einflussreichen Figuren in der Gesellschaft.

Der Abteilungsleiter

Feuerbachs Verhalten stört die eingesessene Mehrheit im Ministerium. Der Abteilungsleiter ist auf seiner Seite und findet eine Lösung.

Im Laufe der Zeit gelang es Feuerbach, den Gang der Dinge mehr und mehr zu beeinflussen. Je erfolgreicher er dabei war, umso mehr wurde er zum Ärgernis, und die herrschenden Kreise des Hauses suchten nach Möglichkeiten, sich seiner wieder zu entledigen. Auch in den Hochschulen gab es Kreise, die diese Absichten unterstützten. Die Meinung war allerdings nicht einheitlich. Die Traditionalisten fanden es unpassend, wenn Feuerbach sich inhaltlich einmischte. Von den Vertretern des Ministeriums wurde erwartet, dass sie still den Sitzungen beiwohnten, um wenn gefragt, ihre finanziellen Zusagen abzugeben. Die eher Fortschrittlichen in den Hochschulen sahen in Feuerbach dagegen einen kreativen Verbündeten, der sich zu ihren Gunsten in die laufenden Diskussionen einmischte. Die Angelegenheit drohte, Unruhe im Geschäftsbereich zu erzeugen, ein Zustand, der unbedingt zu vermeiden war. Es musste also gehandelt werden. Der Abteilungsleiter für das Wissenschaftliche, nicht zu verwechseln mit dem Abteilungsleiter für das Personelle, mit dem Feuerbach in der Vorstellungsrunde zu tun hatte, beorderte ihn eines Tages in sein Dienstzimmer.

„Der Herr Abteilungsleiter Maus hat mich einbestellt", erklärte Feuerbach der Sekretärin, die wie die meisten Sekretärinnen des Hauses, durch die Verbreitung des Computers weitgehend überflüssig geworden war und folglich ihre Dienstzeit vorwiegend mit der Pflege des Kaffeegeschirrs und sonstigem Inventar verbrachte. Auch diesmal hatte sie wieder ein Trockentuch in der Hand. Worum es denn ginge? Das könne er ihm nur persönlich sagen. Es sei eine Angelegenheit zwischen ihnen beiden.

„Der Herr Abteilungsleiter ist nicht in bester Stimmung, er war beim Herrn Staatssekretär und ist sehr erregt zurückgekommen. Ich vermute, er hatte eine Auseinandersetzung mit ihm."

„Das würde ihn ehren", erwiderte Feuerbach.

„Wie Sie reden, Herr Feuerbach. Immer irgendwie frech. Dabei können Sie doch so lieb sein. Aber sagen Sie dem Abteilungsleiter nicht, dass ich etwas gesagt habe. Man sollte ihn schonen, denn es ist bekannt, dass es mit seinem Herzen nicht zum Besten bestellt ist", bat die Sekretärin.

„Sein Herz muss geschont werden, dem stimme ich zu. Aber auch unsere Herzen, das Ihre und das meine, halten nicht ewig und bedürfen der Schonung, nicht wahr? Gleichwohl – es gibt im Augenblick Wichtigeres zu bereden als unsere Herzen", sagte er.

„Wie schön Sie das gesagt haben, unsere Herzen. Darüber wird im Haus so wenig gesprochen. Aber was ist wichtiger als das Herz?", fragte sie gerührt, und Wasser schoss in ihre ohnehin schon ziemlich wässrigen Augen, in seliger Erinnerung an ein Erlebnis, das ihr Herz erwärmt haben mochte.

„Vertrauliche Personalangelegenheiten", flüsterte er bedeutungsvoll. Sie schaute ihn verdutzt an.

„Vertrauliches? Ja was kann denn das sein?"

„Wie ich schon sagte, Vertrauliches, nur für vier Ohren bestimmt. Ihre sind dabei nicht vorgesehen, leider. Aber ich kann es Ihnen, wenn Sie wünschen, an sicherem Ort mitteilen."

„Würden Sie das wirklich?"

„Es kommt darauf an, was der Abteilungsleiter zu sagen hat."

„Ach, Sie machen sich über mich lustig."

„Lassen Sie mich jetzt rein?"

Abteilungsleiter Maus war ein gemütlicher Mensch. Keiner, der sofort aus der Haut fährt oder gebieterisch den Vorgesetzten spielt. Ein umgänglicher Mensch, der gerne mehrere Stimmen hört, ehe er entscheidet. Sein immer gerötetes Gesicht ließ darauf schließen, dass er, wie die meisten im Haus, dem Alkohol wohl gesonnen war.

„Herr Feuerbach, zuallererst: werden Sie einer Gruppe von Unternehmern über unsere Professoren erzählen? Wenn ja, dann aber nicht im Namen des Hauses, das wissen Sie."

„Wo denken Sie hin, Herr Abteilungsleiter. Ich werde als Privatdozent sprechen. Klingt doch besser als Mitarbeiter des Ministeriums. Darf ich fragen, wer Sie informiert hat? Der Unternehmensberater?"

„Sie glauben doch nicht, dass ich Ihnen das sage. Soll das eine Laudatio werden, wie würde man sagen, Herr Feuerbach?"

„Eine lästerliche Rede, schlage ich vor. Ich werde mich bemühen, objektiv zu bleiben, auch wenn's schwer fällt. Unternehmer wollen Fakten, keine Schmähung."

„Hat man Geld angeboten? Haben Sie Geld genommen?"

„Man hat angeboten, aber ich habe nicht angenommen und werde es auch in Zukunft nicht tun."

„Gut, dass Sie nichts genommen haben, sonst würden Sie Schwierigkeiten bekommen. Was wollen Sie, zusammengefasst, sagen?"

„Professoren sind gescheite Leute, ich könnte sie sogar mögen, wenn sie nur nicht so selbstgefällig und autoritär wären."

Der Abteilungsleiter lachte. „Ja, wenn das alles ist, brauch ich mich nicht zu sorgen, dass Sie das Haus in Verruf bringen werden."

„Natürlich wird das nicht alles sein. Denn Sie wissen doch, ich gehöre nicht zu denen, die nach dem Wahlspruch reden, wes Brot ich eß des Lied ich sing. Dennoch, der Ruf des Hauses wird, glaube ich, nicht beschädigt."

„Ja, das macht Sie einerseits sympathisch, andererseits ist das für viele Grund genug, Sie loszuwerden. Aber halt. Das wird nichts mit dem Vortrag. Ich befürchte Komplikationen, wenn Sie in der Öffentlichkeit reden. Die wollen wir nicht. Wir haben schon genug davon. Also bitte, schlagen Sie sich den Vortrag aus dem Kopf."

„Was? Sie wollen mir die freie Rede versagen? Wir sind doch in einem freien Land, das wiederholt Ihre Partei Tag für Tag. Im Übrigen will ich doch nicht unter dem Label des Ministeriums segeln", erwiderte Feuerbach. Seine Empörung war echt. Der Abteilungsleiter, ein mit allen Wassern gewaschener Beamter, erkannte das und präsentierte einen Vorschlag zur gütlichen Einigung.

„Warten Sie, ich habe eine Idee. Wir diskutieren intern über die Professoren, können das damit begründen, dass wir über unsere Kunden, denn das sind die Professoren, auch wenn sie das anders sehen, mehr Klarheit gewinnen müssen. Ich würde mich dann dafür einsetzen, dass Sie die Diskussion leiten und strukturieren. Ich würde den Minister entsprechend unterrichten, vielleicht ist er dann auch dabei."

„Das ist eine durchaus brauchbare Alternative. Die Meinung des Hauses herauszulocken, das würde mich reizen. Ich nehme an."

„Also das wäre mein Vorschlag, den ich aber erst noch absegnen lassen muss. Ich denke, das kriege ich hin. Damit hätten wir wohl die Kuh fürs erste vom Eis. Jetzt aber zu meinem eigentlichen Anliegen, wir haben schon zu viel Zeit verbraucht, ich muss in einer halben Stunde zur Besprechung mit dem Minister, und wir sind noch nicht auf den Punkt gekommen. Ich will mit Ihnen über Ihre berufliche Zukunft reden. Sie sind jetzt fast fünf Jahre hier. Wie fühlen Sie sich?"

„Manches macht mir Spaß, ist auch interessant, wenn ich den Eindruck habe, etwas bewegen zu können."

„Das geht uns allen so. Woran denken Sie?"

„Forschungskooperationen initiieren. Leute dazu bringen, sich auf Fragestellungen einzulassen, die bislang nicht zu ihrem Repertoire gehören. Das Ministerium hat die Möglichkeit, hier Anreize zu setzen. Themen ausschreiben, die sowohl wissenschaftlich wie gesellschaftlich interessant sind. Themen jenseits des wissenschaftlichen Mainstreams. Der Mainstream wird in großzügiger Weise schon anderweitig gefördert. "

„Aber genau das machen wir doch, oder sehe ich das falsch?" Das gerötete Gesicht des Abteilungsleiters färbte sich eine Stufe dunkler.

„Das geschieht, aber meines Erachtens in viel zu geringem Umfang. Wir müssten massiver fördern und intelligentere Themen ausschreiben."

„Was schlagen Sie vor, was sollen wir tun?"

Wenn die Diskussion im Ministerium diesen Punkt erreicht hatte, war das der Höhepunkt, höher hinaus ging es nicht, alles was dann kam, war nur noch Abstieg. Mit dem Satz *Was schlagen Sie vor, was sollen wir tun* wollten die Vorgesetzten im Ministerium herausfinden, ob der Mitarbeiter Lösungsvorschläge hat. Wenn er welche hatte und diese sogar überzeugend vortragen konnte, würden sie sich die Anregung zu eigen machen und als Ergebnis eigenen Denkens ausgeben, falls sich die Prozedur auf höherer Ebene wiederholte, womit zu rechnen war, da das Problem, in ungelöstem Zustand aufgetischt, als *Was schlagen Sie vor, was sollen wir tun* vom Minister oder Staatssekretär an die Abteilungsleiter zurückgegeben werden würde. Es war die Frage aller Fragen, die in diesem Haus gestellt werden konnte, deren Beantwortung sogar über die weitere Karriere des Befragten entscheiden konnte.

Feuerbach: „Ja nun, was wollen Sie hören? Ich nenne Ihnen ein paar Beispiele." Zögerte einen Augenblick, um sie alle zusammenzubringen. Dann legte er los.

„Herr Maus, hier sind meine Vorschläge, was mir gerade so einfällt: Weltweite Migration; Stadtentwicklung; Landnutzung, Stichwort Palmöl; Gesundheitswesen; Einkommensverteilung; qualitatives Wachstum; Populationsdynamik; Rentensystem; Reorganisation der öffentlichen Dienste; Konsultative Demokratie; Reproduktionsmedizin."

„Können Sie mir auf die Sprünge helfen? Ich verstehe nicht, was Sie mit den Themen anfangen wollen", sagte Maus.

„Mit dem größten Vergnügen. Nehmen wir die weltweite Migration. Welche Steuerungsmöglichkeiten gibt es? Wie verändern sich die Gesellschaften, die reichen und die armen, unter Zu- bzw. Abwanderung? Sind Flüchtlinge bloße *replacement migrants*, sollen Migranten in erster Linie dazu dienen, die Lücke an vorwiegend billigen Arbeitskräften zu füllen, die durch eine alternde und verwöhnte Gesellschaft erzeugt wird? Wir müssen Modelle entwickeln und durchrechnen, verschiedene Szenarien entwerfen und bewerten. Übrigens sehe ich einen Zusammenhang zwischen dem Stau auf den Autobahnen und dem Stau der Flüchtlinge vor den Drahthindernissen."

„Was?", unterbrach der Abteilungsleiter. „Das wäre ja sensationell."

„Genau das ist es", sagte Feuerbach, „auf diese Weise kommen Verkehrs- und Innenminister sogar zusammen. Nein, vergessen wir das, es ist zynisch, die Hilfsbedürftigen mit den sich gegenseitig blockierenden Fahrzeugen in einen Topf zu werfen. Aber im Ernst. Sie wissen um die Differenz zwischen Arm und Reich. Irgendwann überschreitet sie irgendwo einen als kritisch angesehen Wert, der wenn er überschritten wird, ein extremes Ereignis darstellt, mit unübersehbaren sozialen Folgen, die sich schnell ausbreiten, große Areale erfassen, Landesgrenzen überschreiten können."

„Und worum geht es bei der Reproduktionsmedizin? Will sagen, was können wir tun und was lassen, in diesem Zusammenhang?"

„Unter anderem geht es um unglückliche Frauen, die nach Samenspendern suchen, um sich ihren Kinderwunsch zu erfüllen. Angeblich bevorzugen diese Frauen für ihre Zucht Männer über 180 cm, mit vollem Haar und gutem Einkommen."

„Und die wollen Sie mit einem neuen Programm glücklich machen? Herr Feuerbach, was ist in Sie gefahren?", sagte der Abteilungsleiter.

Feuerbach überhörte die Frage, war jetzt Feuer und Flamme. Ließ sich auch nicht aufhalten, wenn der Abteilungsleiter immer wieder auf die Zeit verwies, die unnachgiebig vorrückte und die Verabredung mit dem Minister ins Unhaltbare verschob.

„Herr Maus, gestatten Sie mir, das Projekt der Stadtentwicklung etwas eingehender darzustellen. Es müssen Modelle her, wie die Städte organisiert werden können, um das Leben in der Stadt auch für die weniger Vermögenden zu ermöglichen. Und um für eine gute Durchmischung der verschiedenen Gruppen, Nationen und Kulturen zu sorgen. Schluss mit der Segregation, sie ist die Ursache zahlreicher gesellschaftlicher Konflikte, die sich schnell zu einem extremen Ereignis (Brandstiftung, Mord, Raub, Plünderung, Aufstand, Anschlag, Vergewaltigungen) auswachsen können! Es muss vieles geändert werden, an vorderster Stelle der Stadtverkehr. Machen wir aus dem städtischen, giftigen Automobilverkehr den ungiftigen Fahrradverkehr!"

Der Gedanke an ein Fahrrad löste beim Abteilungsleiter ein höchst unbehagliches Gefühl aus. Wie sollte er in seinem Alter ein Fahrrad besteigen? Wie davon wieder absteigen? Zu viele Altersgenossen hatten sich an einer der Fahrradstreben verfangen und waren krachend zu Boden gegangen. Und wie sehr war er doch daran gewöhnt, die Ziele, wie nah auch immer, mit dem Auto anzufahren. Kurzum, vom Fahrrad wollte er nichts wissen.

„Herr Feuerbach, Sie schütten wie üblich das Kind mit dem Bade aus. Aber einverstanden, etwas in dieser Richtung könnten wir wohl anschieben. Würde ich auch schon deshalb begrüßen, weil wir damit den Kollegen aus dem Verkehrsministerium etwas wegnehmen. Die tun ohnehin nichts Vernünftiges, die sind wirklich überflüssig, Herr Feuerbach! Nennen wir das Projekt *Die Stadt der Zukunft*. Nicht besonders einfallsreich, aber auf jeden Fall visionär. Aber vergessen Sie nicht: wir müssen Distanz wahren als Ministerium, wir setzen nichts anderes als einen Rahmen, dürfen nicht managen oder gar am Prozess der Forschung teilnehmen, beides ist Aufgabe der Hochschulen."

„Da bin ich ganz anderer Auffassung als Sie."

„Das weiß ich, und deshalb müssen wir Sie versetzen."

„Was? Versetzen?"

„Sie haben richtig gehört. Versetzen. Sehen Sie: Ihre Auffassung vom Ministerialbeamten läuft der herkömmlichen zuwider. Die Beamten verstehen sich als Verwaltungsleute, die sich aus gutem Grund nicht in die Abläufe der Wissenschaft einmischen."

Feuerbachs Widerstandsgeist war geweckt. Natürlich hatte er Ähnliches erwartet, würde der Versetzung auch zustimmen, sofern sie in Richtung Hochschulen verwies; aber ganz so leicht wollte er es dem Abteilungsleiter nicht machen; ohne Einspruch sollte das nicht über die Bühne gehen.

„Aber genau das passiert doch, wenn gewisse Professoren, denen das Ministerium besonders wohl gesonnen ist, neue Institute erhalten, zusätzliche Finanzhilfen bekommen, Personal aufstocken dürfen, das sind doch Entscheidungen des Ministeriums, über die es sich einmischt. Im Übrigen sind derartige Entscheidungen, wie Sie wissen, meist nicht etwa das Ergebnis einer Evaluation, sondern werden nach Gutdünken gefasst. Meine Einmischung betrifft allein das Inhaltliche und ist folglich harmlos im Vergleich zu den Millionen, die bei den Gefälligkeiten der Spitzenbeamten auf dem Spiel stehen."

Der Abteilungsleiter machte einen sichtlich beunruhigten Eindruck. Das Rot seiner Gesichtsfarbe vertiefte sich weiter. Die Farbe gilt es im Blick zu behalten, dachte sich Feuerbach. Der Abteilungsleiter erwiderte:

„Ich bitte Sie, die Gefälligkeiten müssen Sie zurücknehmen."

„Nehme ich zurück, Herr Maus."

„Schon gut, schon gut, Herr Feuerbach. Ich verstehe Sie ja. Ich kann in Ihren Argumenten auch durchaus eine eigene Linie erkennen. Aber das ist es ja, die eigene Linie. Die hätten Sie sich abgewöhnen müssen. Dafür bekommen Sie keine Zustimmung von den anderen. Ist Ihnen aber wohl auch nicht neu. Sie sind gewiss auch anderweitig mit Ihrer Meinung angeeckt. Nicht wahr?"

Maus, der ein erfahrener und mit allen politischen Wassern gewaschener Abteilungsleiter war, wollte keine persönlichen Bekenntnisse und ergänzte:

„Sie brauchen mir darauf nicht zu antworten. Ganz wie Sie wollen. Ich wollte nur eine Überleitung zu meinem nächsten Gedanken."

Feuerbach: „Doch, das kann ich ruhig sagen, damit habe ich kein Problem. Vor zwanzig Jahren hatten die Proteste der Studenten gegen die Hierarchien an den deutschen Universitäten ihren Höhepunkt längst überschritten, als ich an einem honorigen Forschungsinstitut promovierte und die Kühnheit besaß, den dortigen Direktor und Professor nur mit 'Herr' anzusprechen und den 'Professor', der ihm vermutlich ehrenhalber verliehen worden war, nicht etwa aus Vergesslichkeit, sondern aus Vorsatz wegzulassen."

„Das gehörte sich damals nicht, und das gehört sich auch heute nicht, Herr Regierungsangestellter", lachte Maus, der Abteilungsleiter, so laut er konnte, sichtlich erleichtert, dass Feuerbachs Widerspenstigkeit sich als so harmlos herausstellte. „Selbst heute gibt es nach meiner Erfahrung immer noch zahlreiche Professoren, die mit großem Unmut registrieren, wenn in der Anrede der Professor vergessen wird. Damit wird ja auch ein Stück Überordnung und Besserstellung ausgedrückt. Deshalb würde ich mich unterstehen, in der Anrede den Professor wegzulassen."

„Sie kennen Ihren Laden, Herr Maus. Hierarchischer als die Universität ist nicht mal dieses Haus."

„Das Haus lassen Sie besser außen vor, wie oft muss ich das noch sagen, Herr Feuerbach. Gleichwohl, was die

Universitäten betrifft, gebe ich Ihnen uneingeschränkt Recht, die Fakten sprechen eine eindeutige Sprache. Zuoberst die Leitung der Hochschule; bei uns ganz konventionell der Rektor, andernorts der Präsident. Dann kommt der Kanzler, der über die Finanzen gebietet und uns nichts als Ärger macht, dahinter oder davor, je nach Anlass, reihen sich die Prorektoren und Dekane. Daneben oder darüber, je nach Vermögen und Einfluss, präsentiert sich die erlesene Schar der Professoren, in früheren Zeiten unter der Bezeichnung des Lehrstuhlinhabers geführt. Im Rang darunter die Vielzahl der Professoren, die nicht die höchste Besoldungsstufe erreicht haben. Noch tiefer das Heer der Mitarbeiter, und davon abgesetzt, ganz tief unten, die Masse der Studenten, für die die Universitäten doch in erster Linie gebaut wurden. Aber so schlimm ist das alles doch auch wieder nicht. Die Hierarchien arbeiten unauffällig, möchte fast sagen geräuschlos, werden von der Öffentlichkeit gar nicht wahrgenommen. Auf die oberste Ebene, die Universitätsleitung, wird man erst dann aufmerksam, wenn es um die Allokation der Mittel und die Ausrichtung der Forschungsgebiete geht; oder wenn die Universität eine Presseerklärung ausgibt, um stolz einen besonderen Erfolg ihrer Forscher zu verkünden. Insgesamt, so scheint mir, ist die Struktur der Universität unveränderlich. Was in den stürmischen Zeiten der deutschen Universitäten geändert wurde, ist längst wieder rückgängig gemacht worden. Wir müssen davon ausgehen, dass diese Ordnung in unseren windstillen Zeiten auf unbestimmte Dauer bestehen bleibt."

„Würden Sie sich Änderungen wünschen?"

„Ja. Aber sie im Einzelnen aufzuzählen, das ersparen Sie mir bitte. Dazu bin ich zu alt. Feuerbach, in zwei Jahren sitze ich an einem Tag wie heute im Garten und trinke mit meiner Frau eine Flasche Weißwein, aus dem Badischen, da sind die Weine noch bezahlbar und auch nicht schlechter als aus Frankreich. Sollte ich mich wirklich noch echauffieren?"

Niemand würde ihn schelten, wenn Maus es nicht täte. Der klassische Beamte macht spätestens ein Jahr vor seiner Pensionierung nur noch das Allernotwendigste. Der Abteilungsleiter rang mit seinen fleischigen, behaarten Händen.

„Es geht um Ihre Verträglichkeit. Es geht um Ihre Anpassungsfähigkeit. Die würde ich nicht allzu hoch veranschlagen. Also, ich kann nicht garantieren, dass meine Rückendeckung für Sie die anderen davon abhalten wird, Intrigen zu schmieden. Man arbeitet gegen Sie, hinter dem Rücken, da gibt es viele hässliche Tricks, um Ihnen das Leben hier schwer zu machen. Das wird Ihnen gar nicht gut tun. Sie brauchen mehr Selbständigkeit. Ich denke, dafür gibt es eine Lösung. Ich versetze Sie an die Universität Ihrer Wahl, dort können Sie tun und lassen, was der Hochschulleitung beliebt, und wir können Ihnen den Abschied erleichtern, indem wir Ihnen eine Stelle mitgeben, die höher dotiert ist als die jetzige. Dazu brauchen wir nicht einmal die Zustimmung des Hauses, das kann ich auf meine Kappe nehmen. Was halten Sie von meiner Idee?"

Fabian hatte mit einem ähnlichen Vorschlag gerechnet. Wenn damit auch eine etwas höhere Bezahlung verbunden wäre, umso besser. Warum also nicht? Es wäre die Rückkehr in die bekannte, nicht geliebte aber doch irgendwie vertraute Umgebung.

„Ihre Idee ist mir durchaus nicht unsympathisch. Zwar könnte ich mir vorstellen, weiter hier zu arbeiten, aber wenn man mich lieber draußen sieht, einige der Herren alles tun werden, um mich klein zu halten, dann lieber nicht. Ihr Vorschlag ist fair. Ich glaube, mehr kann ich nicht erwarten."

„Und mehr kann ich nicht für Sie tun. Sie sind also einverstanden? Oder benötigen Sie Bedenkzeit?"

„Ich bin einverstanden."

„Dann werde ich mich daran machen, die Versetzung auf den Weg zu bringen. Ich werde mein Mögliches tun. Sie werden von mir hören."

Es ist besser gekommen, als ich gedacht habe. Ich durfte aus der Vielzahl der in Frage kommenden Universitäten die meiner Wahl bestimmen, musste also nicht dorthin zurück, von wo ich gekommen war, es konnte auch eine andere aus dem Geschäftsbereich sein, und man würde mir obendrein eine bessere Vergütung (was für ein gehobenes Wort, Vergütung statt Entlohnung) als die gegenwärtige mitgeben. War das nicht großzügig, sogar großmütig, ruft er hinaus in die weite Welt, hinüber zu den schneebedeckten Bergen, deren höchster bei 2200 Metern liegt. Es war die Belohnung und Anerkennung meiner Anstrengungen. Hätte ich etwas anderes glauben können? Der Abteilungsleiter hatte Verstand und Herz, war auf mich zugegangen und hatte ein ehrenhaftes Angebot gemacht. Und folglich konnte ich wirklich nicht nein sagen, im Gegenteil, ich hatte meiner Versetzung freudig zugestimmt.

Und so ereignete sich bei Feuerbach eine wundersame Wandlung. Das Ministerium war jetzt das Haus, in dem anständige Menschen arbeiten, die ihm nichts Böses wollten, denen sein Wohl eine Herzensangelegenheit war. Seinen Abteilungsleiter hielt er für eine verständige Person, der für seine Mitarbeiter durchs Feuer geht. Und plötzlich ging ihm ein Licht auf, warum es Ministerien gibt.

In der Wissenschaft tobt der Krieg jeder gegen jeden. Weil das so ist, braucht es eine starke, sichtbare Hand. Er dachte an seine Pläne mit der Schiedsrichterfunktion. Könnte das der Abteilungsleiter machen? Wäre er stark und unabhängig? Würde er durchhalten?

Man bedauerte, man neidete, man lobte Feuerbachs Weggang. Einige im Ministerium wünschten ihn zum Teufel, prophezeiten gar, dass er noch von ihnen hören würde, da sollte er sich warm anziehen. Andere beglückwünschten ihn, äußerten ihre Genugtuung über seinen Wechsel, den sie für notwendig und sachgerecht hielten. Man versicherte ihm, dass er mehr erreicht hatte, als sie prophezeit hatten.

Daran ist viel Wahres, sagt sich Feuerbach. Und weiß sich des Eindrucks nicht zu erwehren, dass er die wichtigste Zeit in seinem beruflichen Dasein im Ministerium verbracht hat. Er hatte Kontakte geknüpft, Leute kennengelernt, geredet, zugehört, teilgenommen, mitgestaltet. Hatte den unabweisbaren Eindruck gewonnen, gebraucht zu werden. Einen Nutzen erbracht zu haben. Er stellt fest, dass es das vorher nicht und auch nicht danach gab.

Das war die ehrenwerte Seite der Angelegenheit. Und die andere Seite? Es gibt doch immer mindestens zwei, sagt Feuerbach, zwei die sich gegensätzlich zueinander verhalten. Natürlich, es war diese: sie hatten mir die Stelle angeboten, um mich loszuwerden, natürlich nicht, um mir einen Gefallen zu tun oder den verdienten Lohn für meine Arbeit zu zahlen. In der Politik gibt es stets ein Abschiedsgeschenk. Niemand wird einfach nur rausgeworfen. Aber das Geschenk, weiß Feuerbach aus Erfahrung, ist fast immer irgendwie vergiftet.

Feuerbach verließ die Bürokratie mit einer Stelle unter dem Arm, die ganz allein für ihn reserviert war und ein finanziell sorgenfreies Leben versprach. Damit konnte er bei den Universitäten des Landes vorsprechen und sagen: Guten Tag, Magnifizenzen, Spektabilitäten, Professoren und Kanzler, ich bringe eine Stelle mit, gebe sie euch, wenn ihr mich reinlasst, ihr dürft sie sogar behalten, wenn ich die Altersgrenze erreiche. Aber bis das so weit ist, will ich hier einiges bewegen.

Kurzzeitig hatte er sogar die verrückte Idee, ein Angebot in DIE ZEIT auszuschreiben, etwa so: *Privatdozent inklusive Dauerstelle zu vergeben. Angebote unter Kostenlos-PD-Zeit.de.*

Wovon er dann aber absah. Luise, besorgt, hatte gewarnt. Sollten die Regierenden davon hören, würden sie womöglich alles rückgängig machen. Die wären empfindlich, würden in der Ausschreibung einen Affront sehen. „Du bringst dich in Gefahr, riskierst, den schönen Erfolg wieder zu verspielen", schimpfte sie. So ging er erneut zum Abteilungsleiter. Der hatte sich für ihn eingesetzt. Das könnte er doch auch ein zweites Mal tun. Der Abteilungsleiter war der Ansicht, dass eine der angesehenen Universitäten des Landes die richtige wäre. Natürlich seien alle angesehen, aber es gäbe, historisch bedingt, eben Universitäten, die im Ranking höher ständen und größeres Ansehen genössen... Er ließ sich mit dem Kanzler einer dieser besonders angesehenen Universitäten verbinden und warb für seine Idee. Die gute Stelle lockte nicht nur Feuerbach, sondern auch den Kanzler. Wenige Tage später war Feuerbach Angestellter dieser Universität.

Das Ministerium hatte ihn nach Jahren der Unterrichtung im Kampf ums Dasein ausgewildert wie ein Tier, das sich Position und Rang in der freien Natur selbst erkämpfen muss. Aber wie sollte das gehen? Er hatte die fünfzig schon hinter sich gelassen, war also nach dem herkömmlichen Kriterien, die vor allem das Alter berücksichtigen, zu hundert Prozent chancenlos, um sich, in einem zweiten Anlauf sozusagen, einen Namen im Wissenschaftsbetrieb zu machen. Wo er es doch im ersten schon nicht geschafft hatte. Er spürte die Gefahr, die derartige Gedanken heraufbeschworen, interpretierte sie als Rückfall in den Defätismus, der ihn schon als Heranwachsender von Zeit zu Zeit heimgesucht und in Lethargie und Apathie versetzt hatte. Schluss damit! Jetzt war Enthusiasmus angesagt. Schließlich war er nicht umsonst fünf Jahre im Ministerium gewesen, wo die Ministerialen vorgeführt hatten, wie man mit Selbstvertrauen und Siegesgewissheit, ungeachtet intellektueller Unbedarftheit, die Dinge zu den eigenen Gunsten zu biegen verstand.

Also machte er sich auf, die neue Umgebung zu erkunden. Er hatte ein Ziel. Er wollte eine Forschergruppe aufbauen, die sich mit komplexen Systemen, im Besonderen mit extremen Ereignissen beschäftigen würde.

Der große Wurf

Löwenburg und Feuerbach konzipieren das Forschungsprojekt.
Es gelingt ihnen, dafür namhafte Forscher zu begeistern. Die
Gruppe trifft sich in Feuerbachs Bergdorf und ringt um eine
verbindliche Definition der extremen Ereignisse.

Feuerbach gruppiert seine einstigen Meilensteine. Da-
mit markiert der um Forschungsmittel kämpfende An-
tragsteller seine 'Roadmap'. Dazu das Foto: Acht älte-
re Gestalten in verwegener Aufmachung. Bei genauerem
Betrachten erkennt er sich und Löwenburg, die anderen
sind ihm bereits weniger präsent. Das Bild und die Fi-
guren darauf, das war alles, was von den Meilensteinen
der Forschergruppe übrig geblieben war.

Dabei hatte alles so gut begonnen.

Sie saßen in Löwenburgs Arbeitszimmer, damals, als es
darum ging, eine Forschergruppe zum Thema *predic-*
ting the unpredictable zu schmieden. Das Arbeitszimmer
war de facto unpassierbar, denn jeder Quadratzentime-
ter des Raums war besetzt von Papier, Sonderdrucken,
Zeitschriften und Büchern. Ob er das alles gelesen habe,
hatte Feuerbach ihn einmal gefragt, ganz zu Anfang ihrer Bekanntschaft. Die Bücher nein, alles andere ja, hatte
der Mathematiker geantwortet. Und tatsächlich konnte
er sagen, wo das Papier von Herrn XYZ deponiert und
was ungefähr darin zu lesen war. Die Putzfrauen hatten
längst aufgegeben, sein Zimmer zu reinigen, und so war
es vor allem der Staub, der sich gesammelt hatte und

bei ihm und Feuerbach die Niesanfälle verursachte, denn beide litten an Allergien der Nasenschleimhäute. Walter hatte für diese schwer voraussagbaren Attacken auf seinem Schreibtisch ein kleines Stück Unberührbarkeit inmitten der Sonderdrucke, Briefe, Zeitschriften und Bücher reserviert. Es war der einzige Platz, der respektiert wurde und von keinem anderen Gegenstand okkupiert werden durfte. Die Sonderdrucke hatten ihm aufstrebende Wissenschaftler geschickt, in der Hoffnung, vom Meister einen Kommentar zu erhalten, der sich in der nächsten Publikation vermarkten ließ. Da Löwenburg stets sehr beschäftigt war, konnte es passieren, dass er eine Anfrage zwei Jahre nach Eingang beantwortete, weil dann zufällig die dem Artikel beigelegte Bitte aus dem Stapel nach oben gerutscht war. Artikel, die er nicht mochte, ließ er schmoren, bis sie sich selbst erübrigt hatten.

„Lieber Freund, du bist dabei, wenn es zur Sache geht, nicht wahr!", sagte Feuerbach.

Löwenburg, der unaufhörliche Mathematiker, der auch mit neunzig noch zehn Veröffentlichungen pro Jahr machen würde, sofern es Leute gab, die ihn dabei unterstützten, und er auch das Alter erreichen würde, das deutlich über seiner Lebenserwartung liegen würde, Löwenburg zögerte.

„Ich bin ja anderweitig mehr als ausgelastet, aber würde dich beim Aufbau der Forschergruppe natürlich unterstützen. Vorweg nur dieses: Wir würden besser dastehen, wenn wir einen Namen von Welt dabei hätten, am besten wenn ein Nobelpreisträger mit von der Partie wäre."

„Wo soll der herkommen. Ein Preisträger der Umweltstiftung oder einer der Leibniz-Preis Gewinner würde es wohl auch tun. Aber findest du nicht auch, dass wir die Preise außen vor lassen können?"

„Können wir, wenn wir unkonventionell sein wollen."

„Ja was denn sonst, natürlich wollen wir das. Nehmen wir einen der Bundesverdienstkreuzler mit dazu."

„Das wäre es. Die gibt es wie Sand am Meer. Wenn ich bei Wikipedia die Namen lese, die das *Großkreuz* bekommen haben... Komm, Feuerbach, werden wir ernsthaft."

„Können wir uns auf zehn Leute einigen, vier davon aus Deutschland?" sagte Feuerbach.

„Zehn ist ziemlich viel. Zehn gute Leute sind auch nicht so einfach zu bekommen. Aber wir können es versuchen, wenn wir sechs gewinnen, können wir schon ganz zufrieden sein", sagte Löwenburg.

„Wir müssen aber", fuhr er nach einiger Überlegung fort und zwirbelte sein loses Halsgewebe, „schon a priori eine Auswahl treffen. Sonst wird es unübersichtlich. Zugleich müssen wir überlegen, wen wir ansprechen, denn die Inhalte hängen mit den Personen zusammen und umgekehrt. Ich schlage folgendes vor. Du machst mal einen Entwurf für die Präambel des Projektes, und dann entscheiden wir, wen wir ansprechen. Einverstanden?"

„So machen wir es."

Und fix machte sich Feuerbach an den Text. Bei der Ausarbeitung geriet er in zeitliche Bedrängnis, was zu überschießenden Reaktionen der Haut führte. Ihn packte ein unstillbares Jucken, und mit Schrecken sah er die Möglichkeit, dass die überwunden geglaubte Hauterkrankung ihn erneut, wie ein bissiger Hund, anfallen könnte. Die nächsten Tage waren ruhiger, und das Jucken ließ nach, bis es, welches Glück, vollends einschlief. Die Haut hatte sich als widerstandsfähig erwiesen, sich nicht wie zu Kindeszeiten, überrumpeln lassen.

Der Text umfasste mehrere Seiten, war wie es sich gehörte, in Englisch geschrieben und gliederte sich in eine Präambel, gefolgt von Zielsetzungen, Umfang und Inhalt der avisierten Forschung, erforderliches Personal und benötigte Sachmittel. Sie fand Löwenburgs uneingeschränkte Zustimmung. Sie begann mit:

Predicting the unpredictable.
Natural and societal disasters accompany our lives, and there is a widespread fear that these might increase in frequency and intensity. This motivates distinguished European scientists to propose the establishment of a research group, aiming at the investigation of Extreme Events....
und endete mit

To this end, the group conceives, initiates, and coordinates the cooperation of scientists using similar tools in a wide range of disciplines to solve theoretical and practical problems urgent to society.

Der größere Teil, bestehend aus Zielsetzung und Umfang der Forschung sowie der Beschreibung der Zeithorizonte, musste mit den Partnern erarbeitet werden. Natürlich konnte er nicht ausschließen, dass die Präambel bei einer anderen Initiative wieder auftauchen würde, ohne Verweis auf seine Urheberschaft, falls – falls der unwahrscheinliche Fall eintreten sollte, dass der eigene Antrag nicht erfolgreich sein würde. Schon deshalb war eine gewisse Zurückhaltung angezeigt. Mehr als eine grobe Orientierung sollte die Präambel nicht sein.

Zwölf namhafte Wissenschaftler hatten den Vorspann zustimmend aufgenommen. Ja, hieß es unisono, das Thema sei schon lange überfällig, es lohne sich folglich, daran zu arbeiten, es würde nicht leicht fallen, ziemlich viel Unbekanntes, terra incognita, aber gerade deshalb... also in Angriff nehmen, das sei notwendig. Natürlich wäre die Präambel nur der allererste Baustein, dem dann weitere, umfangreichere folgen müssten, aber das sei den Autoren ja sicher bewusst.

Sich selbst sah Feuerbach als Initiator eines interdis-
ziplinären Settings, dem die Aufgabe des Moderators
oder Koordinators zufiel. Seine Aufgabe war, zu inte-
grieren, zugleich aber auch zu differenzieren. Integrie-
ren bedeutete: aus den Partnern und ihren Arbeitsge-
bieten ein kooperatives Ensemble machen. Differenzieren bedeutete: die beteiligten Disziplinen mit ihren spezifischen Fragestellungen und Methoden als solche nicht
verwischen, sondern erhalten. Eine Herkulesaufgabe. Ein
Drahtseilakt. Sein Ziel: die Gruppe von seinen Vorstellungen zu überzeugen. Die Führung zu übernehmen. Als
unauffälliges Rad im großen Getriebe mitzuwirken – das
war nicht seine Sache. Seine Handschrift musste erkennbar sein, eine untergeordnete Rolle würde er ablehnen.

Es wird nicht gut gehen, unkten die Professoren, die
nicht der Gruppe angehörten, aber ihr aus diesem oder
jenem Grund gern angehört hätten. Und weiter: Die an
scharf begrenzte, risikoarme Forschung gewöhnten Gutachter würden das Vorhaben mit spitzen Fingern anfas-
sen. Denn es sei ja wohl auch den Initiatoren bekannt,
dass nur der erfolgreich ist, der sich ausschließlich in seiner ihm vertrauten Umgebung bewegt, wo ihm niemand
etwas vormachen kann, in der er alle Verästlungen, Feinheiten und Nischen kennt und den kleinen Rest, der ihm
bislang verschlossen geblieben ist, in überzeugender Weise für essentiell erklärt, folglich von ihm und nur von ihm,
dem ausgewiesenen Experten, erforscht werden müsse,
was aber, damit es eine Erfolgsgeschichte werde, großzügige staatlicher Förderung verlange.

Die zwölf waren, wie beabsichtigt, jenseits und geringfü-
gig diesseits des Pensionsalters, so etwa zwischen sechzig
und fünfundsiebzig. Elf Männer und eine Frau. Es würde

ein Club der aktiven, älteren Leute werden. Da alle zwölf gleichermaßen qualifiziert schienen und auch sonst alle Kriterien erfüllten, die sich Feuerbach und Löwenburg ausgedacht hatten, andererseits die Anzahl von mehr als acht für zu unhandlich gehalten wurde, darunter zwei, Löwenburg und Feuerbach, bereits gesetzt waren, wurden die verbleibenden sechs so bestimmt, dass jeweils ein europäisches Land zum Zuge kam. Deutschland war unter den zehn überrepräsentiert, so dass der deutsche Kandidat per Los bestimmt werden musste. Die sechs wurden zu einem dreitägigen Workshop Ende September nach Assedo eingeladen, Feuerbachs pittoreskem Bergdorf in den italienischen Alpen, genau dort, wo er das verfallene Haus wiederhergestellt und eine Terrasse angebaut hatte. Es waren: Petit aus Frankreich, Smith aus England, Barbieri aus Italien, Geist aus der Schweiz, Pixin aus Russland und Teichmann aus Deutschland. Das Bergdorf wurde positiv aufgenommen; man war sich einig, dass eine gewisse Abgeschiedenheit der Angelegenheit gut tun würde, das würde man ja auch schon von anderen großen Projekten kennen, Erinnerungen an Los Alamos wurden ins Spiel gebracht, sehr zum Entsetzen von Löwenburg, der als Pazifist darauf achtete, dass jeder Zusammenhang mit dem Militärischen ausgeschlossen wurde. Sie kamen auf eigene Kosten, so war es verabredet, um etwaigen Interessenkonflikten oder Vorteilnahmen aus dem Wege zu gehen. Sie kamen per Bahn. Feuerbach organisierte zwei Fahrzeuge, die sie vom Bahnhof abholten und über den Berg nach Assedo brachten. Alles ging glatt, keine Verspätung, keine Krankmeldung, keine Absage in letzter Minute. Ein gutes Zeichen, so musste Feuerbach annehmen, und in der Tat war der Beginn der Arbeitstagung glänzend, wie er glänzender nicht hätte sein können.

Auch das Wetter spielte mit. Es war windstill, wolkenlos und warm, so wie Feuerbach den September im Gebirge kannte. Ein Hoch, das sich über die Alpen gelegt hatte, war die Ursache. Man traf sich auf Feuerbachs Terrasse. Artige Begrüßung, respektvolles Händeschütteln. Man lobte Wetter, Haus und Umgebung. Feuerbach eröffnete die Tagung. Er präsentierte keine Grafiken, keine Zahlen. Er brauchte nichts, an dem er sich festhalten musste. Er war ja kein Anfänger. Das Reden in der Öffentlichkeit hatte ihm immer Spaß gemacht; er hätte einen brauchbaren Politiker abgegeben, wenn er es nur zugelassen hätte. Wenn es etwas zu erklären oder zu skizzieren gab, nutzte er die Tafel. Er mochte die computergestützten Vorträge nicht. Es war etwas Lebloses darin, das improvisierende Element fehlte, das allein, wie er fand, Aufmerksamkeit erzeugte und den so wichtigen Dualismus zwischen Entspannung und Spannung in die Angelegenheit brachte. Und so machte er es.

„Liebe Kollegin und Kollegen, wie bin ich froh, dass Sie alle heil angekommen sind! Vor einer Woche tobten hier noch schaurige Unwetter, überall stürzten Bäche von den Bergen, Blitze machten die Nacht zum Tag, dazu das Donnergetöse und Gegrolle, die Welt hier war im Begriff, unterzugehen. Deshalb können wir dankbar sein, dass sich die Natur zu unserem Unternehmen so gnädig zeigt. Wir haben drei Tage intensiver Arbeit vor uns. Zur Abwechslung können wir in unsere wilde und weitgehend sich selbst überlassene Umgebung ausschwärmen, natürlich zu Fuß, soweit er noch einsetzbar ist. Gehe ich richtig in der Annahme, dass das der Fall ist?" Heitere Zustimmung. „Wie üblich, machen wir jetzt eine Vorstellungsrunde, denn nicht alle kennen alle von Angesicht zu Angesicht." Erneute Heiterkeit. Feuerbach sah es richtig, tatsächlich hatten sich Kollegin und Kollegen mehrheitlich noch nie gesehen, geschweige denn miteinander gesprochen.

Serge Petit: „Ich bin Biologe und ein milde gestimmter Wachstums-Kritiker. Außerdem bin ich Pazifist, Ich untersuche das Verhalten von Menschen in abnormen, auch kriegerischen Situationen."

Serge trug eine schwarze Baskenmütze, die er nie ablegte, keine Sekunde lang wurde er ohne gesehen. Wie es wohl unter der Mütze zuging, fragte sich Feuerbach. Niemand wagte, das Geheimnis zu lüften. Womöglich hielt er einen Frosch verborgen. Bei Wissenschaftlern ist alles möglich. Eine weitere Besonderheit war seine Liebe zum Knoblauch. Darauf angesprochen, rechtfertigte er sich mit seiner mediterranen Herkunft, wo die derbe Knolle eine Art Lebensgefühl repräsentiere. Feuerbach musste Abstand von deutlich mehr als einer Armlänge halten, um dem reichweitigen Abgas zu entgehen. Doch wo war so viel Platz? Schon reute es ihn, dass er Serge eingeladen hatte. Er beschloss, die Wirtin zur Verbündeten zu machen und sie dazu zu bewegen, jede Art von Knoblauch aus ihren Gerichten zu verbannen.

Jonathan Smith: „Ich bin Physiker und Konformist. Ich studiere die Frage der Vorhersage und Vorhersagbarkeit im Allgemeinen, mit dem Fokus auf seltene Ereignisse."

Jonathan war ein englischer Aristokrat. Er hatte viel vom eminenten Winston Churchill. Wie viele Churchills gibt es in England? Feuerbach hatte manchmal den Eindruck, das Land hätte Churchill geklont und tausend Kopien davon in London verstreut.

Arturo Barbieri: „Ich bin Physiologe und Atheist. Ich beschäftige mich mit dem Immunsystem des Menschen."

Ungläubig waren sie wohl mehr oder weniger alle, vermutete Feuerbach. Aber Barbieri war ungläubiger als alle anderen und geißelte bevorzugt die Heuchelei der katho-

lischen Kirche. Er glaubte an gar nichts wie er sich ausdrückte, nicht mal an sich selbst. Arturo ähnelte Beppe
Grillo. Im Aussehen, nicht im Auftreten; da war er seri-
ös und unmißverständlich, jeder Vergleich mit Grillo wäre ein Beleidigung für ihn gewesen. Feuerbach war nicht
unbeeindruckt von Grillos kometenhaftem Aufstieg, war
sich gleichwohl sicher, daß dessen Abstieg nicht lange
auf sich warten würde. Natürlich wurde er von den Mei-
nungsmachern im Verein mit den großen und kleinen Zeitungen niedergemacht, in dieser Hinsicht erging es ihm
nicht besser als Alexis Tsipras, Bernie Sanders oder Jere-
my Corbyn. Es wurden viele hässliche Gründe erfunden,
um Grillos Schlechtigkeit zu beweisen; die mildeste Form
war, dass man ihn bezichtigte, selbst Teil des italienischen Klientelismus zu sein, was vielleicht sogar stimmte
aber nicht viel sagte, denn diese Krankheit ist von epi-
demischem Ausmaß und befällt auch die Anständigsten,
in Italien und anderswo. Einige Kolumnisten sahen ihn
sogar schon als Nachfolger Mussolinis. Feuerbach hielt
Beppo für ein belebendes Element auf der ausgezehrten
politischen Bühne von Italien, hütete sich aber, das öffentlich anzusprechen. Das Risiko war zu groß, dass einige der Herren sich auf der Stelle verabschiedet würden.

Sybille Geist: „Ich bin Soziologin und Sozialtherapeu-
tin. Mein Thema ist der Aufstieg und Fall von Gesellschaften."

Frau Geist entsprach, was das Äußere betraf, Feuerbachs Bild von einer erfolgreichen Professorin. Das Haar
kurz und am Hinterkopf gestuft oder gerupft; Nase, Stirn
und Wangen durch klare Linien voneinander abgegrenzt,
die Lippen, so schien es, nach innen verlegt. Die Weiblichkeit nur angedeutet. War das immer so gewesen? Oder
war sie während der wissenschaftlichen Arbeit abhanden-
gekommen? Oder hatte sie sich altersbedingt verflüch-

tigt? Am wahrscheinlichsten schien Feuerbach, dass der Beruf, das Bücher lesen und schreiben und rezensieren, Positionen erringen und gegen die Konkurrenz verteidigen, überhaupt die ganze intellektuelle Verausgabung das Äußere von Frau Geist eingeebnet hatten. Solche Zusammenhänge hatten Studien der Psychosomatiker ergeben, wusste sich Feuerbach zu erinnern. In Analogie dazu, und auch aus Gründen der Gerechtigkeit, machte sich Feuerbach den Gedanken zu eigen, dass auch bei den Männern eine überbordende intellektuelle Anstrengung, verbunden mit der täglichen Streberei nach Ruhm und Ansehen, nicht ohne Folgen für ihre Männlichkeit bleiben könnte. Und so hielt er es für hoch wahrscheinlich, dass in Folge dieser Anstrengungen das Gemächte des Wissenschaftlers schon weit vor der Zeit verkümmert. Bezeichnenderweise gab es dazu keine Untersuchungen der Psychosomatiker. „Was ist mit mir", fragte sich Feuerbach, „es geht doch hier nicht um die äußeren, sondern um die geistigen Werte; außerdem könnte man versucht sein, mich des Sexismus zu bezichtigen." Aber er hatte ja nur gedacht, und es gilt, vergewisserte er sich, gesprochen wie gesungen, das Verslein: 'Die Gedanken sind frei, wer kann sie erraten?'

Der nächste in der Runde war *Konstantin Pixin*: „Ich bin Astronom und Anarchist. Ich studiere das extremste Ereignis der Welt, die Geburt und den Tod neuer Sterne."

Konstantin war der Prototyp des russischen Helden. Er machte den Eindruck, als habe er in der ruhmreichen Roten Armee gekämpft; er ähnelte dem einstigen Armeegeneral Tschuikow, dem der Sieg in Stalingrad über die Deutschen zugeschrieben wird. Buschiges Augenhaar, enormes Haupthaar, unübersehbare Robustheit rundherum. Die meisten Männer ab fünfzig haben Lippen so schmal wie scharf geschliffene Rasierklingen. Die von Konstantin waren richtig üppig.

Dann war *Herbert Teichmann* an der Reihe: „Ich bin Ökonom und Klimaforscher. Ich untersuche den Zusammenhang zwischen Klima und Ökonomie."

Über Teichmann gab es viele Geschichten. Eine davon war, dass er mit heraushängendem, schweißgetränktem Hemd und Speiseresten am Kinn seine Vorträge hielt. Die fielen stets kürzer aus als im Programm vorgesehen. Das machte ihn einmalig, in etwa an Thor erinnernd, den großen Klimatologen. Er liebte die Kürze, schrieb Artikel, die maximal drei Seiten beanspruchten, und er schrieb viele davon. Seine Modelle waren einfach und durchsichtig, und sie funktionierten. Er kannte alle wichtigen Wissenschaftler seines Fachgebietes, und diese kannten ihn. Das Geld für seine Forschung bekam er trotz, nicht wegen seiner Anträge, weil man sicher gehen konnte, dass bei ihm etwas herauskam. Seine Anträge waren auf eine Seite zusammengedrückt und missachteten sämtliche Regeln, die die Forschungsgemeinschaft in einer umfänglichen Broschüre festgehalten hatte.

Feuerbach hatte dafür gesorgt, dass Teichmann ein Zimmer mit Dusche erhielt. Diese war im Preis inbegriffen, das sollte ihn zur Benutzung animieren. Rein äußerlich betrachtet, hätte man ihn für humorlos und tölpelhaft halten können. Aber Teichmann war alles andere als das, und als Vielschreiber ein anerkanntes und geachtetes Mitglied seiner Klasse.

Teichmann war nicht Feuerbachs erste Wahl. Liebend gerne hätte er Thorsten Beyerle dabei gehabt. Alle nannten ihn Thor, den Wettergott, denn er konnte den Regen vorhersagen. Er konnte sagen, wann es regnet, wo es regnet und wieviel es regnet. Für die herkömmliche Wettervorhersage ein Ding der Unmöglichkeit. Thors Vorhersagen basierten auf sehr umfangreichen Modellrechnungen und gewannen regelmäßig die Wettbewerbe seiner Zunft. Aber er war auch auf dem weniger angesehenen Feld der Prophezeiung ein Meister. Merkwürdigerweise waren seine Prophezeiungen sogar oft noch besser als seine Vorhersagen. Thor konnte innerhalb von Wochen Ergebnisse produzieren, wozu die anderen Monate wenn nicht Jahre gebraucht hätten. Der Mann hatte sein Leben mit Computermodellen aller Komplexitätsgrade verbracht, die die Prozesse rund ums Klima in feinster räumlicher und zeitlicher Auflösung wiedergeben konnten. Studentinnen, Doktoranden, Wissenschaftler und Professoren profitierten von seinem immensen Wissen, seiner schnellen Arbeitsweise und seiner Gemeinnützigkeit. Er war eine skurrile Person, und er war skurriler als all die anderen kauzigen Gestalten in der Forschung. Bei offiziellen Anlässen, wie Tagungen, Seminaren, Kolloquien stellte er nie eine Frage und antwortete nur, wenn der Fragende auf einer Antwort bestand. In solchen Fällen konnte sie knapper nicht ausfallen und ließ ratlose Frager zurück. Er schwieg, weil er die richtigen Antworten nicht mitteilen wollte. Aber privat konnte er zu großer Gesprächigkeit auflaufen. Immer wenn er seine Studenten und Arbeitskollegen zum Feierabend-Bier um sich scharte, redete nur einer, und das war er. Die anderen lauschten und nickten und versuchten, wenigstens beim Trinken mit ihm mitzuhalten. Nach den Bieren und vor dem Nach-Hause-Gehen stattete er, mit vom Bier geschäumten Bart, seinem Büro einen unerwarteten Besuch ab. Er wollte auch zu später Stunde in angeheitertem Zustand nicht von seinen Rechnungen lassen, den Stand der Ergebnisse überprüfen, gegebenenfalls einen neuen Durchlauf starten, der selbst den mächtigen

Hochleistungsrechner an die Grenze seiner Leistungsfähigkeit brachte.

Thor bedeutete eine Karriere in herkömmlichen Sinn, die Ernennung zum Gruppenleiter oder gar Professor eher wenig. Er wusste um seinen eigenen Wert und hielt, so ist zu vermuten, dessen öffentliche Feststellung für unnötig. Denn er verfügte über Mechanismen der Selbstbestätigung, die anderen fehlte: seine innere Genugtuung, wenn Studenten, Arbeitskollegen und Direktoren nur ihn um Hilfe bei der Lösung schwieriger Probleme fragten; seine unnachahmliche Zufriedenheit, wenn er das Chaos in seinem Arbeitszimmer musterte und seine selbstgestopften Zigaretten inhalierte, die er beide, Zimmer wie Zigaretten, um nichts in der Welt hätte aufgeben wollen.

Thor fühlte sich unwohl, wenn diskutiert wurde, oder der Vortrag mehr als zehn Minuten dauerte, oder die anschließenden Fragen zu lang gerieten. Dann rupfte er an seinem langen, zotteligen, schon in jungen Jahren ergrauten Bart, rollte mit den Augen und rutschte auf seinem Sitz, in der Hoffnung, dass der Vortragende es bemerken und deshalb seinen Vortrag zu Ende bringen würde. Er tat immer genau das, wozu er Lust hatte und was er für wichtig hielt, benötigte weder Kooperation noch Hilfestellung. Leider kam er für die Forschergruppe nicht mehr in Frage. Er hatte sich, überraschenderweise für alle, von einem auf den anderen Tag davon gemacht. Er war gestorben. Und es gab vermutlich niemanden, der das nicht bedauert hätte.

Dann kam Löwenburg. Was das Moralische betraf, hielt ihn jeder für ehrbar, gerecht und großzügig; demzufolge galt er als unbedarft, wenn es um Organisation, Technik und Taktik ging. In Wirklichkeit war er das auch. Er erinnerte die Gruppe in seiner etwas linkischen, häufig gebückten Haltung, seiner Freundlichkeit und Bescheidenheit an Peter Falk, der in zahllosen Filmen den berühmten Lieutenant Columbo gespielt hat. Columbo löste alle Fälle durch kombinatorischen Scharfsinn und exzellente Beobachtungsgabe und überlistete damit seine Widersacher, die sich für überlegen hielten, es aber nicht waren. Er vermochte diese in Sicherheit zu wiegen, um wenn es darauf ankam und niemand damit rechnete, seinen Spürsinn auszuspielen und die Dinge für sich zu entscheiden. Das alles konnte man in entsprechender Abwandlung auch bei Löwenburg beobachten. Er sagte: „Ich bin Mathematiker und Philosoph. Ich beschäftige mich mit der Theorie der großen Abweichungen. Ich bezeichne mich, wie Serge Petit, als – Pazifisten, als friedlichen Pazifisten."

Auf den Einwurf, ob es auch unfriedliche Pazifisten gäbe, antwortete er mit großer Bestimmtheit: „Allerdings, von dieser Sorte gibt es leider zu viele; ich für meinen Teil, um das klarzustellen, gehöre nicht zu denen, die aggressiv für den Frieden werben und dabei in Kauf nehmen, Sachen und Menschen zu beschädigen."

Als letzter Feuerbach.

Es war nicht leicht, etwas Treffendes, besser noch etwas Treffliches über mich zu sagen, resümiert er in der Stille der Bergwelt, auf seiner Terrasse. Namen und Herkunft nennen, das war das Übliche; aber über mich in der Öffentlichkeit aussagen, mich selbst charakterisieren? Mir den Spiegel vorhalten, dass ich mich wiedererkennen kann? Atheist, Philosoph, Weltverbesserer? Pazifist? Anarchist? Individualist? Ein Freund des Anarchismus war ich nicht. Auch wenn dazu einige bemerkenswerte Theorien entwickelt worden sind. Als echter Pazifist kann ich auch nicht durchgehen. Auch wenn ich alle Kriege auf dieser Erde für verabscheuungswürdig halte. Wenn Smith sich als

Konformist bezeichnete, dann bin ich ganz einfach Non-
konformist. Also sagte ich: Ich bin Fabian Feuerbach. Ich
weiß dies und das, aber immer nur ein bisschen von al-
lem. Ich bin kein Spezialist. Im Gegenteil. Ich habe im-
mer daran gearbeitet, das zu vermeiden, stattdessen ver-
sucht, mir einen Überblick über das Ganze zu verschaf-
fen, was zugegeben unendlich schwer ist. Seit einiger Zeit
bin ich dabei, den Ursprung der extremen Ereignisse zu
ergründen, bin aber damit nicht weit gekommen.

Es würde entspannen und die allgemeine Verständigung befördern, so die Meinung der Gruppe, wenn sich
alle mit Vornamen anreden würden. Das war im Übrigen
die internationale Gepflogenheit, die bei diesen und ähnlichen Veranstaltungen praktiziert wurde. Bliebe noch
die Zusammensetzung der Gruppe zu begründen, befand
Feuerbach und bat um Aufmerksamkeit.

„Liebe Freunde, ihr mögt euch fragen, was ein Sternfor-
scher mit einer Soziologin, ein Klimaforscher mit einem
Biologen zu tun hat. Auf den ersten Blick sehr wenig, auf
den zweiten Blick sehr viel! Wenn schon nicht im Inhaltlichen, so doch im Methodischen. Wir wollen voneinander
profitieren, von unserem Wissen, aber vor allem von den
Methoden, Verfahren, Herangehensweisen, die ihr entwickelt und angewendet habt. Indem wir unsere Weisheit,
Erfahrung und Praktiken kombinieren, werden wir in der
Lage sein, etwas ganz Neues zu generieren.“

Bravo, bravo, kam es von allen Seiten. War das ehrlich
gemeint? Darüber zu grübeln, erlaubte die knapp bemes-
sene Zeit nicht. Denn die Zeit war immer zu schnell für
Feuerbach, und er dachte mit Unbehagen daran, dass
nach drei Tagen womöglich kein Ergebnis vorliegen würde. Also steuerte er geradewegs auf die zentrale Frage.
Er sagte:

„Es gibt ein ernstzunehmendes Problem mit den extremen Ereignissen, und das ist, dass niemand so genau weiß, was darunter zu verstehen ist. Was verstehen *wir* darunter?"

Frau Geist nahm ihm das Wort ab. Sie meldete sich nicht, sie redete einfach. „Extreme Ereignisse kommen überraschend und finden uns zumeist unvorbereitet. Niemand kann zum Beispiel sagen, wann und wo genau während eines Gewitters der nächste Blitz niedergeht. Aber hier gilt es zu differenzieren: Ein Blitz ist ein normales Ereignis, wenn er keinen Schaden anrichtet, und wird zum extremen Ereignis, wenn ein Mensch dabei ums Leben kommt. Alles ist eine Frage der Wahrnehmung und der Wirkung, die das Ereignis erzielt."

Das passte zu dem, was er mit Löwenburg besprochen hatte, fand Feuerbach.

Dann kam Smith: „Ein Blitz ist immer ein extremes Ereignis, ein gewaltiger Ausschlag in der Zeitreihe der Luftelektrizität. Es sind diese großen, Benoit Mandelbrot würde sagen wilden Abweichungen, die mehr über das zugrunde liegende System verraten als all die anständigen Zeitreihen, die zaghaft um den Mittelwert zappeln. Wo immer ein Mittelwert existiert, geschieht nicht viel. In Systemen mit extremen Ereignissen macht der Mittelwert keinen Sinn."

Teichmann: „Ein extremes Ereignis liegt ganz einfach dann vor, wenn die beobachtete Größe, wie Niederschlag oder Wind, einen vorab festgelegten Schwellenwert überschreitet. Das kann durchaus häufig sein, Seltenheit ist für mich kein Kriterium für ein extremes Ereignis."

Pixin: „Extreme Ereignisse werden nicht durch die herkömmliche Statistik erfasst, die durch die Gaußsche Normalverteilung charakterisiert wird. Ich erinnere an Nassim Taleb, den ich für einen couragierten Opponenten halte, der, so scheint es, dem herkömmlichen Wissenschaftsbetrieb den Kampf angesagt hat. Er wird nicht müde, den Leser seines Buch *The Black Swan* mit seiner Abneigung gegen die Normalverteilung in Form immer neuer Varianten zu konfrontieren. Dabei hatte der große Karl Friedrich Gauß mit seiner Statistik doch nichts anderes als die normale Welt im Sinn. Die Statistiker haben für die extreme Welt die so genannte Extremwertstatistik erfunden. Ob sie diese damit angemessen beschreiben können? Unter gewissen vereinfachenden Annahmen: ja. Im Übrigen sind Anfang und Ende des Lebens, egal ob von den Menschen oder den Sternen, für mich die herausragenden extremen Ereignisse im kosmischen Kontext."

Petit: „Widerspruch. Geburt und Tod sind normale Ereignisse bei allen Populationen."

Barbieri: „In der Psychologie ist ein Ereignis traumatisch oder extrem, wenn drei Bedingungen erfüllt sind: Verlust der physischen Integrität, intensiver negativer Response, Überschreitung des bisherigen Erfahrungsbereichs. Beobachtet wird ein quälendes, man sagt auf Englisch, *Re-experiencing* des Ereignisses."

Löwenburg: „Katastrophentheorie von René Thom. Systeme, die bei Annäherung eines Parameters an dem sogenannten Katastrophenpunkt sprungartig von einem Zustand in einem anderen übergehen. Beispiel: Die Erde springt vom warmen in einen eiskalten Zustand, wenn die Solarkonstante einen kritischen Wert unterschreitet. Ich erinnere in diesem Zusammenhang an Nichtlineare Dynamische Systeme."

Feuerbach: „Ich behaupte: Eine Philosophie der Extreme gibt es noch nicht. Der englische Historiker Hobsbawn nennt das zwanzigste Jahrhundert *The Age of Extremes* und schreibt ein bemerkenswertes Buch gleichen Titels: Im ersten Weltkrieg ließen die Imperialisten und Nationalisten ihre Truppen gegeneinander antreten und umbringen, im zweiten Weltkrieg kamen die Ideologen und Rassisten und brachten es fertig, diesmal vor allem das Leben der Zivilbevölkerung auszulöschen. Eigentlich müssten wir in diesem Zusammenhang auch an Ferdinand Céline erinnern. Sein Buch *Voyage au bout de la nuit* ist der blanke, angespitzte Zynismus, war der literarische Ausdruck der menschenverachtenden Exzesse, die das zwanzigste Jahrhundert, das Zeitalter der Extreme, beherrscht hat.

Frau Geist: „Erinnern wir uns an das Erdbeben und den Tsunami von Lissabon um 1755. Davon gibt es unzählige Illustrationen und Berichte. Leibniz' Philosophie des gütigen Gottes wurde in Frage gestellt. Die Seismologie wurde geboren. Das Beben hatte enorme Auswirkungen auf die europäische Geistesgeschichte. Das nenne ich ein extremes Ereignis."

Noch einmal Smith: „*Self-organized Criticality.* War ein Brüller vor zwanzig Jahren. Systeme werden aus sich selbst heraus instabil, ohne Betätigung von Stellschrauben, und erzeugen Lawinen, Staus, Explosionen, das Auf und Ab der Finanzmärkte. Die statistische Physik kam zu neuem Ruhm. Alles was dort Rang und Namen hatte, wurde selbst-organisiert kritisch. Besonders nachhaltig wirkten Dynamische Systeme, sie machten Furore in den achtziger und neunziger Jahren. Dann ersetzten die Wissenschaftler das Wort dynamisch durch komplex, und schon hatten sie ein neues Gebiet kreiert, das nannten sie Komplexe Systeme. Man frohlockte, das Komplexe hätte das Zeug, die nächsten zwanzig Jahre als neues Forschungsgebiet durchzuhalten. Bei den komplexen Systemen kam in der Tat ein wesentlicher Aspekt dazu. Anhand von Computersimulationen wurde offenbar, dass durch Interaktion von vielen Individuen neue Eigenschaften erzeugt werden, die das einzelne Individuum für sich nicht besitzt. Der Begriff der Emergenz war geboren. Er wurde zum Dreh- und Angelpunkt der komplexen Systeme."

Feuerbach ergänzte: „Komplexe Netzwerke, die zum Beispiel elektrische Energie transportieren. Wenn zu viele Knoten in solchen Netzen ausfallen, kann das ganze Netzwerk zusammenbrechen. Wie viele versagen müssen, um das Ereignis zu erzeugen, hängt von den Besonderheiten des Netzwerkes ab."

Teichmann: „Denken wir auch an ganz praktische Gesichtspunkte. Der Katastrophenschutz, der sich um Desaster und seine Folgen kümmert, würde sagen: Ereignisse sind dann extrem, wenn wir ihre Folgen nicht beherrschen können; Tote bei Love-Paraden, Millionen Verluste an Sachen bei Hochwasser, Tote bei Schiffskollisionen, Stromausfall im ganzen Land. Der Katastrophenschutz bewertet und charakterisiert Ereignisse nach den Folgen und dem Umgang mit ihnen. Erzeugen sie zum Beispiel bei vielen Menschen Panik, liegt ein extremes Ereignis vor."

Nachdem keine weitere Kommentare mehr kamen, ergriff Feuerbach erneut das Wort und sagte: „Ich stelle fest, wir haben eine Vorstellung, aber können uns nicht festlegen. Wir haben eine Vielzahl von Einzelbeschreibungen des Extremen, aber wir tun uns schwer, wenn wir das alles unter einen Hut, ein Dach oder ähnliches bringen wollen. Wir stimmen überein, denke ich, dass es keine Theorie, kein Modell, keine Experimente gibt, die die Dynamik extremer Ereignisse zum Gegenstand haben. Für relevant halte ich die folgenden Fragen: Hat jedes Ereignis sein eigenes Bewegungsgesetz? Oder ist ein spektakulärer universeller Mechanismus am Werke? Welche Rolle spielen kritische Punkte, wo das System von einem Zustand in einen komplett anderen umschlägt? Was bedeuten in diesem Zusammenhang Systeme mit langem Gedächtnis? Wir haben genügend Gründe, um uns mit der Angelegenheit intensiv zu befassen."

Diese Ansicht fand die allgemeine Zustimmung. Sybille schlug vor, dass jeder über seine Arbeit referiere, das würde das Kennenlernen beschleunigen, zugleich die Suche nach einer geeigneten Thematik befördern. So geschah es. Einer nach dem anderen erzählte über sein Spezialgebiet. Die vereinbarten dreißig Minuten wurden regelmäßig überschritten, alle berichteten, ungebremst durch Zeitlimits, begeistert von ihrer Forschung. Löwenburg und Feuerbach machten sich Notizen. Löwenburg hatte die Angewohnheit, Papier aus seiner Tasche zu ziehen und es in kleinere Einheiten zu zerreißen, auf diesen dann notierte er Teile der Vorträge. Es kam pro Vortrag ein Zettel zustande. Feuerbach hatte ganze Kartons bei Löwenburg gesichtet, in denen die Zettel von Seminaren und Kolloquien aufbewahrt wurden. Zettel von mehr als vierzig Jahren mit geschätzten fünfzigtausend Vorträgen. Ob er die je wieder eingesehen hatte? Die Kartons waren inzwischen im Keller gelandet, die Wahrscheinlichkeit also gering, dass sie nochmals zu Rate gezogen würden. Fünfzigtausend Zettel für den Keller, mit ausgefransten Konturen, mit gelegentlich zittriger, aber meist fester Hand aus größeren Blättern kleinere herausgerissen, alle folgten dem Prinzip der Selbstähnlichkeit, moderne fraktale Physik in Löwenburgs Zettelkasten.

Bei Leibniz, erinnert sich Feuerbach, sollen nach Durchsicht seiner Räume noch viel mehr Zettel gefunden worden sein.

Sybilles Demokratie

Sybille thematisiert die repräsentative Demokratie. Überrascht mit einem eigenen Modell. Die abgeschriebenen Doktorarbeiten; die ausgebeuteten Mitarbeiter.

Die Vorträge nahmen den gesamten Vormittag in Anspruch. Man verabredete sich für den Nachmittag. In der Mittagspause berichtete Sybille von ihrem Modell einer demokratischen Wahl. Sie war eine gute, intensive Rednerin, und es fiel ihr leicht, die Aufmerksamkeit der gesamten Gruppe zu binden.

„Liebe Leute, tagtäglich wird uns eingeredet, dass unsere Regierungen und Parlamente den Willen des Volkes repräsentieren. Deshalb können wir, so sagt man, unbesorgt alle Entscheidungen unseren repräsentativen Parlamentariern überlassen. Nicht alle beruhigt diese Verlautbarung. Kürzlich hatte sich im deutschen Fernsehen ein freundlicher Kritiker unseres Systems, der kleine Kabarettist Erwin Pelzig, über diese Floskel hergemacht. Er hatte die freien und geheimen Wahlen der westlichen Demokratien, auf die sie so sehr stolz sind, als deren wirkliches Übel ausgemacht. Bekanntlich werden als erstes die Kandidaten von den Parteien bestimmt. Diese werden dann gemäß der von den Parteien festgelegten Reihenfolge aufgelistet und dem Bürger zum Wahltermin präsentiert. Dieser entscheidet sich nach Lust und Laune, gelegentlich auch aus Überzeugung, für eine Partei und einen ihm meist unbekannten Kandidaten, was er durch ein Kreuzchen an der bezeichneten Stelle auf dem Wahlzettel bekundet. Um sich von dieser einengenden Prozedur zu verabschieden, hat Pelzig die Idee von Florian Felix Weyh aufgegriffen, allerdings leider vergessen, letzteren zu erwähnen. Danach sollten die etwa sechshundert Abgeordneten des Bundestages per Los bestimmt werden. Sechshundert sind natürlich zu viel, vierhundert wären billiger und effektiver, also einigen wir uns auf fünfhundert, das ist eine große, schöne, runde Zahl, die weniger Kosten verursacht als die aktuelle. Diese nennen wir M. Das Ganze erinnert an die Lotterie 6 aus 49, und in der Tat ist es mathematisch ziemlich dasselbe. Ich habe folgendes Modell vor Augen.

Jeder Bürger Deutschlands, egal ob farbig oder farblos, Mann oder Frau, reich oder arm, krank oder gesund, Gott gläubig oder nicht gläubig, homo, hetero oder unbestimmt, alt oder jung, klug oder dumm, stark oder schwach, schön oder hässlich, böse oder gut; ob Mönch oder Nonne, Lehrer, Wissenschaftler, Künstler, Beamter, Obdachloser, Rechtsanwalt, Arzt, Prostituierte – sofern älter als achtzehn Lebensjahre, ist wählbar. Natürlich, ein bisschen Bildung muss gewährleistet sein. Die Kandidaten sollten mindestens eine Sprache, nicht notwendig die deutsche, lesen und auch schreiben können und die vier Grundrechenarten beherrschen. Wir sollten nicht zu viel verlangen, sonst würde der Kreis der Bewerber zu klein und die Repräsentativität nicht mehr gewährleistet sein. Die Hälfte der Bevölkerung, also etwa 40 Millionen, sollte diese milden Bedingungen erfüllen können. Davon werden vermutlich ein Prozent bereit sein, zu kandidieren. Es ist darauf zu achten, dass gleich viele Frauen wie Männer antreten. Somit können wir von N=400.000 Kandidaten ausgehen, 200.000 Frauen und gleich viele Männer. Das sind sehr viel mehr als die etwa tausend Kandidaten, die sich nach dem zurzeit praktizierten Muster bewerben. Je größer die Zahl N, umso unmöglicher, die Wahl vorherzusagen, was beabsichtigt ist. Die Kandidaten werden durch identische Kugeln repräsentiert, auf denen Zahlen stehen, die die jeweiligen Namen des Bewerbers repräsentieren. Die Kugeln werden in eine Urne gesteckt und gut durchmischt. Eine honorige Person, ich denke dabei an den Bundespräsidenten, steht auf einer eigens für ihn hergerichteten Kanzel und darf dann nacheinander genau eine Kugel aus der Urne ziehen. Dazu werden ihm vorab die Augen mit einer schwarzen Binde verdeckt, die am Hinterkopf zu zwei gleich langen Zipfeln verknotet wird. Erwin Pelzig hätte Freude daran. Ich übrigens auch. Der Präsident wird von zwei Assistentinnen aus dem Kreis der gestandenen Talkfrauen flankiert, die eine identifiziert die gezogene Zahl, die andere ermittelt in der Datenbank den zugeordneten Namen. Das Ganze wird vom biederen Präsidenten des Wohlfahrtverbandes überwacht, der aufpassen muss, dass Zahlen und Namen korrekt ermittelt werden. Ist der Name bekannt, wird er dem Bundespräsidenten zugeflüstert. Dieser macht den Namen öffentlich. Jeder Bewerber hat bei dieser Versuchsanordnung pro Zug eine Chance, gezogen zu werden, sie beträgt beim ersten Zug $1/N$, beim M-ten Zug $1/(N-M+1)$. Da M sehr viel kleiner als N ist, ist die Wahrscheinlichkeit gezogen zu werden, für alle Bewerber etwa gleich gering. Was wäre", fragte Sybille, „durch dieses Theater gewonnen?" Gespanntes Schweigen. „Ihr wisst es nicht? Dann will ich es euch sagen. Der dergestalt durch Zufall bestimmte Bundestag wäre nach den Regeln der Statistik ganz sicher repräsentativ. Die Konsequenzen wären dramatisch: Die nach dem bisherigen, nicht-repräsentativen Modus bestimmten Abgeordneten müssten allesamt ihre Sitze räumen. Sehr unwahrscheinlich, dass einer von diesen gezogen würde. Rechtsanwälte, Lehrer, Beamte, Steuer- und sonstige Berater würden im Parlament auf einen erträglichen, das heißt kleinen Anteil gestutzt werden. Frauen würden gleich stark vertreten sein. Bestechlichkeit, Vorteilsnahme und Parteienherrschaft würden sich verringern. Demokratie würde durch das Zufallsprinzip eingeführt."

„Eine schöne Vorstellung, Sybille. Ich erinnere daran, dass schon im alten Athen wichtige Posten in der Politik und Verwaltung durch Los entschieden wurden. Was meint der Mathematiker dazu?" fragte Teichmann.

„Walter, dein Sachverstand ist gefragt", rief Frau Geist, als Löwenburg gerade aufbrechen wollte, um seinen gewohnten Mittagsschlaf anzutreten. Er setzte sich wieder, holte einen seiner gefransten Zettel aus der Hosentasche, schrieb ein paar Symbole und Zahlen darauf, überlegte und sagte dann:

„Der Wille des Volkes ist verzerrt. Das Volk auf dem Land hört noch auf die Stimme des Pfarrers, das Volk in der Stadt hört auf die Stimme der Werbung, folglich wird ein recht schiefer Wille des Volkes herauskommen. Ich frage euch: Sollten wir, die wir Kopfarbeiter sind, die Intelligenz des Landes repräsentieren, wirklich dem Willen des Volkes Geltung verschaffen? Sehet, was die Schweizer aus ihrem Willen machen. Unter diesen Gesichtspunkten ist die echte Zufallswahl vielleicht gar keine so schlechte Idee."

„Walter, wir wollten deine Meinung zur Mathematik von Sybilles Modell hören, nicht zu Volksabstimmungen im Allgemeinen", erinnerte Pixin.

„Gemach. Ihr müsst mir schon ein bisschen Raum und Zeit lassen. Vorab folgender Einwand zu Sybilles Modell. Die Zufälligkeit der Auswahl ist natürlich nicht erfüllt. Die Kandidaten sind nicht per Los bestimmt, können also von vornherein die Repräsentation in eine leichte Schieflage bringen. Aber lassen wir das mal beiseite, denn irgendwie muss ja auch der Wille, die Absicht ins Modell eingebracht werden. Es kann ja nicht alles auf Zufälligkeit gegründet sein. Aber nun zur Sache. Die Mathematik in Sybilles Modell ist sehr einfach. Der Vollständigkeit halber ergänze ich, dass bei Sybille die Anzahl B der möglichen Stichproben, die hier die Bundestage sein sollen, bekanntlich durch den Binomialkoeffizienten $\binom{N}{M}$ beschrieben wird, und dieser ist, vorausgesetzt, wir bleiben bei den von Sybille vereinbarten Zahlen, eine sehr große Zahl. Entsprechend gering ist die Wahrscheinlichkeit, einen ganz bestimmten Bundestag zu ziehen, der zum Beispiel alle Günstlinge des Parteivorsitzenden der SPD enthält. Die Wahrscheinlichkeit, dass bei M Griffen in die Urne ein Bundestag zustande kommt, der zur Hälfte aus Frauen besteht, kann aus der zugrunde liegenden Verteilung, die den eigentümlichen Namen hypergeometrisch trägt, berechnet werden. Die Hypergeometrische ist eine Verwandte der Bernoulli-Verteilung, benannt nach dem genialen Basler Mathematiker Jakob Bernoulli, der Mitte des 17. Jahrhunderts gelebt hat. Und es ist folglich nicht verwunderlich, dass bei den vorgegebenen Zahlenverhältnissen wir in der Tat *erwarten* können, dass bei sehr vielen Wiederholungen unseres Experiments, gemäß dem Gesetz der großen Zahl, im Durchschnitt tatsächlich genauso viele Frauen wie Männer in unserem Bundestag einziehen werden. Das Experiment wird aber nur einmal durchgeführt, und die Wahrscheinlichkeit, dass sich unsere Erwartung erfüllt, ist dementsprechend eher gering. Da wir aber sicher gehen wollen, dass gleich viele Männer wie Frauen gezogen werden, helfen wir dem Zufall etwas nach und stellen nicht eine, sondern zwei Urnen auf. Eine mit den männlichen und die andere mit den weiblichen Kugeln. Dann würde der Präsident erst in den einen und dann in den anderen Topf greifen, jeweils M/2 mal. Das ganze ließe sich weiter differenzieren, um Minderheiten zum Zuge kommen zu lassen, also eine separate Urne für die Farbigen unter uns, eine für die Reichen, eine für die Schwulen, wiewohl ich nur von den Reichen weiß, dass sie eine wahre Minderheit sind. Aber dann wäre der Zufall zu stark eingeschränkt, und das soll nach Sybilles Vorstellung gerade nicht sein. Er soll sich voll entfalten können. Davon abgesehen", Walter machte eine Pause und lächelte dabei hintergründig, „verstehe ich Sybilles Vorschlag eher als eine Satire auf unsere europäischen Demokratien."

„Keinesfalls, auch spaßige Modell können ernst gemeint sein", bestätigte Sybille, „meines hätte den Vorteil, weitgehend auf dem Zufall zu basieren, folglich gerecht und unvoreingenommen zu sein. Ich danke dir, Walter, dass du mein Modell nach den Regeln der Wahrscheinlichkeitsrechnung durchleuchtet hast."

„Gern geschehen", brummte Löwenburg. „Doch wie entsteht aus der Lostrommel eine handlungsfähige Regierung?" Nichts hielt ihn jetzt mehr davon ab, endlich seinen, wie er fand, verdienten Mittagsschlaf anzutreten. Mochten sie von ihm aus stundenlang über Demokratie diskutieren, er hatte gelernt, wenn sich schon mal Schläfrigkeit einstellt, dieser der Gesundheit zuliebe nachzugeben. Wenig später hörte man friedliches Schnarchen. Löwenburg, der Humanist, hatte das alles nicht besonders ernst gemeint.

Sybille hatte am Prinzip der Repräsentation gerüttelt, da diese mit dem herkömmlichen Verfahren nicht gewährleistet scheint. *An Sybilles Einwand ist etwas dran, und je länger ich darüber nachdenke, umso einleuchtender ist er, bekennt Feuerbach. In der Tat! Die Wahlen*

repräsentieren nicht das Volk, sondern die Parteien, und
innerhalb der Parteien auch wieder nur die herrschenden
Cliquen, und innerhalb der Cliquen nur die Wortführer,
bellt er, wohl wissend, dass er allein ist auf seiner Ter-
rasse, und weit und breit die alten Häuser um ihn herum
kalt, das heißt unbewohnt sind, folglich niemand von der
plötzlichen Lautstärke beunruhigt sein wird. Die wahren
Machthaber, donnert er, sind aber die wohl bekannten
Plutokraten, Autokraten und Oligarchen der jeweiligen
Länder.

Die anderen der Gruppe wollten weitermachen. Sybilles Satire hatte sie herausgefordert. Barbieri sagte: „Würden wir Sybilles Vorschlag folgen, dann würden wir ein
Volk von Lotteriespielern. Davon gibt es jetzt schon zu
viele."

Pixin: „Wir alle kommen aus Ländern, die sich demokratisch nennen und auch so wahrgenommen werden.
Aber worum geht es? Der Bürger kann innerhalb von vier
oder fünf Jahren einmalig sein Kreuzchen auf den Wahlzettel setzen und damit auf die Zusammensetzung der
nationalen Parlamente Einfluss nehmen. Und selbst diese Möglichkeit ist in fataler Weise vorbestimmt: nur die
Kandidaten auf der Liste können angekreuzt werden."

Feuerbach schaltete sich ein.

„Es ist die Aufgabe der Soziologen – die Politikwissen-
schaftler will ich gar nicht erst erwähnen – zeitgemäße
Modelle der Demokratie zu entwickeln. Man redet neuerdings von der konsultativen Demokratie, von Bürgerin-
itiativen, Helferkreisen, Bürgerbegehren und wie sie alle
heißen. Man erinnert sich an die Bürger, die Substanz
statt Phrasen, fundiertes Wissen statt hastig zusammen-
geraffter Formeln und Unvoreingenommenheit statt Lob-
byismus in den politischen Prozess einbringen können.
Diesen parteilosen, hoch motivierten Menschen soll die

Möglichkeit gegeben werden, sich in Form von Beratung beteiligen zu können. Ihren Argumenten soll Gehör verschafft werden, sie sollten konsultiert werden. Das muss, um wirksam zu sein, gesetzlich verankert werden."

Da gab es Zustimmung, und Pixin klopfte ihm auf die Schulter.

Nachdem die Einstellung zur Demokratie und der Grad der Demokratisierung in Europa zwar nicht geklärt, aber doch angesprochen worden war, begab sich die Gruppe auf die Zimmer, um es Löwenburg gleichzutun und sich dem Mittagsschlaf hinzugeben. Petit nahm Feuerbach zur Seite: „Was geht bei euch vor? Ich war immer der Meinung, bei euch ist alles sauber und durchsichtig. Die Affären um eure Doktorarbeiten scheinen das genaue Gegenteil auszudrücken."

„Ach, das ist doch enorm aufgebläht worden", versuchte Feuerbach zu bagatellisieren. Aber im gleichen Augenblick musste er korrigieren. War er doch selbst im Internet vehement in die Debatte eingestiegen. „Gegeißelt wurden diejenigen, die ihre Doktorarbeiten mit Gedanken anderer geschmückt, jene aber vorsätzlich oder fahrlässig, als die eigenen ausgegeben hatten. Im übrigen waren diese Doktorarbeiten im wesentlichen Dekoration, eine Art honorige Trophäe, welche die angestrebte Karriere wenn auch nicht ermöglichen, so doch begünstigen würde. Was ich aber sagen will: Ich halte die sogenannten Doktorväter für die wahren Übeltäter. Es ist eine der obersten Pflichten des Professors, die Arbeiten seiner Doktoranden gewissenhaft zu prüfen. Das war ganz offensichtlich nicht der Fall. Man entschuldigte sich mit einer merkwürdigen Ausrede – die fraglichen Arbeiten sollen einfach zu langweilig gewesen sein, es war eine Zumutung, sie zu lesen."

„Dann hätten die Doktorväter den Mut haben müssen, die vorgelegten Arbeiten zu verwerfen, oder doch zumindest nacharbeiten zu lassen", sagte Petit. „Im Gegenteil, sie wurden offenbar über den grünen Klee gelobt und mit besten Noten bedacht. Das ist der eigentliche Skandal. Die Doktorväter haben ihre Dienstobliegenheiten gröblich verletzt. Dafür müssten sie vom zuständigen Minister zur Rechenschaft gezogen werden. Der Entzug des Professorentitels wäre durchaus gerechtfertigt."

Die Problematik hatte unlängst zusätzliche Nahrung bekommen. Ein paar prominente Politiker in Deutschland waren von namenlosen Spezialisten der Abschreiberei überführt worden. Diese hatten computerbasierte Verfahren genutzt und so quasi automatisch jüngere und ältere Träger eines Doktortitels des Betrugs überführt. Die Prominenz hatte versäumt, die geklauten Stellen als Zitate zu kennzeichnen, obwohl sie wusste, dass in den Geistes- und Sozialwissenschaften die Zitate größere Aufmerksamkeit genießen als der Text selbst. Die augenfälligsten Enthüllungen betrafen zwei vor Selbstgefälligkeit berstende, für Höheres vorgemerkte politische Figuren. Sie waren von ihren greisen Doktorvätern mit höchstem Lob bedacht worden. Die beiden Minister hatten es sicher nicht für möglich gehalten, irgendwann in gleichem Atemzug, mit gleicher Verächtlichkeit genannt zu werden. Frau Ministerin hatte von Amts wegen den Herrn Minister gerügt und öffentlich ihre Scham ob dessen unwürdigen Verhaltens bekundet. Umgekehrt durfte sich der gefeuerte Minister mächtig gefreut (oder geschämt) haben, nachdem ein Jahr später ruchbar geworden war, dass auch seine Kollegin der Versuchung erlegen gewesen war und kräftig plagiiert hatte. Feuerbach hatte sich gewundert, dass die zu Fall gebrachten Lichtgestalten nicht den Spieß umgedreht und die offenbar ganz ungerührten

Doktorväter auf unterlassene Sorgfaltspflicht und andere Verfehlungen verklagt hatten.

Petit hatte Feuer gefangen, er schien sich mit dieser Problematik intensiver befasst zu haben. „Ich sehe da eine Ungerechtigkeit. Die Arbeiten aus den Naturwissenschaften können nur in Ausnahmefällen überprüft werden. Die Doktoranden haben das Glück, dass ihre Messergebnisse, Experimente, Gleichungen und Beweise sich (noch) nicht per Computer checken lassen, folglich kaum jemand dieser Spezies bisher zu Fall gekommen ist, obwohl nichts dagegen spricht, dass sich unter diesen zahlreiche Fälscher befinden. Die Fälschungen der Naturwissenschaftler sind vor allem denen anzulasten, die ganz oben angekommen sind. Das ist das Ergebnis einer amerikanischen Studie. Irgendwie plausibel: die Erfolgreichen müssen ihre schwer errungene Reputation gegen die Konkurrenz, die potentiellen Nachrücker, verteidigen. Wenn man also Fälscher entdecken will, sollte man die Suche auf diese Personengruppe eingrenzen, das dürfte das Verfahren abkürzen." Petit machte deutlich, dass Fälschung in der Wissenschaft mit dem Doping im Sport vergleichbar sei. „Doping respektive Fälschung ist vor allem bei denen zu finden, die etwas zu verteidigen haben oder sich berechtigte Hoffnung auf den großen, Millionen schweren Sieg, Nobelpreis oder vergleichbare Preise machen können."

„Aber lieber Petit, du willst doch nicht etwa behaupten, dass die Forscher, die den Nobelpreis gewonnen haben, gefälscht haben?"

„Ich würde den Tatbestand nicht ausschließen", erwiderte Petit. „Unter den vielen und durchweg betagten Preisträgern könnten schon ein paar schwarze Schafe sein. Sie hatten ein Leben lang Zeit, ihre Ergebnisse in die von ihnen gewünschte Richtung zu biegen. Das ist nur niemanden aufgefallen."

„Also das glaube ich nicht. Nobelpreisträger werden von der Konkurrenz besonders kritisch beäugt. Nobelpreise werden erst nach eingehender, jahrelanger Prüfung vergeben."

„Es hängt alles von den Prüfern ab. Der eine hat diese, der andere jene Präferenz."

Feuerbach: „Dann können wir beide feststellen: Erstens, über alle Fachrichtungen hinweg dürfte gelten, dass fleißig voneinander abgeschrieben wird, und zwar von allen, also Doktoranden, Habilitanden und Professoren. Wer von wem abschreibt, ist kaum auszumachen. Zweitens, viele Professoren prüfen nicht mit der gebotenen Akribie die Doktorarbeiten, seltener, weil sie so faul sind, sondern überwiegend, weil sie nicht über die Kenntnisse verfügen, die für die Beurteilung der meist hoch spezialisierten Arbeiten erforderlich wären. Drittens, der Chef bedankt sich bei seinem Mitarbeiter durch eine wohlwollende Bewertung seiner Arbeit. Können wir uns darauf verständigen?"

Petit: „Im Großen und Ganzen einverstanden. Deinen dritten Punkt, die Mitarbeiter betreffend, will ich wegen seiner Bedeutung etwas genauer ausführen. In der Tat, der Mitarbeiter schuftet nicht selten bis Mitternacht. Er vertritt kostenlos die Vorlesungen des Institutsdirektors, macht die Übungen, heckt die Anträge auf Forschungsgelder aus, betreut die Diplomarbeiten, schreibt unter dem Namen des Chefs Gutachten und Presseerklärungen. Die Autorenliste der Artikel erfordert besondere Aufmerksamkeit. Da meist mehrere Forscher am Artikel beteiligt sind, geht es, wie du weißt, um die Reihung der Namen; also um Platz eins, zwei usw. Der weniger bescheidene Chef setzt sich in dieser Liste an die erste Stelle, der Bescheidenere reiht sich alphabetisch ein. Wenn er ausnahmsweise nicht gelistet wird, muß es sich um eine Nachlässigkeit der Mitarbeiter handeln. Der Chef macht sich der Fälschung oder Vorteilsnahme schuldig, wenn er als Autor auftritt, sein Beitrag zur Veröffentlichung aber gegen Null tendiert."

„Um Himmels willen, nur das nicht, Petit! Ich beschwöre dich, behalte das für dich! Die Gerichte würden wegen Überlastung zusammenbrechen, wenn es zu einer Strafverfolgung käme", sagte Feuerbach. „Hat der Chef nicht doch immer etwas dazu getan? Eine Überschrift, eine Danksagung, ein Zitat?"

„Du Schlingel, du willst mich zum Narren halten." Petit schüttelte den Zeigefinger, wie das einst die Erwachsenen bei Kinder taten, wenn sie nicht artig waren. „Doch lass mich die Sache zu Ende führen", sagte Petit. „Die zur Gewohnheit gewordene, gefälschte Autorenliste ist allgegenwärtig. Das ist eine Tatsache, die hingenommen wird, auch von den Gutachtern, die über die Publikation der Artikel entscheiden. Denn der Gutachter verhält sich höchst wahrscheinlich nicht anders. Manus lavat manum, nirgendwo hat das lateinische Sprichwort mehr Gültigkeit als in wissenschaftlichen Begutachtungen."

„Ich bin erschrocken, lieber Petit, ich hätte nicht für möglich gehalten, wie hart du mit deinen Kollegen ins Gericht gehst. Ist das nicht doch ein bisschen übertrieben, ist die gegenseitige Händewäsche nicht allgegenwärtig? Nicht absolut normal?"

„Sie ist degoutant. Wir finden sie in Frankreich so gut wie in England oder Deutschland oder Amerika. Wir finden sie in allen Gesellschaften, überall auf der Erde. So gesehen, ist sie tatsächlich normal, sie ist ubiquitär, wie die Grippeviren, die mein Immunsystem, so scheint mir, wieder einmal narren", sagte Petit.

„Dann sollten auch wir eine Pause machen, damit dein

Immunsystem in Aktion treten kann", sagte Feuerbach und bugsierte Petit durch die Tür in Richtung Zimmer.

Berufung der Berufenen

Abteilungsleiter und Feuerbach vereint die Kritik an Praktiken der Universitäten. Feuerbach verlässt das Ministerium.

Was hätte Petit zur Praxis der Berufung gesagt? Feuerbach bedauert, dass er versäumt hatte, diesen überaus relevanten Vorgang im Wissenschaftsbetrieb anzusprechen. Und was hätte Petit dem Abteilungsleiter gesagt, als dieser von mir wissen wollte, wie ich zu der Prozedur der Berufung stünde?

„Es liegt mir noch etwas auf der Brust", hatte der Abteilungsleiter bekannt, „das hat nichts mit Ihnen zu tun, aber Ihre Meinung dazu interessiert. Was mich beschäftigt, ist das Berufungsverfahren in unseren Universitäten. Ich habe den Eindruck, da geht nicht immer alles mit rechten Dingen zu. Schildern Sie doch bitte, zu meiner Unterrichtung, wie aus Ihrer Sicht das Verfahren abläuft."

Feuerbach: „Die Universitäten suchen sich ihren Nachwuchs im Zuge von so genannten Berufungsverfahren selbst aus, benötigen, wie Sie wissen, neuerdings auch nicht mehr den Segen des Ministers. Diese Verfahren sind das wichtigste Instrument zur Steuerung der Qualität von Lehre und Forschung. Es berücksichtigt allerdings hauptsächlich die Verdienste der Bewerber in der Forschung, pädagogische Qualitäten werden nur selten nachgefragt. Ist jemand mehr Lehrer als Forscher, hat die Bewerbung meist keine Chancen."

Abteilungsleiter: „Bislang habe ich nichts Neues gehört. Feuerbach, ich will Ihre Meinung hören."

Feuerbach: „Natürlich, was anderes habe ich auch nicht vor", mehr und mehr beunruhigt von der Gesichtsfarbe des Abteilungsleiters, die von Rot in Blau umzuschlagen drohte. „Dreh- und Angelpunkt des Verfahrens ist die Berufungskommission, die der Fakultät ihren Wunschkandidaten vorschlägt, die ihn wiederum mit Empfehlung an die Hochschulleitung weiterreicht. Die Zusammensetzung der Kommission entspricht im Wesentlichen dem Willen ihres Vorsitzenden, der in der Regel ein Angehöriger des Fachbereichs ist, in dem der zu Berufende platziert werden soll. Das heißt, der zukünftige Professor wird de facto vom Vorsitzenden der Berufungskommission berufen."

Abteilungsleiter: „Wenn das so ist, kann das Verfahren unter Ungerechtigkeiten und Befangenheit leiden. Genau das habe ich vermutet." Der Abteilungsleiter hatte in jungen Jahren als Rechtsanwalt für die regierenden Sozialdemokraten gearbeitet und sich einen gewissen Sinn für Gerechtigkeit bewahrt.

Feuerbach: „Es leidet aber auch an einem Mangel an Glaubwürdigkeit, wenn es Bewerbungen annimmt, die nicht ehrlich gemeint sind. Von diesen Scheinbewerbungen weiß in aller Regel die Kommission, mindestens aber ihr Vorsitzender. Das eigentlich Skandalöse daran ist: gerade der Scheinbewerber, dem Vorsitzenden in der Regel seit geraumer Zeit bekannt, hat oft gute Chancen auf den ersten Platz; es besteht eine hohe Wahrscheinlichkeit, dass er den begehrten Ruf bekommt. Das hat er natürlich zuvor in einem vertraulichen Gespräch mit dem Vorsitzenden oder dessen Stellvertreter bereits ausgelotet. Was geht da vor, wie kann das sein? Wenn der Ruf ergangen ist, darf der Gerufene Bleibeverhandlungen mit der Universität führen, an der er sich zum Zeitpunkt des

Rufs befindet. Genau das hatte er ja mit seiner Bewerbung beabsichtigt; er wollte sich nicht verändern, nein, er wollte sich an Ort und Stelle verbessern. Die Universität, beeindruckt von der Begehrlichkeit, die ihr Bediensteter anderweitig auszulösen imstande ist, wird ihn halten wollen und ihn, damit er bleibt, in aller Regel auf eine höher bezahlte Stelle hieven oder, wenn er dort schon angelangt ist, mit einem Zuwachs an Stellen und Räumlichkeiten belohnen."

Abteilungsleiter: „Was für eine Absurdität, der Mann wird von Universität A zum Erstplatzierten befördert, obwohl er gar nicht kommen will, und wird von Universität B zum Bleiben animiert, obwohl er doch gar nicht gehen will."

„Ja so kann man es sehen", bestätigte Feuerbach. „Aber das ist noch nicht alles. In seiner Vita kann er mit Stolz vermerken, den Ruf an die Universität A bekommen und zugunsten B abgelehnt zu haben. Damit ist die Angelegenheit aber immer noch nicht erledigt. Man erinnere sich an das System der Reziprozität. Wenn ich dir helfe, dann kann ich erwarten, dass auch du mir hilfst. Die treibende Kraft aus Universität A war nicht aus reiner Menschenliebe entgegenkommend. Sie erwartet die gleiche Großzügigkeit, wenn sie sich anderweitig bewirbt. Auf dieses Problem angesprochen, geben die meisten Professoren zu, dass sie davon gehört hätten, aber dass es sich sicher um Einzelfälle handele, die bedauerlich, aber irgendwie unvermeidbar seien. Natürlich hätten sie selbst damit nichts zu tun."

„Ist dieser Klientelismus tatsächlich unvermeidbar?" fragte Maus.

„Das ist er wohl, wenn nichts geschieht."

„Gibt es Zahlen? Daten? Brisante Fälle?"

„Keine Zahlen. Keine verfügbaren Daten. Jedenfalls

keine, auf die wir Zugriff haben. Sie werden nicht aktenkundig. Und wenn doch, bleiben sie unter Verschluss. Der Sachverhalt lässt sich verallgemeinern, findet in der Gesellschaft breite Anwendung. Interessante Details aus Umfragen oder sonstigen Erhebungen erfahren die Bürger nicht. Beispiele? Die Arbeitslosenzahlen werden Monat für Monat bekanntgegeben. Deren Aufschlüsselung unterbleibt. Ja, man könnte sie vielleicht von den Statistischen Ämtern erfahren. Wer weiß davon, und wer findet sie dann auch? Warum unterfüttert man die blanken Arbeitslosenzahlen nicht? Weil sich dann so manches weniger Erfreuliche herausstellen würde. Ich möchte wissen, wie viele Leute in Fortbildung, wie viele gering beschäftigt sind, wie viele einen unbefristeten und wie viele einen befristeten Arbeitsvertrag haben. Wer mit seinem Beruf zufrieden ist und wer nicht. Ja, das wären doch die Zahlen, die interessieren."

„Herr Feuerbach, Sie haben ihren Beruf wirklich verfehlt. Sie hätten Politiker werden sollen."

„Meinen Sie, dass ich es als Politiker weiter gebracht hätte?", fragte Feuerbach, unüberhörbar verzagt.

„Ach, was wollen Sie, Herr Feuerbach, es geht Ihnen doch gut. Jetzt dürfen Sie sich auf eine schöne, vor allem sichere Stelle freuen. Aber bleiben wir doch beim Thema", sagte der Abteilungsleiter. „Das mit der Scheinbewerbung ist ein Skandal, davon habe auch ich schon mehrfach gehört. Da muss sich etwas ändern. Unsere Rechtsabteilung muss sich darum kümmern." Der Abteilungsleiter notierte und stutzte. „Sie kritisieren, wie mir scheint, durchaus zu Recht die Verfahren. Da werde ich sehr nachdenklich. Man wird Ihren Ausführungen aber entgegenhalten, wieso überhaupt kompetente Leute zum Zuge kommen. Ist das so? Habe ich das richtig verstanden?"

„Natürlich funktioniert das Auswahlverfahren in den Universitäten im Großen und Ganzen, ich meine, es funktioniert relativ gut, weil die Bewerber im Durchschnitt alle irgendwie qualifiziert sind. Es wird, egal wer ausgewählt wird, nur selten einen echten Reinfall geben. Ob allerdings stets der Beste aus der Schar der Bewerber gezogen wird, ist eine ganz andere Frage. Da habe ich doch erhebliche Bedenken."

„Anderweitig gibt es große Qualitätsunterschiede", sagte der Abteilungsleiter. „Man kann mit den Entscheidungen schrecklich daneben liegen. Ich denke an die gravierenden Fehlbesetzungen in der Leitung von Schulen, den Verwaltungen, dem Justizapparat, mit zum Teil dramatischen Folgen. Meine Frau ist Richterin und beklagt jeden Abend aufs Neue, wie unfähig der Vorsitzende Richter ist."

Feuerbach: „Denken Sie, Herr Maus, in diesem Zusammenhang auch ans Ministerium."

Abteilungsleiter, mit deutlich entspannterer Gesichtsfarbe: „Herr Feuerbach, darf ich Sie daran erinnern, dass unser Haus nicht zur Debatte steht. Aber ich gebe zu, dass es mir Freude macht, Sie so unbekümmert reden zu hören."

„Eigentlich bin ich über das Gesagte eher bekümmert, Herr Maus. Aber es freut mich, wenn ich Sie erfreuen kann."

„Herr Feuerbach, die Zeit drängt, der Minister, Sie wissen doch, ich bin zu ihm bestellt. Ich soll über den Stand der Verhandlungen über das geplante Institut von Professor Y in X berichten. Geheime Angelegenheit, weil es vollständig aus Landesmitteln finanziert werden soll. Man baut dem Y ein Denkmal, obwohl es die Konkurrenten, nach meiner Meinung, eher verdient hätten. Der Ministerpräsident soll sich in dieser Angelegenheit aber bereits festgelegt haben, und wenn der sich festgelegt hat, dann sind uns die Hände gebunden. Im Übrigen, dies zur Klarstellung: Die Erfolgreichen finden das System gut, weil sie erfolgreich sind, die Erfolglosen finden es schlecht, weil sie erfolglos sind. Die Erfolgreichen gelten als qualifiziert, die weniger Erfolgreichen als weniger qualifiziert. Ja, so einfach ist das. Und so geht es weiter: Die Erfolgreichen respektive die Qualifizierten werden vom Geldgeber ausgewählt, um über eventuelle Korrekturen des Verfahrens nachzudenken. Die Qualifizierten fühlen sich geschmeichelt, und sie werden den Fortbestand des Verfahrens mit vielen eingängigen Argumenten verteidigen. Das System bleibt folglich so wie es ist. Wie wollen Sie da etwas ändern? Schließen wir uns der herrschenden Meinung an! Das bedeutet keine zusätzliche Arbeit und keinen zusätzlichen Ärger. Lassen wir es so, wie es ist. Es ist die beste aus der Menge der schlechten Lösungen. Ein beträchtlicher Rest an Ungerechtigkeit wird immer bleiben."

„Herr Maus, bevor Sie gehen, zur Beruhigung sozusagen: einige der Professoren, mit denen ich zu tun hatte, ließen den Mitarbeitern Raum zur eigenen Entfaltung. Sie waren in Maßen eitel, stets ansprechbar, einigermaßen bescheiden, nicht besonders machtbesessen, und einige davon waren sogar hervorragende Wissenschaftler."

„Nichts für ungut, Herr Feuerbach, genau das habe ich auch gedacht. Ich habe verstanden. Leben Sie wohl."

Was ich damals nicht angesprochen hatte, resümiert Feuerbach, es aus guten Gründen verschwiegen hatte, unter anderem, um die Erregung des Abteilungsleiters in Grenzen zu halten, ist eine Pikanterie besonderer Art. Der Vorsitzende der Berufungskommission ist mit besonderen Befugnissen ausgestattet. Er wählt de facto die Gut-

achter aus. Und es kommt vor, dass er neue Gutachter bestellt, wenn ihm die Gutachten nicht passen. Am Ende erhält er meist das, was er sich schon von Anfang an ausgedacht hat. Und es kommt vor, dass er gar nicht den Besten respektive die Beste der Liste haben will. Das ist im Haus bekannt, und alle wissen, warum: der Vorsitzende will sich die Illusion nicht nehmen lassen, selbst der Beste im Fachbereich zu sein. Was müsste geändert werden, um die Macht des Vorsitzenden zu brechen? Ich halte dafür, dass die Auswahl wie auch die Platzierung der Bewerber auf der Liste externen Gutachtern übertragen werden sollte. An diese Gutachter wären natürlich gewisse Anforderungen zu stellen. Sie müssten durch eigene Leistungen ausgewiesen und in einem Verzeichnis registriert sein. Aus diesem Verzeichnis würden die Gutachter per Zufallsverfahren bestimmt. Das Ziehen der Gutachter aus der Lostrommel, das könnte dann getrost dem Fachbereich überlassen werden. Damit würde mit hoher Wahrscheinlichkeit die Voreingenommenheit reduziert werden, die die herkömmliche Art der Berufung so problematisch macht.

Abenteuer Vorhersage

Methoden und Potentiale. Löwenburgs Privatissimum zum Begriff der Wahrscheinlichkeit. Die selbsterfüllende Vorhersage; Vorhersage mit eingebauter Rückkopplung.

Der Nachmittag stand im Zeichen der Vorläufer von Ereignissen. Dieser wichtige Teilaspekt hätte einen unmittelbaren Bezug zu den offenen Problemen und sollte deshalb behandelt werden, verkündete Smith. Er hätte sich darüber ein paar Gedanken gemacht, die, wiewohl eher schlicht und wenig originell, der versammelten Mannschaft nicht vorenthalten werden sollten. Er sagte:

„Ein wichtiger Aspekt beim Studium der extremen Ereignisse ist die Frage nach den Vorläufern. In der Literatur nennt man sie auch Vorboten. Sie eilen dem Ereignis voraus, kündigen es sozusagen an. Denn es erscheint sehr unwahrscheinlich, dass ein Ereignis völlig unvermittelt vom Himmel fällt." Er unterbrach, als er Luise bemerkte, die in diesem Augenblick die Terrasse betrat.

„Ich muss mich korrigieren", erklärte er, „Frau Luise ist soeben wie ein Engel vom Himmel zu uns herabgeschwebt. Wir haben keine irgendwie geartete Ankündigung vernommen, sind ganz einfach überrascht worden. So kann es eben auch gehen. Manchmal fehlen selbst die Vorläufer. Ich vermute, dass sie Köstliches auf ihrem Tablett servieren will."

„Herr Smith! So viel Galanterie bin ich bei Wissenschaftlern nicht gewohnt", scherzte Luise, die im Übrigen Komplimenten keine große Beachtung schenkte. Die verunsicherten sie eher, da sie nicht wusste, ob sie ihnen glauben durfte. Sie stellte Tee und Kaffee und das übliche Zubehör auf den Tisch. Und in der Tat, sie offerierte etwas Besonderes: Schokoladentörtchen aus eigener Produktion, zusammengesetzt aus Kakao, Eischnee, Likör und Vanille. Sie hatte diese Stück für Stück auf weißen Porzellantellerchen platziert, mit geschlagener Sahne bekränzt und mit im Wald gewachsenen, reifen bis überreifen Erdbeeren und zwei Blättern Minze verfeinert. Petit nahm als erster einen Teller, ihm war im Vorgeschmack der köstlichen Delikatesse das Wasser im Munde nicht nur zusammen-, sondern sogar ausgelaufen, so dass er sich genötigt sah, mit einem Taschentuch den Überschuss aufzunehmen.

„Von dem aktuellen Ereignis abgesehen, das wie gesagt, sich nicht angekündigt hatte", sagte Smith, nachdem reihum das Schokoladentörtchen in Angriff genommen worden war, „ist in der Mehrzahl der Fälle davon auszugehen, dass es Anzeichen gibt, die auf ein bevorstehendes Ereignis hinweisen. Die Erdbebenforschung ist in dieser Hinsicht eine Ausnahme, man hat bisher nichts wirklich Substantielles gefunden. Warum ist die Kenntnis von Vorläufern so wichtig? Sie erleichtern die Vorhersage und erlauben, sofern die Zeitspanne zwischen Vorläufer und Eintritt des Ereignisses, die wir Vorlaufzeit nennen, hinreichend lang ist, Abwehrmaßnahmen zu ergreifen. Wichtig ist aber nicht nur, was sich vor dem eigentlichen Ereignis abspielt, sondern auch, was nach dem Ereignis kommt. Beim Erdbeben zum Beispiel gibt es die Nachbeben, die für die Vorhersage von zukünftigen Ereignissen genutzt werden können. Analog ist in den medizinischen Bereichen der Ablauf der Heilung von Interesse, der Informationen über die Hintergründe und das mögliche Wiederaufleben der Krankheit enthalten kann. Alle diese Vorgänge versuchen wir durch Modelle zu erfassen, die durch experimentelle oder empirische Daten gestützt werden. Die Daten enthalten die Information, die wir brauchen, um Modelle zu bauen."

Die Daten – multimedialer Stoff in Form von Zahlen, Bildern, Tönen. Die Daten erforderten eigentlich eine eigene Beschäftigung, warf Feuerbach ein. So ist es, sagten die anderen. Aber man müsse sich beschränken, sagte Pixin. Gleichwohl, sagte Petit, denke er an den immensen materiellen Aufwand, der erforderlich sei, um Daten über Umwelt, Gesundheit, soziale Entwicklungen, Einkommen, militärische Potentiale, Verkehre zu erheben. Besonders aktuell seien die personenbezogenen Daten, die von allen möglichen Leuten aus einer Vielzahl von Quellen, wie Smartphones, Überwachungskameras, E-Mails und Spuren im Internet gefischt würden.

„Ich bedauere die Leute, die diese Daten auswerten. Sie sind einfach zu umfangreich. Die verfügbare Software ist nicht ausgereift, viel zu langsam und nicht besonders intelligent. Bei der Jagd auf Gewalttäter, um die es sich in vielen Fällen dem Vernehmen nach handelt, bleibt den Ermittlern meist nichts anderes übrig, als jedes Bild, jeden Text persönlich in Augenschein zu nehmen", sagte Petit.

„Das alles ist nur eine Frage der Zeit", rief Sybille dazwischen. „In naher Zukunft werden die Verfahren gut genug sein, um schnell und verhältnismäßig fehlerfrei die Informationen herauszudestillieren, die verlangt werden. Man vergegenwärtige sich die Macht, die sich in den Daten von Belang, den Informationen, die diese enthalten, vergegenständlicht."

Wenn man nur zuließe, spekulierte Pixin, die weltweiten Aktivitäten der Datensammler zum Wohle der Menschheit umzulenken, der enorme Einsatz der Mittel dazu verwendet würde, dass die aus den Daten gewonnenen Informationen allen zugänglich gemacht würden. Aber genau das sei doch nicht beabsichtigt. Daten würden gefiltert, gereinigt und aggregiert, bis das herauskomme, was die Öffentlichkeit wissen dürfe.

„Ist das nicht zu schwarz gesehen?", fragte Petit. „Unsere statistischen Ämter machen doch ganz gute Arbeit. Da kann schwarz auf weiß abgerufen werden, wonach der Sinn steht."

„Niemand kann sagen, ob die Statistiken der diversen Dienste valide sind, solange nicht Zugriff auf die Rohdaten gewährt wird", gab Löwenburg zu bedenken.

Und Sybille ergänzte:

„Ich behaupte, dass weltweit Daten gesammelt werden, um ökonomische, politische und militärische Vorteile zu erringen. Im Prinzip sind Daten neutral, unbestechlich und objektiv, sofern ihre Erzeugung entsprechenden Maßstäben genügt. In den Händen der Besitzer der Daten werden sie oft zu Zwecken der Propaganda, Werbung, Verführung missbraucht. Sie bilden die Grundlage für Täuschung, Irreführung und Ausbeutung."

„Genug der Ideologie und unangemessenen Verdächtigungen", befand Smith mit einem süffisanten Blick in Richtung Sybille, „lassen wir Herbert zu Worte kommen. Er macht mir einen unruhigen Eindruck, vermutlich will er etwas Wichtiges loswerden."

„Ich danke für dein Einfühlungsvermögen, Jonathan. Ich will an eine bekannte Tatsache erinnern. Die Bedeutung der Vorläufer aus medizinischer Sicht unterstreichen. Der plötzliche Herztod oder der Herzinfarkt, und nicht nur diese, kündigen sich in einer Vielzahl von Zeichen an; wir wissen zumeist nur nicht, diese richtig zu deuten", sagte Teichmann, „unsere Modelle sind zu grob, unsere Messungen nicht fein genug."

„Fragen wir Umberto Eco, den Großmeister des Zeichendeutens", warf Löwenburg ein. „Er hat sich in der Semiotik Verdienste erworben, dürfte uns bei unserem Vorhaben allerdings wohl schwerlich behilflich sein." Feuerbach hatte drei der bekanntesten Bücher von Eco ausgelegt, man war in Italien, und da gehörte es zum guten Ton der Gebildeten, Eco in der Nähe zu wissen. Löwenburg erinnerte daran, dass das Problem der Vorhersage bei extremen Ereignissen besonders kritisch sei, weil ein rein deterministisches Modell nicht greife. Der Zufall sei mit von der Partie, auch wenn die Ereignisse nicht das Ergebnis eines Würfelspiels seien: „Man führt den Zufall als bewährtes Hilfsmittel stellvertretend für alle die Einflüsse ein, die man nicht versteht oder die man auslässt, weil sie die Modelle dramatisch verkomplizieren würden. Insofern handelt es sich bei jeder Vorhersage um nicht mehr als die Angabe einer Wahrscheinlichkeit, was zum Beispiel in der täglichen Wettervorhersage zum Ausdruck kommt."

Feuerbach drängte, das Problem der Vorhersage eingehender zu diskutieren. Auf Zuruf schrieb er die Stichwörter an die Tafel. Es entstand eine ungeordnete Liste von Begrifflichkeiten, deren Vielfalt vom multidisziplinären Charakter der Angelegenheit zeugte. Sie enthielt die folgenden Fragen:

Was ist eine Vorhersage? Was bedeutet Vorhersagbarkeit? Wie genau kann/muss eine Vorhersage sein? Für wen kann die Vorhersage interessant sein? Was kostet die Vorhersage? Welche Folgen kann eine Vorhersage haben? Was ist ein falscher Alarm? Wie stehen Prädiktion, Prävention und Antizipation zueinander? Muss die Vorhersage ethische Prinzipien beachten? Worin bestehen die Unterschiede zwischen Vorhersage und Prophezeiung?

Smith bestand darauf, dass der Frage *Was ist eine Vorhersage* die erste Priorität zukomme. Alle anderen Fragen könnten erst behandelt werden, wenn diese fundamentale hinreichend geklärt sei. Auch wenn er davon ausgehe, dass eigentlich alle Anwesenden wüssten, worum es sich handele, würde es doch hilfreich sein, in einer prägnanten Übersicht das Wichtigste zu resümieren. Insbesondere lege er Wert darauf, sich gegen die allgegenwärtigen Futuristen abzugrenzen. Deren scheinbar intelligente Visionen erwiesen sich in aller Regel als falsch, seien eben nichts anderes als um Aufmerksamkeit heischende, oft Interessen geleitete Verkündigungen, die wenig oder gar nichts mit einer seriösen Vorhersage, wie man sie etwa von der Wettervorhersage kenne, zu tun hätten.

„Aber den Überblick bitte nur ganz kurz halten, denn wir können in der Tat davon ausgehen, dass wir wissen, wovon wir reden", warf Löwenburg ein. „Wir haben Wichtigeres zu besprechen, als Lehrbuch-Wissen zu referieren."

„Hört, hört, Professor Löwenburg hat gesprochen", sagte Pixin. „Vielleicht kann ich auf etwas verweisen, was dir lieber Löwenburg, so nicht geläufig ist". Noch mit der raffinierten Süßigkeit im Mund, erklärte er:

„Nach Auguste Comte, dem wohl profiliertesten Positivisten des 19. Jahrhunderts, ist das Ziel jedweder Wissenschaft die Vorhersage und die daraus ableitbare Handlung: *Savoir pour prévoir, prévoir pour pouvoir.* Die Vorhersage ist eine Aussage über den Zustand des Systems zu späterer Zeit. Was bedeutet hier später? Eine Sekunde, Minute, Stunde oder Tag? Der Zeithorizont hängt von den Besonderheiten des Systems ab. Das Wetter, um bei dem allseits beliebten Beispiel zu bleiben, erlaubt typischerweise eine kurzfristige Aussage von zwei bis drei Tagen im Voraus. Eine längerfristige Aussage, wie zum

Beispiel der Verlauf des bevorstehenden Winters, wäre wünschenswert, aber nach aktuellem Stand der Wissenschaft nicht möglich. Bei der Vorhersage auf der Basis von Daten geht es darum, Information über das jeweilige System (also z.b. die Atmosphäre, wenn es ums Wetter geht) an aufeinander folgenden Zeitpunkten zu sammeln und daraus Aussagen über die Zukunft des Systems zu konstruieren. Man geht also davon aus, dass die Gegenwart von der Vergangenheit bestimmt wird. Was ja nicht zwangsläufig so sein muss. Man könnte ja auch umgekehrt denken (und dafür gibt es einige Beispiele), dass die Gegenwart von der Zukunft bestimmt wird. Wie viel Vergangenheit (oder Gedächtnis) bei der Vorhersage berücksichtigt werden muss, ist eines der zu lösenden Probleme. Der Wasserstand des Nils ist ein Beispiel für ein langes Gedächtnis – der aktuelle Stand wird durch viele vorausgehende Stände stark beeinflusst. Ein anderes, im Prinzip mächtigeres Verfahren basiert auf der Dynamik, die das Geschehen regiert. Dabei geht es darum, aus einer bekannten Anfangskonstellation den Zustand des Systems zu einem späteren Zeitpunkt zu ermitteln. Das geschieht, indem man die Lösung der zugrunde liegenden Differential- oder Differenzengleichungen herausfindet. Das ist das klassische Verfahren. Neuerdings konstruiert man gerne Netzwerke oder zelluläre Automaten, in dem der zukünftige Zustand des Systems durch die Interaktion der Zellen oder Knoten bestimmt wird."

Sybille äußerte Zweifel an dem Prinzip von Ursache und Wirkung. „Gibt es die *eine* Ursache für das Auftreten extremer Ereignisse? Oder ist es nicht vielmehr ein ganzes Bündel an Möglichkeiten, die auf komplizierte Weise vernetzt sind?"

Pixin nickte zustimmend. Er sagte: „Monokausale Erklärungen gibt es vermutlich gar nicht, stets wirken in realen Systemen mehrere Mechanismen, die sich vernetzen und das System instabil machen können. Die Journalisten reden in diesem Zusammenhang ja auch von der Verkettung unglücklicher Umstände, sie bringen damit zum Ausdruck, dass das Geschehen vielfältig ist und eine Kaskade von sich gegenseitig verstärkenden Aktionen in Gang bringen kann. Dann staut sich etwas, Blut, Wasser, Gas etc., und das geht so lange, bis eine kritische Schwelle überschritten ist. Der gespannte Zustand entlädt sich in Form eines Anfalls, einer Lawine, eines Bruchs, einer Explosion, was auch immer."

Smith: „SOC, lieber Freund, *Self-organized Criticality*, das hatten wir schon."

„Hatten wir es? Wiederholung kann nicht schaden", entgegnete Pixin, ein bisschen irritiert durch Smiths Einwurf.

„Was treibt das Ereignis? Wer oder was verursacht es?" Sybille ließ nicht locker.

„Der Zufall", ließ sich Löwenburg vernehmen, „wir setzen den Zufall als treibende Kraft, und kommen damit in der Finanzwirtschaft zu veritablen Ergebnissen."

„Zu einfach, lieber Löwenburg", sagte Pixin. „Eine Aufgabe für unser Forschungsprojekt ist diese: das Netzwerk der Agenten bestimmen, die das extreme Ereignis generieren."

„Ich möchte gern noch die Szenarienmethode erwähnen", meldete sich Teichmann. „Pixin hat sie nicht erwähnt. Aus gutem Grund, wie ich annehme: man errechnet nicht die Evolution des Systems aus vorgegebener Anfangs- und Randbedingung, ganz im Gegenteil. Man rechnet sozusagen zeitunabhängig, indem ein Parameter des Systems verändert wird, und die Lösung in Abhängigkeit des Parameters gesucht wird, unter der Annahme, dass alle anderen Faktoren, die auf das System einwirken,

unveränderlich sind. Diese Methode hat in der Klimadebatte eine überragende Bedeutung gewonnen. Nichtsde-
stoweniger handelt es sich nicht um eine Vorsage, sondern
um eine mit vielerlei Annahmen verbundene Wenn-Dann
Aussage."

„Zeit für eine Kaffeepause", sagte Petit. Sybille setzte
sich zu Löwenburg.

„Walter, kannst du mir das Konzept der Wahrscheinlichkeit basierten Vorhersage verständlich machen? Ich tue
mich nämlich etwas schwer damit."

„Nichts lieber als das", sagte Löwenburg mit einer ga-
lanten Verbeugung, die kaum jemand in dieser Vollkom-
menheit bei ihm vermutet hätte. Feuerbach wusste es
besser. Löwenburg war wie ausgewechselt, wenn Frauen
in der Nähe waren. Dann war er beflissener, man konnte
sagen sogar liebenswürdiger, als bei den allgegenwärtigen
männlichen Kollegen. „Erinnere dich an das Spiel mit der
Münze. Es wird in Hunderten von Lehrbüchern breitge-
treten, und ist dennoch überaus lehrreich und durchaus
nicht trivial. Wird die Münze in die Luft geworfen, kann
sie beim Auftreffen auf den Boden Bild oder Zahl zeigen,
also genau zwei mögliche Ereignisse. Der Spieler kann
nicht sagen, welches Ereignis eintritt, wohl aber kann er
die Wahrscheinlichkeit angeben, und diese ist bekanntlich 1/2. Was sagt das? Er kann davon ausgehen, oder
erwarten, wie die Statistiker sagen, dass bei zweimaligem
Werfen mindestens einmal die Zahl (oder das Bild) oben
liegt. Aber sicher ist das nicht, es kann auch sein, dass
die Münze zweimal Zahl (oder zweimal Bild) zeigt. Das
eben ist das Zufällige der Angelegenheit. Gewiss ist nur,
dass nach sehr vielen Versuchen, gemäß dem berühmten
Gesetz der großen Zahlen, der Kopf ziemlich genau ebenso oft erscheint wie die Zahl, und das trifft umso sicherer,
je öfter der Versuch wiederholt wird. In mathematischer

Sprechweise: die Wahrscheinlichkeit konvergiert, wie erwartet, gegen 1/2. Wesentlich schwieriger verhält es sich dagegen mit der Vorhersage des Wetters, denn das Wetter ist kein Würfel, auch wenn es manche gern so darstellen, sondern ein dynamischer, gesetzmäßiger Prozess, bei dem der Zufall nur ein störender, keinesfalls dominierender Faktor ist. Ich bin kein Wetterexperte, weiß aber im Groben, was die Experten anstellen, um das Wetter vorherzusagen. Sie verlassen sich auf Computermodelle, die mit dem gemessenen Zustand der Atmosphäre, den sogenannten Anfangswerten, starten, um daraus zu einem späteren Zeitpunkt die neuen Werte der Temperatur, des Luftdrucks oder anderer meteorologischer Größen zu errechnen. Die Messung der Anfangswerte ist aber nie exakt, es ist unmöglich, sie genau zu ermitteln, die Messungen schwanken und weichen um ein Weniges vom wahren, unbekannten Wert ab. Das wäre nicht schlimm, wenn die Werte zu späterer Zeit, die vom Computer errechnet werden und als Vorhersage ausgegeben werden, eine ähnlich geringe Schwankung wie beim Start des Experiments aufweisen würden."

„Eben diesen Gefallen tun sie uns nicht. Die Dynamik des Wetters enthält nichtlineare Rückkopplungen", warf Sybille ein, „diese verstärken die Fehler, die in den Anfangswerten stecken, und das umso mehr, je weiter die Vorhersage vom Ausgangspunkt entfernt ist, je länger das Vorhersage-Intervall ist. Nach geraumer Zeit herrscht Chaos, und das Ganze ist nicht mehr vorhersagbar. Weil, wie schon gesagt, in den Gleichungen, die die Dynamik des Wetters regieren, Wind, Temperatur etc., in nichtlinearer Form auftreten. Ist es nicht so, Walter?"

„So ist es, und damit beweist du, dass du viel mehr weißt, als ich annehmen konnte. Müssen wir dann überhaupt fortfahren?"

„Aber sicher, ich denke, da gibt es noch vieles, wovon ich nicht die geringste Ahnung habe", sagte Sybille und lächelte ihn dabei an, was Löwenburg motivierte, seinen Vortrag zu vervollständigen.

„Unter nichtlinearen Bedingungen hängt der stationäre Zustand, vorausgesetzt ein solcher wird erreicht, von den Werten ab, die zu Anfang galten, also zur Zeit t_0, und auch das in nichtlinearer Weise. Im Gegensatz zu dem linearen Fall, wo der Einfluss der Anfangswerte längst abgeklungen ist, wenn das Gleichgewicht erreicht ist. Der Meteorologe errechnet also zum Zeitpunkt $t > t_0$ ein ganzes Bündel oder Büschel (Ensemble) von Temperaturen, das eindeutig mit dem Bündel der verschiedenen Anfangswerte verknüpft ist. Aus dem Ergebnis-Bündel lässt sich dann empirisch eine Häufigkeitsverteilung bestimmen, aus dieser dann die zu erwartende mittlere Temperatur. Ähnliche Überlegungen führen zu Aussagen über den zu erwartenden Niederschlag. Die Wettervorhersage verkündet dann auf der Basis dieses Verfahrens, dass beispielsweise mit achtzigprozentiger Wahrscheinlichkeit Regen, möglicherweise sogar heftiger Regen, am nächsten Tag zwischen acht und achtzehn Uhr im Norden Deutschlands niedergehen wird. Die bessere Vorhersage schachtelt die vorausgesagte Wahrscheinlichkeit in ein Intervall, dessen Grenzen mit Hilfe statistischer Modelle berechnet werden", erläuterte Walter.

„Damit ist aber die Angelegenheit noch nicht erledigt", sagte Sybille. „Wer kann mit einer Regenwahrscheinlichkeit von achtzig Prozent etwas anfangen? Ich interpretiere Wahrscheinlichkeiten ganz subjektiv als Messlatte für Vertrauen und Glauben: je näher die Zahl den hundert Prozent kommt, umso stärker glaube ich daran, umso größer mein Vertrauen darauf, dass es tatsächlich regnen wird. Genau das will diese Zahl ja wohl auch sagen.

Aber wie interpretieren wir die Zahl im Lichte der Wahrscheinlichkeitstheorie? Folgen wir dieser, dann müssten wir das Wetter als Zufallsexperiment betrachten und es zu gleicher Zeit an demselben Ort zehnmal beobachten, müssten sozusagen das Wetter verzehn- oder besser noch verhundertfachen, um dem Gesetz der großen Zahl zu genügen und würden, wenn wir, du und ich, dann achtmal bzw. achtzigmal ein Gewitter beobachten, von einer 80% Eintritts-Wahrscheinlichkeit des Regens sprechen", ergänzte sie.

„Das ist natürlich Unsinn", fuhr Löwenburg dazwischen. „Das Wetter ist kein Würfelspiel, wie schon angemerkt – wir können das Würfeln beliebig oft wiederholen, nicht aber das Wetter zu bestimmter Zeit und an bestimmtem Ort. Gleichwohl, die Wiederholungen sind der richtige Gedanke, und das ist es, was die Computersimulanten machen. Sie „wiederholen" das Wetter, indem sie es für verschiedene Anfangsbedingungen berechnen, die sich nur wenig, in der Größe typischer Messungenauigkeiten, voneinander unterscheiden. Jede Anfangsbedingung definiert eindeutig einen Pfad hin zum Gleichgewicht. Dann enden zum Beispiel acht von zehn möglichen Pfaden im Regen, und die Wetterfrösche sprechen dann von einer achtzig prozentigen Wahrscheinlichkeit, dass Regen fällt."

„Aber können wir den achtzig Prozent glauben? Ich setze auf die zwanzig Prozent und behaupte, dass es nicht regnen wird und kann damit richtig liegen. Was also soll das ganze Theater?"

„Immerhin haben wir eine veritable Zahl produziert, die allerdings selbst wieder mit Fehlerbalken versehen wird. Die überwältigende Mehrheit wird auf die achtzig Prozent setzen. Denn dahinter steht die versammelte Wissenschaft", erwiderte Löwenburg.

„Wenn es tatsächlich regnet, haben die Wetterfrösche posteriori eine schöne Bestätigung", sagte sie.

Löwenburg: „Aber es gibt da noch ein prinzipielles Problem. Das bereitet dem Vorhersager viel Kopfzerbrechen. Ist das Ereignis überhaupt vorhersagbar?"

Wunderbar, sagte sich Feuerbach, der die Unterhaltung verfolgte, dann sind wir beim Thema. *Predicting the unpredictable.*

Löwenburg: „Generell gilt, je regulärer oder deterministischer das System, umso sicherer ist das Ereignis vorhersagbar. Eine spezifische Aussage ist hingegen oft nicht möglich. Ist das Klima vorhersagbar? Ich weiß es nicht. Das Wetter scheint vorhersagbar, sofern wir uns auf ein paar Tage beschränken. Der Stau auf der Autobahn ist vorhersagbar, aber ein nicht einkalkulierter Unfall kann alles durcheinander bringen. Was ist mit Erdbeben oder Vulkanausbrüchen? Beide scheinen nicht vorhersagbar. Ist ein Verbrechen vorhersagbar? Neuerdings reden sogar die Kriminalisten über eine modellbasierte Vorhersage und lassen dem Innenminister das Wasser im Munde zusammenlaufen."

„Zurück zur Diskussion", rief Feuerbach nach einer halbstündigen Pause. „Ich möchte eure Aufmerksamkeit auf Systeme lenken, die vom Menschen gesteuert und beeinflusst werden können. Also nicht, wie bisher stillschweigend vorausgesetzt, um Ereignisse in der Natur, die vom Zutun des Menschen im Allgemeinen unabhängig sind. Dazu würde ich gerne einige Anmerkungen machen."

Die Gruppe signalisierte Interesse. „Wir sind gespannt", sagte Smith.

„Für Systeme, die wesentlich vom Verhalten der beteiligten Menschen abhängen, wie etwa Gesundheit, Verkehr, Politik, Wahlen, kann der Zeitverlauf der relevanten Systemgrößen von der Vorhersage beeinflusst werden, sofern diese dem System bekannt ist. Soll heißen: Die Vorhersage verändert das Verhalten der Agierenden und macht eine neue Vorhersage erforderlich. Die neue oder verbesserte Vorhersage ist von der alten Vorhersage abhängig! Diese Systeme würde ich, dem Vorschlag des Forschers Robert Rosen folgend, antizipatorisch nennen, denn die jeweiligen Akteure, wie zum Beispiel Autofahrer, können die Entwicklung des Verkehrs, in dem sie sozusagen mitschwimmen, aufgrund der Informationen aus den Vorhersagen und dem Schatz eigener Erfahrungen, steuern und daraus entsprechende Optionen und Aktionen ableiten. Ähnliche Phänomene lassen sich im Verhalten der Wähler beobachten. Die tägliche Prognose des Wahlausgangs erfordert eine ständige Neujustierung, da der taktisch veranlagte Wähler die Verlautbarungen der Wahlforscher in seiner Entscheidung berücksichtigt. So ist festzuhalten, dass die Vorhersage, wenn sie Prozesse in der Gesellschaft zum Gegenstand hat, im nächsten Zeitpunkt die Veränderungen berücksichtigen muss, die sie selbst hervorgerufen hat, im Gegensatz zu den natürlichen Systemen, die von der Vorhersage ganz und gar unabhängig sind."

Die Zeit ist gewöhnlich von der Gegenwart in die Zukunft gerichtet, gemäß dem universellen Prinzip von Ursache und Wirkung; hier nun sagte Feuerbach, dass sie von der Zukunft auf die Gegenwart zeigt.

„Ich behaupte: in antizipatorischen Systemen, also Systemen, in denen die Antizipation sozusagen eingebaut ist, ist das Hier und Jetzt von der Vergangenheit *und* der Zukunft bestimmt. Diese Idee ist nicht neu, sie wird immer mal wieder thematisiert und ist eine Herzensangelegenheit eines alten Freundes von mir, der für mich den klassischen Universalgelehrten repräsentierte. Gleichwohl, die

Idee hat bislang in keinem mathematischen Modell von Bedeutung den ihr gebührenden Niederschlag gefunden."

Löwenburg unterstrich die Bedeutung und den Unterschied der von der Natur und dem Menschen getriebenen Systeme. Er forderte die Beschäftigung mit der Vorhersage mit eingebauter Rückkopplung; er sagte, das von Feuerbach geschilderte Problem ließe sich auf diese von ihm genannte Formulierung bringen. Dazu gäbe es bislang keine mathematische Beschreibung.

„Liebe Freunde, wäre das nicht ein äußerst spannendes Projekt? Ich für meinen Teil würde mich dafür garantiert ins Zeug legen. Übrigens: Zu Fabians Ausführungen passt das Problem Aquila. Ich habe lange mit Arturo Barbieri gesprochen. Er hat mich überzeugt, dass durch das Erdbeben in der italienischen Region rund um Aquila etwas ganz Besonderes in Gang gebracht worden ist. Das bedarf der Darstellung und Klärung. Arturo ist bereit, darüber zu berichten, und ich finde, wir sollten die Gelegenheit nutzen. Ich glaube, es geht um den Komplex Vorhersage und Verantwortung. Das ist ein weiterer, von uns bereits benannter Aspekt zum Thema Vorhersage, der am Beispiel von Aquila konkretisiert werden kann."

Die Crux mit der Alarmierung

Vorhersage und Verantwortung: Beispiel Aquila. Teichmann will
die Klimaänderungen zum Thema machen und provoziert
Kritik.

Zwischenruf: „Und es geht um Alarmierung, die richtige
und die falsche. Arturo, sag du doch was dazu."

„Wenn du mich so freundlich bittest, lieber Pixin, kann
ich nicht anders als deiner Bitte zu entsprechen. Also:
Kommt die Ankündigung eines Ereignisses in Form einer
Warnung oder Alarmierung, dann ist es mit der bloßen
Ankündigung nicht getan. Zeitgleich erwartet der Bürger eine Anleitung zum Handeln, wie er dem Ereignis
begegnen, wie er Schaden vermeiden kann. Möglicherweise kann er das Eintreten des Ereignisses beeinflussen,
im günstigsten Fall sogar verhindern. Die Geheimdienste zum Beispiel behaupten, durch Abhören der Kommunikation Anschläge zu verhindern. Beweise dazu werden
nicht veröffentlicht, sind ja auch nicht ganz einfach, denn
wenn etwas nicht stattfindet, ist es ziemlich schwer, in
vielen Fällen nahezu unmöglich, nachzuweisen, dass es
stattgefunden hätte, wenn die eingeleiteten Maßnahmen
nicht ergriffen worden wären. Ein Beispiel mit funktionie-
render Alarmierung kommt aus der Medizin. Die Ärzte
warnen vor dem Herzinfarkt, einem eher häufigen extremen Ereignis, wenn dauerhaft ein zu hoher Blutdruck
besteht, das Blut zu viel Fett enthält, die Lebensweise
im weitesten Sinn ungesund ist. Der Patient nimmt die
Warnung ernst und lässt sich mit Blutdruck und Fett

senkenden Mitteln behandeln. Ergebnis: der Patient erleidet innerhalb der nächsten zehn Jahre keinen Infarkt. Das Ereignis findet also nicht statt, und der Vergleich mit anderen, unbehandelten Patienten spricht dafür, dass es deshalb nicht eingetreten ist, weil Gegenmaßnahmen ergriffen wurden, um das drohende Ereignis zu vermeiden. Die Alarmierung war folglich berechtigt."

Sybille: „Mir kommt in diesem Zusammenhang natürlich die selbsterfüllende Vorhersage in den Sinn. Wer kann dazu etwas sagen?"

„Zur selbsterfüllenden oder selbstzerstörenden?", fragte Fabian.

„Bleiben wir bei der selbsterfüllenden. Ihr Gegenteil scheint mir weniger relevant zu sein", sagte Sybille.

„Das würdest vermutlich du am besten machen, das ist dein Revier", sagte Feuerbach.

„Nein, mach du es, und ich ergänze, sofern es etwas zu ergänzen gibt", sagte Sybille.

„Also gut. Sie fällt aus unserem mathematisch-physikalischem Weltbild heraus, sie hat auch nichts mit Statistik, sondern einzig und allein mit Psychologie zu tun. Es geht um die *self fulfilling prophecy* des Kommunikationsforschers Paul Watzlawick. Sie kommt in folgendem Beispiel zum Zuge. Wenn eine epidemische Studie eine signifikante Zunahme des Blutdrucks aufgrund eines nicht näher spezifizierten Effekts vorhersagt, kann ein um sich selbst besorgter Mensch, sofern er davon hört, in eine ängstliche Erwartungshaltung verfallen, die zumindest zeitweise tatsächlich eine deutliche Erhöhung seines Blutdrucks zur Folge hat. Im Ergebnis erfüllt sich die Vorhersage, sie gilt aber nur für das eine Subjekt, im Beispiel für einen Hypochonder, der sehr individuelle Merkmale aufweist. Die Gesamtheit ist davon nicht betroffen."

„Jetzt aber zu Aquila", mahnte Löwenburg, dem die

Sache mit der Alarmierung zuwider war, dachte er doch dann immer an Sirenengeheul und Lautsprecheransagen, was den leisen Mann zutiefst irritierte. „Bitte Arturo, übernimm du jetzt."

Der Wissenschaftler aus Italien war geschmückt mit einem langen silbrigen, zweigeteilten Bart, in dessen linke Hälfte blutrote und dessen rechte rosarote Fäden eingefärbt waren. Die Hälften waren eingerollt und bedeckten nahezu das ganze Kinn.

„Maestro, du bist an der Reihe", ermutigte Löwenburg, als er eine gewisse Verhaltenheit bei Barbieri bemerkte.

„Gewiss, gewiss, das will ich gerne sein, lieber Walter", versicherte Barbieri. Seine Augen, die in ihrer Farbe und Größe den Tollkirschen ähnelten, musterten die Runde, forderten Aufmerksamkeit.

„Mein Thema ist die verantwortungsvolle Vorhersage, oder Vorhersage im Angesicht der Verantwortung."

„Was, gibt es auch so was?" unterbrach Smith. „Dann machen wir demnächst ein neues Lehrfach auf, es geht nicht um Vorhersage, sondern um die verantwortungsvolle Vorhersage."

„Du hast mich richtig verstanden. Und nun bist du still, sonst müssen wir dich vor die Tür setzen", drohte Barbieri. „Also: Ihr werdet euch an das Erdbeben von Aquila von 2009 erinnern. Das schaurige Ereignis hatte ein interessantes Nachspiel. 2012 gab es das gerichtliche Urteil dazu. In erster Instanz wurden die beteiligten Wissenschaftler der fahrlässigen Tötung beschuldigt und dafür mit sechs Jahren Haft bestraft. Das hat in Deutschland die Presse zum Schäumen gebracht. Vor allem DIE ZEIT, die beliebte Klolektüre des Bildungsbürgers, hielt das Urteil für eine Schande. Kein Wissenschaftler werde sich mehr dafür hergeben, Vorhersagen zu treffen, ereiferte sie sich. Das Urteil des Richters war möglicherweise ein wenig zu hart, aber er kannte den Justizapparat und wusste, dass sein Spruch spätestens in oberster Instanz gemildert oder kassiert werden würde. Also lieber so hart wie möglich, so dass beim Kassationsgerichtshof wenigstens ein kleines Bisschen des ursprünglichen Urteils bestehen bleibe. Was mich an der Angelegenheit interessiert, ist dieses: das Gericht sieht Wissenschaftler in der Pflicht, die Folgen ihrer Tätigkeit zu überdenken und verantwortungsvoll damit umzugehen. Wenn wie im vorliegenden Fall, eine falsche Voraussage weit reichende Konsequenzen haben kann, dann ist es die Aufgabe der Vorhersager, das auch mitzuteilen. Man hätte etwa in folgender Weise argumentieren können: Wir geben zu, dass wir trotz jahrzehntelanger Anstrengung keine vertrauenswürdige Vorhersage machen können, die die Wahrscheinlichkeit des Eintreffens eines Erdbebens in Aquila mit der erforderlichen Sicherheit angibt. Die Unsicherheit, die mit unserer Vorhersage einhergeht, erscheint uns zu groß, so dass wir von einer seriösen Vorhersage absehen müssen. Auch sind wir nicht in der Lage, die mit dem Erdbeben erzeugten Zerstörungen abzuschätzen, um daraus Handlungsoptionen abzuleiten. Wir überlassen es folglich dem Zivilschutz, in Abstimmung mit der betroffenen Bevölkerung, das Pro und Kontra einer möglichen Evakuierung abzuwägen und auf der Grundlage dieser Erörterung eine Entscheidung zu treffen.

Tatsächlich ist aber alles ganz anders gelaufen. Es gab eine Kommission von sogenannten Experten, vorwiegend Wissenschaftlern, die mit dem Brustton der Überzeugung verkündeten: niemand müsse sich sorgen, ein Erdbeben sei sehr unwahrscheinlich, gewiss, es gebe einige Hinweise darauf, dass sich unter der Erde etwas tue, aber das sei aller Voraussicht nach unbedeutend, die unbestritten vorhandene Aktivität werde sich beruhigen. Würde wider Erwarten doch etwas geschehen, so sei mit Gewissheit davon auszugehen, dass größere Schäden ausbleiben würden, was letzten Endes, und nur darauf käme es im Augenblick an, eine Evakuierung gegenstandslos erscheinen lasse. Wie wir einen Tag später erfahren mussten, war die Aussage des Vorsitzenden nichts wert, es ist anders gekommen: es waren hunderte von Toten zu beklagen."

Barbieri nahm einen Schluck aus der Kaffeetasse und nutzte die Pause, um erneut seine kleinen, Tollkirschen schwarzen Augen über die Gesichter der Runde schweifen zu lassen. Man erwiderte seinen Blick mit erwartungsvollem Schweigen. Er schien befriedigt und erklärte: „Die Experten haben die Bevölkerung zu beschwichtigen versucht, sie haben sich vor den Unwissenden als Wissende ausgegeben. Sie suggerierten Expertise, über die sie nicht verfügten", rief er aus, und nahm erneut einen Schluck vom Kaffee.

Man äußerte Unmut über den italienischen Richterspruch. DIE ZEIT liege mit ihrer Darstellung völlig richtig. Teichmann wollte unter diesen Umständen keine öffentlichen Prognosen mehr wagen. Nur Barbieri und Feuerbach verteidigten den Spruch. Feuerbach sagte:

„Kollege Teichmann, besser keine Prognose als eine erkennbar falsche", was Teichmann in Rage brachte. Er bezeichnete Feuerbachs Bemerkung als unqualifiziert, das müsse er zurücknehmen, damit würde er die Atmosphäre, die das Treffen bisher zu einer solch fruchtbaren Angelegenheit gemacht habe, nur vergiften. Er wisse doch, dass jede wissenschaftliche Vorhersage mit viel Aufwand und Akribie nach den Regeln der Kunst errechnet sei, und das unterscheide sie von einer gewöhnlichen Weissagung. Löwenburg wollte sich nicht festlegen, äußerte aber ein gewisses Verständnis sowohl für die empörten Wissenschaftler als auch für die gebeutelten italienischen Bürger, die sich wieder einmal von den Experten und der Obrigkeit im Stich gelassen fühlten. Feuerbach, zu Teichmann gewandt, präzisierte seine Meinung:

„Ich erinnere daran, dass sich sogenannte Zukunftsforscher, in der Regel nicht übermäßig kompetente Personen, darunter natürlich auch manche Professoren, sich öffentlich über zukünftige Entwicklungen auslassen. Das ist dann meist nichts anderes als Prophetie, jedenfalls nicht modellbasiert und hat viel mit der Gier nach Publizität zu tun, wird aber von den Medien und dem Autor selbst als wissenschaftliche Erkenntnis verkauft. Das Problem Aquila zeigt, dass Vorhersagen falsch sein können und solche falschen Vorhersagen sogar Katastrophen zur Folge haben können. Aufgrund des Richterspruchs in Italien ist zu hoffen, dass die großen Verkündigungen zumal der Wissenschaftler in Zukunft überdacht werden, bevor sie in die Öffentlichkeit gepustet werden. Insofern birgt der italienische Richterspruch die Chance, egal ob er Bestand haben oder kassiert werden wird, dass sich diejenigen, die Prognosen machen oder machen lassen, auch über die Unsicherheit auslassen müssen, die ihre Aussagen begleitet."

„Die Aussage über die Unsicherheit hat ihre eigene Unsicherheit", gab Löwenburg zu bedenken.

Teichmann: „Damit wir wissen, worüber wir sprechen, erinnere ich sozusagen en passant an die vier Möglichkeiten der Alarmierung, in Analogie zu medizinischen Testergebnissen – falsch negativ: man alarmiert, aber das Ereignis tritt nicht ein oder falsch positiv: man alarmiert nicht, aber das Ereignis tritt ein; richtig positiv: man alarmiert und das Ereignis tritt ein oder richtig negativ: man alarmiert nicht und das Ereignis tritt nicht ein."

Er holte tief Luft, offenbar war er in eine innere Anspannung geraten, so dass sein Herz mehr O_2 brauchte, als zur Verfügung stand. Feuerbach war zur Stelle, fragte, ob er ihm die Herztabletten holen solle, und ob er diese in seinem Zimmer finden würde. Davon wollte Teichmann nichts wissen. Er atmete mehrmals tief ein und aus, während die Gruppe andächtig auf seine Atemgeräusche lauschte und einige sich vorsorglich an das Herz fassten oder den Puls tasteten. Dann: er verweise darauf, dass prinzipiell jeder Alarm, egal ob zu Recht oder Unrecht, enorme Probleme verursache, und es folglich besser sei, ganz davon abzusehen. Man solle sich doch die Konsequenzen vor Augen halten.

„Was ist die Folge eines Alarms? Der Alarm wird eine Massenhysterie auslösen, jeder versucht sich irgendwie in Sicherheit zu bringen. Und das ist dann das wahre Desaster. Denkt an den Vesuv, um den herum hunderttausend Menschen siedeln. Ein Alarm würde die Bevölkerung zu einem Massenexodus verleiten, das hätte Panikreaktionen zur Folge, bei denen Tausende umkommen könnten, vermutlich weit mehr als durch den Ausbruch des Vulkans selbst. Gerade deshalb erfordert jeder Alarm eine sorgfältige Abwägung der Vor- und Nachteile. Er rechtfertigt sich nur, wenn der Katastrophenschutz für jede Familie klar vorgegebene Fluchtwege ausgezeichnet hat, und diese in regelmäßig wiederkehrenden Übungen auf ihre Wirksamkeit prüft. Davon kann aber in Neapel (und auch anderswo) nicht ausgegangen werden. Insofern habe ich Verständnis, dass die Verantwortlichen bei unsicherer Datenlage von einer Alarmierung absehen. Ich würde, sofern nur der geringste Zweifel besteht, ob etwas passiert, immer vorziehen, den Alarm nicht auszulösen. Die Praxis heute, ich weiß, ist gerade entgegengesetzt. Beim leisesten Verdacht auf ein mögliches Ereignis wird großräumig alarmiert. Eine schreckliche Entwicklung."

Teichmanns letzter Satz stieß auf große Zustimmung. Smith klopfte nachdrücklich auf den Tisch, was nicht ohne Folgen blieb. Unter der Wucht seiner Schläge geriet nicht nur der Tisch in Schwingungen, sondern es reagierte auch sein wohl gefüllter, prächtig gerundeter Leib; der schwappte vor und zurück und begleitete so das Auf und Ab der Faust in vollendet harmonischer Schwingung. Smith's Reaktion war indessen nur zu verständlich, war es doch das eigene Land, das von Alarmen, richtigen und falschen, in besonderer Weise in der Vergangenheit geplagt worden war. Aber er war unzufrieden mit der Richtung, die die Diskussion genommen hatte. Er wollte rein wissenschaftliche Aspekte behandelt wissen. Die Frage der Verantwortung sei eine psychologische und moralische, mit der er nichts anfangen könne und die die Wissenschaft auf lange Sicht unterminiere, indem sie diese zum Spielball der Politik und der Moraltheologen mache. Das aber gehöre der Vergangenheit an. Smith's Erklärung forderte den Widerspruch von Sybille heraus.

„Die Vorhersage des Eintreffens oder Nichteintreffens eines Ereignisses ist die eine Sache; die psychologischen und sozialen Folgen, die diese Vorhersage auslösen kann, sind eine andere, ebenso wichtige, die gleichrangig bewertet werden muss, das haben wir ja soeben am Beispiel Aquila vorgeführt bekommen", sagte Sybille. Sie war aufgestanden und rückte die Bluse zurecht.

„Diskutiert haben wir das nicht, unser Kollege Barbieri hat darüber berichtet", korrigierte Smith.

Feuerbach hatte stets auf die Frauen gesetzt. Würden diese an Einfluss gewinnen, über Personal, Beförderungen, Bewilligungen und Projekte entscheiden, würde insgesamt mehr Verständnis walten, mehr erklärt und weniger abgedrängt werden und, welch kühner Gedanke,

das Ganze gerechter und ehrlicher ablaufen. Er hatte beobachtet, dass all das nicht eingetroffen war. Darin war
er sich mit Sybille einig. Auf das mannigfach in Mode
gekommene, weibliche Begehren nach Profilierung angesprochen, hatte Sybille geantwortet: „Frauen verhalten
sich in allen herausgehobenen Bereichen nicht signifikant
anders als Männer. Warum sollten sie auch. Besonders
auffällig ist das in der Politik. Wenn es die Parteidiszi-
plin verlangt, reden Frauen wie Männer, verdrehen die
Realität, reden sie schön, verschleiern und rechtfertigen.
Darin besonders geübt sind vor allem Repräsentantin-
nen der grünen Partei. Beeindruckend und erstaunlich
zugleich, wie sie ihre Politik des Appeasements verteidigen und rechtfertigen. Das gilt ganz besonders dann,
wenn Frauen in gehobener Position angekommen sind.
Von Natur sind solche Frauen oft unauffällig, erst durch
ihren Aufstieg werden sie auffällig."

Sybille gehörte nicht zu den von ihr Gescholtenen. Sie
war klug, bestimmt und unverstellt. Hatte ihr eigenes
Konzept, eine dezidierte Meinung. Und sich gegen Smith
behauptet. Was nicht einfach war. Smith, ein Mann von
viel weicher Masse, wollte ausschließlich harte Forschung
machen. Alles, was ohne mathematische Symbole daher
kam, bezeichnete er als flach oder geschwätzig. Aber auch
er hielt für richtig, dass die mathematischen Modelle in
umgängliche Sprache übersetzt werden müssten, um so
die Bedeutung der Ergebnisse, meist Folge längerer Rechnungen oder Computer-Simulationen, zu verstehen.

„Mathematiker, nach dem Sinn ihrer Rechnung gefragt,
wiederholen meist die Sprache der Rechnung. Das ist
schrecklich, denn es ist eine rein formale Beschreibung,
die für den Laien nichts aussagt. Wir müssen, wenn wir
die Dinge erklären und darüber hinaus sogar noch Wirkung in der Öffentlichkeit erzielen wollen, das ganz an-

ders machen. Wir müssen in der Lage sein, das Formale ins Inhaltliche zu übersetzen", forderte Smith.

Teichmann mahnte unterdessen das Problem der Klimaänderung an. Es würde der Gruppe wohl anstehen, auch dazu eine Meinung, besser noch: neue Ideen zu entwickeln. Außerdem würde eine Verständigung darüber zum Zusammenhalt der Gruppe beitragen.

„Was macht die Klimaänderung zu einem so überaus wichtigen Thema?" sagte Teichmann. Und gab selbst die Antwort:

„Dessen globale Auswirkungen. Es ist mit zahlreichen ökonomischen und sozialen Problemen verknüpft. Ein Paradebeispiel komplexer Wechselwirkungen, ein wunderbares Thema für Interdisziplinarität. Ein Thema, das sich größter Beliebtheit in den Medien erfreut. Das grüne deutsche Spießertum, dessen Einfluss stetig zunimmt, hält es für das wichtigste Problem weltweit."

Teichmanns Vorschlag wurde mit Zurückhaltung aufgenommen. Er interpretierte das als Zustimmung und ging ins Detail.

„Die Wahrheit in der Klimadebatte wird vom International Panel of Climate Change (IPCC) immer wieder neu festgeschrieben und lautet zusammengefasst: die globale Erwärmung muss auf den Menschen zurückgeführt werden. Extremereignisse werden zunehmen. Noch in diesem Jahrhundert wird die Temperatur um 1,4 bis 5,8 Grad zulegen. Das Inlandeis wird schmelzen und dazu beitragen, dass die flachen Küstenregionen überflutet werden. Milliarden Menschen werden sich auf die Flucht begeben. Darunter mit Sicherheit auch Angehörige der reichen Länder. Zu Recht wird deshalb überall gefordert, dass alle Bewohner der verursachenden Länder, ohne Ausnahme, in die Pflicht genommen werden und den Ausstoß der Treibhausgase weit stärker, als bisher geschehen, reduzieren müssen. Also gegensteuern." Er fügte hinzu: „Aber es gibt einige merkwürdige Begleiterscheinungen in dieser erfolgreich betriebenen und vermarkteten Forschung. Wann immer irgendwo auf der Erde das Wetter verrückt spielt, hören wir Wissenschaftler im Fernsehen: Das gerade eingetretene Ereignis ist zwar kein hundertprozentiger, aber doch deutlicher Beweis dafür, dass sich die Extreme häufen, dass sie extremer werden, und daran ist die menschengemachte Klimaänderung schuld. Wer daran zweifele, versündige sich an der folgenden Generation. Wer es dennoch tut", ergänzte Teichmann süffisant und zog den Gedanken in die Länge, „läuft Gefahr, von dem nationalen Gewissen in dieser Frage, der näselnden Ikone aus der Folgenforschung, gerüffelt zu werden."

„Einwand!" rief Smith. „Eure Ikonen sind mir egal, aber deine Aussage veranlasst mich zu einem nachdrücklichen Widerspruch. Auch wenn die Ergebnisse auf einer Vielzahl kolossaler Modelle basieren, so bleibt doch festzuhalten, dass sich aufgrund der großen Differenzen zwischen den Temperaturtrends der Modelle die Vertrauensfrage stellt. Was und wem können wir glauben? Das ist zweifelsohne ein ernst zu nehmendes Problem. Außerdem: viele Modelle geben eine globale Temperaturzunahme von mehr als vier Grad an. Die Erwärmung würde sich ungleichmäßig über die Erde verteilen, mit größeren Zunahmen an den Polen als am Äquator, aber letztendlich im Schnitt, über die Oberfläche der Erde gemittelt, würde es so an die vier Grad wärmer. Das wäre enorm und hätte vermutlich erhebliche Konsequenzen, wenngleich, was gerne übersehen wird, diese vom jeweiligen Ort abhängen; vier Grad am Pol und vier Grad am Äquator sind natürlich nicht vergleichbar. Allerdings, selbst eine mittlere Erwärmung um ein Grad wird uns beschäftigen. Was ich sagen will ist dieses. Die Zahl ist von großer Bedeutung. Und wie bedauerlich, dass wir diese nicht wirklich kennen oder zuverlässig errechnen können. Im Übrigen möchte ich daran erinnern, dass Arrhenius, der Erfinder des Klima-Effektes durch Kohlendioxyd, schon vor 150 Jahren anhand einiger Überschlagsrechnungen eine Zahl zwischen zwei und vier Grad ins Spiel gebracht hat. Ähnliche Zahlen wurden erneut vor dreißig Jahren aufgetischt, als die Klimaforschung noch richtig billig war und die Modelle sich unter anderem dadurch auszeichneten, dass sie klein, übersichtlich und nachvollziehbar waren. Sind wir in der Bestimmung der Quantität womöglich nicht weitergekommen, trotz enormer Modellverfeinerung, milliardenschwerer, länderübergreifender Förderung – Europäische Union und nationale Förderprogramme eingeschlossen?"

„Ein bisschen geht auch mein Einwand in diese Richtung", sagte Feuerbach. „In der Modellküche der Klimaforschung werden immer neue Effekte dazu gemixt, obwohl man die bereits verarbeiteten noch nicht zur Gänze verstanden hat. Die Modelle haben viel geleistet, versagen aber bislang in mindestens drei Punkten. Erstens: der Versuch, das Klima für beliebige Orte kontinuierlich in der Zeit vorherzusagen, funktioniert nicht. Zweitens: die Eis- und Warmzeitenzyklen, die durch Eisbohrkerne und andere indirekten Methoden gut dokumentiert sind, werden bislang von keinem Klimamodell realistisch nachgestellt. Man korrigiere mich, wenn ich das falsch sehe. Drittens: der hydrologische Zyklus. Dieser extrem wichtige Faktor im Klima wird in einfacher, vermutlich zu einfacher Weise eingebracht. Der gesamte atmosphärische Wasserkreislauf besteht aus einer Vielzahl mikro- und mesoskopischer Effekte, die nur in parametrisierter Form in den Modellen berücksichtigt werden – und folglich zu Fehlern führen müssen, die überdies schwer quantifizierbar sind. Es gibt also eine Reihe von essentiellen Defiziten. Daraus ergibt sich folgende Merkwürdigkeit: einerseits wird behauptet, die auslösenden Ursachen der Klimaänderung und die damit verknüpften Folgen sicher gefunden zu haben. Andererseits wird hervorgehoben, dass weitere Forschung dringend nötig sei. Sicher ist nur dieses. Die Politiker und Ministerien werden dem Drängen der Forscher nachgeben, sich von deren Schreckens-Szenarien ängstigen lassen und noch mehr Geld in die Klimaforschung pumpen. Allein in Europa dürften sich die Ausgaben inzwischen auf eine Zahl von einigen zehn Milliarden Euro summieren, wenn die Kosten der Forschungsprogramme, die neuen Institute, die Mitarbeiterstellen seit Beginn der Klimaforschung, also über einen Zeitraum von etwa dreißig Jahren, aufaddiert werden."

Teichmann: „Ich kann Fabians Einwände nachvollziehen, halte aber einige Fakten dagegen. Tatsache ist, dass sich die Luft global erwärmt, das Meereis schmilzt, die Gletscher schmelzen, der Wasserstand steigt, an all dem hat der Mensch wegen des immer steigenden Energiekonsums entscheidenden Anteil. Da tut sich etwas auf der Erde, und es gilt inzwischen als sicher, dass die aktuellen Änderungen nicht natürlichen, sondern anthropogenen Ursprungs sind. Wir sehen doch, wie rapide sich die Gletscher in den Alpen verringern. Und für mich ist klar, dass die extremen Naturereignisse zunehmen und eine Folge der Erwärmung sind. Fazit: die Klimaforschung muss weiter gefördert werden, um herauszufinden, womit wir in Zukunft zu rechnen haben. Und wie wir gegensteuern müssen. Können wir uns darauf verständigen?"

„Mit wichtigen Einschränkungen", sagte Smith. „Ob die Extreme zunehmen, ist aufgrund der Daten schwer zu entscheiden. Soweit mir bekannt, ist eine signifikante Zunahme der Extreme, also ein echter Trend bisher nirgendwo auszumachen. Aber das kann sich ja ändern. Vielleicht ist die Basis der verfügbaren Daten noch zu schwach. Wenn anderseits Modelle suggerieren, dass ein Trend zu extremen Wetterlagen sehr wahrscheinlich sei, ist das für mich kein Beweis. Ich will das aus den Daten rekonstruieren. Und auch das: Gletscher schmelzen schon seit einhundertfünfzig Jahren, als der Kohlenstoff noch unter der Oberfläche der Erde war", sagte Smith und bekam Beifall von Petit. „Die Bilder in den getäfelten, alten Schweizer Gaststuben liefern das anschaulich und für jedermann nachvollziehbar. Sie schmelzen, aber schmelzen sie wirklich schneller? Was sagen die Daten, Herbert? Kannst du präzise Zahlen zur Veränderung der Dicke und Ausdehnung der Eisschilde und des Meereises angeben? Kannst du über die zeitliche Entwicklung der Abschmelzrate Angaben machen? Wieweit stimmen Eismodelle und Wirklichkeit überein?"

Aller Augen richteten sich erwartungsvoll auf Teichmann. Was würde er auf Smith's Frage antworten? Teichmann zupfte an seinem gestutzten, weißen Bart; es war der typische biedere Bart des alternden deutschen Professors.

„Dazu müssten wir die jeweiligen Institute befragen, die über die Zahlen und Modelle herrschen, ich habe sie nicht parat. Ich kann dir ausgewählte Ergebnisse zukommen lassen, wenn du darauf bestehst", sagte Teichmann.

Smith winkte ab. „Immer wenn es um die Beweise geht, sind die relevanten Ergebnisse nicht zur Hand."

Die Gruppe stimmte Teichmanns Vorschlag zu, sich für eine Intensivierung der Klimaforschung einzusetzen, allerdings sei eine Änderung der Zielsetzung anzustreben. Die Klimaforschung sollte sich zukünftig vorrangig mit der Erforschung der Extreme und ihrer Vorhersage beschäftigen, noch mehr Experten aus den Nachbarwissenschaften gewinnen, enge Verbindung zur angewandten Mathematik halten und die Modellierung bislang vernachlässigter Effekte in Angriff genommen werden. Es müssten handfeste Strategien zum Management der befürchteten Effekte entwickelt werden. Prävention, Schadenminderung, Resilienz und der in Mode gekommene Begriff der Achtsamkeit seien die Ziele. Man selbst wolle sich aber an diesen Arbeiten, angesichts der enormen Zahl bereits tätiger Experten, definitiv nicht beteiligen. Außerdem sei zu fordern, dass die gewaltige Finanzierung der Klimaforschung auf die Hälfte zurückgefahren werde; die freiwerdenden Gelder sollten der Gesundheits- und Energieforschung zugutekommen. Insbesondere müsste verstärkt an Technologien zur Reduzierung der täglichen Belastung durch Abgas und Lärm gearbeitet werden, die Jahr für Jahr die Zahl vorzeitig Verstorbener in beängstigendem Ausmaß anschwellen lasse.

Der Abend brachte Entspannung und die bei solchen Treffen zu beobachtende Verbrüderung. Es wurde eine Flasche nach der anderen entkorkt, und der Wein löste, wie nicht anders erwartet, die Zunge der Forscher. Ihre Formulierungen zeugten von heiterer Selbstgefälligkeit, sie wurden direkter, hitziger, intensiver und überhaupt sehr viel persönlicher. Glücklicherweise hatte sich bei Petit der ihm eigentümliche Knoblauchgeruch verflüchtigt. Feuerbach dankte im Geheimen der Wirtin, die offenbar seiner Bitte entsprochen hatte. Die Stimmung konnte besser nicht sein, nichts war geblieben von der betonierten, graugefärbten Reserviertheit, die Wissenschaftler im Dienst charakterisiert; die Wangen waren gerötet, und die aufkommende Lebendigkeit ihrer Augen ließ etwas von der inneren Leidenschaft erahnen, mit der die Ver-

sammelten ihre Forschung betrieben. Sybille Geist profitierte von dieser sich stetig verstärkenden Gelöstheit, sie
erhielt unzählige Komplimente, komisch gemeinte Andeutungen, mitunter sogar den ein oder anderen kame-
radschaftlichen Klaps auf Schulter oder Rücken. Sybille schienen die Possen zu amüsieren. Sie parierte sou-
verän den kumpelhaften Ansturm auf ihre Weiblichkeit,
der viel intensiver ausfiel, als sie erwartet oder vielleicht
sogar erhofft hatte.

Draußen ging der Blick nach oben. Sie waren fasziniert
von dem klaren Nachthimmel mit seinen deutlich erkenn-
baren Sternbildern und begaben sich angeheitert auf ihre
Zimmer.

Mit vereinten Kräften

Der Nachtspaziergang. Feuerbach stellt sein Forschungsprojekt vor. Wanderung durch urwüchsigen Kastanienwald. Diskussion und vorläufige Strukturierung des Projektes auf der sonnigen Bergwiese. Löwenburgs malträtierter Fuß.

Sybille Geist war nicht nach Schlaf zumute, sie wollte sich noch etwas bewegen und konnte Petit überreden, zum Oratorium hinauf zu gehen, von dort würde der Blick freier und noch schöner, versprach sie; die Höhendifferenz würde nicht mehr als fünfzig Meter betragen. Sie fragte Petit: „Du hast dich sehr zurückgehalten, wenig geäußert, warum?"

„Das hat nichts zu bedeuten. Ich muss immer erst die andern kennenlernen, das ist so eine Art Schüchternheit bei mir. Aber ich genieße die lebendige Atmosphäre des Workshops, und ich glaube, wir werden ein gutes Ergebnis erzielen. Übrigens haben wir, als wir das Problem der Vorhersage diskutierten, den psychologischen Aspekt vergessen. Es ist doch unbestreitbar, dass die individuelle Neugierde die treibende Kraft der Vorhersage ist; wir möchten wissen, was morgen oder in einem Jahr sein wird."

„Nicht alle wollen wissen", sagte Sybille, „unter gewissen Umständen zieht man die Ungewissheit vor, weil man sich vor der Gewissheit fürchtet."

„Zu Recht", murmelte Petit, und dachte an seine Prostataoperation vor einem Jahr.

„Hast du gehört, Feuerbach will mehr, seine Vorstellungen gehen über eine gemeinsame Forschungsarbeit hin-

243

aus. Er möchte ein Institut gründen. Morgen will er sich dazu äußern. Wie stehst du dazu?"

Petit kam die Frage offenbar ungelegen.

„Ich weiß nicht recht, bin noch unentschieden, lasst uns sehen, was morgen rauskommt."

„Aber warum warten, wenn jeder seine eigene Idee dazu tun kann", gab Sybille zu bedenken.

„Gewiss, gewiss, dem will ich nicht widersprechen. Ich finde seine Idee ganz interessant, aber es gibt viele Hindernisse, die dem entgegenstehen."

„Welche?"

„Nicht mehr heute zu so später Stunde, meine Liebe, das muss bei Helligkeit erörtert werden. Wir werden sehen, morgen. Wo ist das Oratorium?"

„Hier ist es, noch dreißig Schritt."

Im Dunkel der Nacht war von dem restaurierten Bauwerk wenig zu erkennen. Umso eindrucksvoller dagegen der Sternenhimmel, der sich unbehindert von Dächern und Mauern, in seiner ganzen Pracht entfalten konnte. Petit verschlug es den Atem, der ohnehin beim Steigen gelitten hatte. Sybille kam *The sheltering sky* von Paul Bowles in Erinnerung, fühlte sich eigenartigerweise, wie Bowles, durch das Firmament dort oben beschützt, in allem was sie tat und tun würde.

„Und das sieht der Feuerbach jede Nacht?"

„Keinesfalls, er hat mir erzählt, dass es an ungefähr neunzig Tagen im Jahr regnet. Fast jeder vierte Tag des Jahres ist nass. Inzwischen, so seine Statistik, ist es nur noch jeder fünfte."

„Ah, es wird so viel gesagt", kommentierte Petit. Sybilles Augen hingen am Himmel.

„Der Anblick heute ist überwältigend. Nur die Sternbilder habe ich nicht gelernt, ich bin froh, dass ich wenigstens weiß, wo ich den prächtigsten Planeten, die Venus, finden kann."

„Verwechselst du da nicht die Venus mit dem Mars?"

„Unterstehe dich! Kann wohl noch den roten Mars von der reinweißen Venus unterscheiden. Aber im Ernst, könntest du dir vorstellen, hier zu leben?"

„Um Himmels willen, nein, ich brauche den Lärm der Stadt und die Gesellschaft der Menge."

„Und ich dachte schon, du würdest die Abgeschiedenheit vorziehen."

„Mitunter, aber nur kurzzeitig. Und wie stehst du dazu?"

„Wozu?"

„Zur Abgeschiedenheit?"

„Oh, ich lebe allein, bin mir selbst genug, brauche aber wie du den Betrieb der Großstadt, das aufgeregte Drumherum, das mir das Gefühl der Zugehörigkeit vermittelt. Einsam fühle ich mich nicht. Ich kann offen sprechen?"

„Wo denkst du hin, natürlich", sagte Petit. Er war deutlich älter als Sybille, und so konnte sie sich vorstellen, sie spräche zu ihrem Vater, der die Familie vorzeitig und unwiderruflich verlassen hatte, als sie gerade elf Jahre war.

„Ich habe für kurze Zeit mit einem Mann zusammengelebt, er war mir intellektuell unterlegen, und auch sonst fand ich es nicht besonders interessant mit ihm."

„Und soll der Zustand anhalten? Ich meine, so ganz allein, tagein, tagaus?" fragte Petit.

„Ich denke, so wird es bleiben", sagte sie wohlgemut, „ich bin beschäftigt. Die Männer würden protestieren, die erwarten doch etwas Kuscheliges, das Zeit für sie hat."

„Kannst du es ihnen verdenken?"

„Natürlich nicht, aber ich kann mit dieser Sorte von Männern nichts anfangen."

„Dann wäre ein alter Mann wie ich der richtige", sagte Petit und ergriff Sybilles Arm, weniger, um ihr seine

Verbundenheit zu beweisen, als vielmehr den aufrechten Gang zu halten, der in Gefahr geriet, sobald es wieder abwärts ginge.

„Darüber ließe sich reden", lachte Sybille. Petit fröstelte, und er war nicht sonderlich standfest auf den Beinen, möglich, dass das am Wein, wahrscheinlicher aber, dass es an seiner Konstitution lag, die ihn mit einer nur mäßigen Steifigkeit ausgestattet hatte. Sybille stützte ihn, so gut sie konnte, geriet selbst aber das eine oder andere mal ins Straucheln, wenn sie über Steine stolperte, die wegen der größeren Geschwindigkeit, mit der die Abwärtsbewegung erfolgte, in Kombination mit der Dunkelheit leicht übersehen werden konnten. Petit wäre mehrmals selbst über die kleinen, unbedeutenden Steine gefallen, hätte sie nicht seinen Arm unter dem ihren wie in einen Schraubstock eingespannt. So stöhnte er ein ums andere Mal vor Schmerzen, wenn er zu Boden wollte, aber wegen der starren Verbindung mit Sybille nicht konnte. Beide trieb die Aussicht, ins eigene Zimmer sich zurückziehen zu können, das die Freiheit des ungestörten und ungehemmten Privaten garantierte, zu größerer Eile an. Unbeschadet erreichten sie ihr Ziel, wo sie vom Wirt händeringend erwartet wurden. Ob sie wüssten, wie spät es sei, und gar nicht daran gedacht hätten, dass seine Frau ihn zu Hause erwartete? Er strebte, sobald er die beiden auf ihren Zimmern wusste, schnellen Schritts zum eigenen Haus, wobei er, wie gewohnt, die halbgerauchte, brennende Zigarette auf die Straße warf, bevor er es betrat. Dort glimmte sie weiter. Sybille sah das aus ihrem Fenster, eilte herunter und trat den glimmenden Rest aus.

„Es kann so viel passieren", murmelte sie, inspiriert von den vorangegangenen Diskussionen, „ich würde mir ewig Vorwürfe machen, wenn ich explodierende Gasflaschen oder in Brand geratene Holzvorräte nicht verhindert hät-

te, wer weiß was in diesem Nest an Brennbarem unsach-
gemäß gelagert ist."

Am nächsten Morgen trafen sich die Wissenschaftler um
zehn Uhr auf Feuerbachs Terrasse. Die Sonne hatte vor-
gewärmt, Feuerbach musste das Sonnendach ausrollen,
um ein weiteres Aufheizen zu mindern. Sie saßen alle an
einem Tisch, Tafel und Computer in Reichweite. Es sollte
heute konkret werden, das gemeinsame Projekt skizziert,
die Rollen verteilt werden. Löwenburg übernahm die Mo-
deration.

„Ich erteile Fabian das Wort. Er wird uns heute mit seinem Projektvorschlag bekannt machen. Wenn ich recht
verstanden habe, will er das Phänomen Stau in seinen
verschiedenen Facetten zusammenführen und zum gemeinsamen Thema machen."

Feuerbach ging nach vorne. Er sagte:

„Ich nenne meinen Vorschlag Stau in Netzwerken. Der
Stau ist das extreme Ereignis, der übergreifende Aspekt,
der Ankerpunkt. Was normalerweise fließt, kann auch
stauen, der Fluss tendiert dann gegen Null. Der Stau verursacht einen Zusammenbruch, nicht selten auch einen
Strukturbruch des Systems. Die Thematik gliedert sich
in: erstens die Vorhersage des Zusammenbruchs, zweitens das System im Zustand des Zusammenbruchs und
drittens die Phase der Wiederherstellung, sofern es eine solche gibt. Hier einige der brennenden, offenen Fragen. Wie kündigt sich der Stau an? Könnte es sich dabei um den Ausfall von Knoten im Netzwerk handeln?
Oder um die spontane Synchronisierung der Bewegung
von Teilchen, Zellen, Menschen, Fahrzeugen, wie oft vor
dem Stau beobachtet? Wodurch werden die Übergänge
vom fließenden zum gestauten Verkehr verursacht? Wie
sehen sie aus? Gibt es Vorläufer, gibt es auch Nachläu-

fer? Drei Möglichkeiten: Ein Stau kann zur Terminierung des Systems führen; er kann aber auch überwunden werden, entweder ohne äußeres Zutun, also aus sich selbst heraus, oder mit Intervention, durch Eingriff von außen. Es besteht natürlich auch die Möglichkeit, dass sich Zusammenbrüche und Erholungen abwechseln. Die Fragen: können wir den Eintritt des Staus überhaupt vorhersagen, seine Dauer und räumliche Ausdehnung vorab bestimmen? Können wir die Zeiten zwischen den Staus errechnen? Und die Frage aller Fragen lautet: Gibt es Gemeinsamkeiten von Staus, ganz unabhängig vom jeweiligen System?" Kurze Pause, Atem schöpfen, Blick in die Runde. Dann:

„Lasst mich einen Blick auf die in Frage kommenden Systeme werfen. Zuallererst kommt mir der menschliche Körper in den Sinn; Blutgefäße und alle Hohlorgane sind anfällig gegen Staus oder Verschlüsse. Das Nervensystem mit seinen vielfältigen Blockaden, psychischen Schocks, posttraumatischen Ängsten, Anfallsleiden. Ich denke an die Analogie zwischen den Staus im Straßennetz und dem digitalen Datennetz; Staus im Abwassersystem der Städte, den Gas- und Ölleitungen, Stau von Menschen vor Engstellen, Staus in den Hohlorganen des menschlichen Körpers. Stau von Luftmassen (Wetter) und Wasser, das nicht abfließen kann. Wir haben es mit toter Materie (Autos, Datenpakete, Flüssigkeitsteilchen etc.) und lebender (Zellen, Bakterien, Insekten, Menschen etc.) zu tun. Die verschiedenen Bereiche erfordern die Zusammenarbeit der verschiedenen Disziplinen. Wir haben zu allen Systemen massenhaft Daten, wir verfügen außerdem über mächtige Verfahren aus der Mathematik und Physik, die in allen Systemen erfolgreich eingesetzt werden können. Das ist in aller Kürze mein Vorschlag."

Wie war die Resonanz auf meinen Vorschlag? In der Ei-
le des Gefechts konnte passieren, dass ich mich darum
nicht ausreichend gekümmert habe. Richtig oder falsch,
ich habe es einfach nicht getan. Einzig die Kopfstellung
der Gruppe hatte ich wahrgenommen. Die Kopfstellung,
hatte ich gelernt, sagt wie du angekommen bist. Drei hiel-
ten den Kopf zum Boden, möglicherweise nachdenklich,
zwei den Kopf geradeaus, möglicherweise zustimmend,
zwei den Kopf geneigt, möglicherweise skeptisch.

Auf der Terrasse wird es allmählich ungemütlich, die
Sonne hat sich vor einer Stunde hinter den Bergen zu-
rückgezogen, was einen gefühlten Temperatursturz von
mindestens zehn Grad bewirkt hat. Die Tropfenbildung
ist zum Erliegen gekommen, der Schnee ist dabei, sich
zu verfestigen. Er rekapituliert: Nach Beendigung mei-
nes Vortrags hatte ich mich hingesetzt, eine Warteposi-
tion eingenommen, die Arme vor der Brust verschränkt,
eine Haltung, die ich normalerweise verabscheue, denn
sie signalisiert in meinen Augen eine Form arroganter
Selbstzufriedenheit. Jetzt sind die anderen dran, hatte
ich geglaubt und auf Fragen gewartet, die nicht kamen,
wie auf den Tagungen, die mich einerseits gelangweilt,
andererseits deprimiert hatten, weil ich mich nicht oder
nicht ausreichend beachtet fühlte. Es meldete sich mein
Freund Löwenburg. Er fand meine Ausführungen vielver-
sprechend. Betonte, dass ich der Multidisziplinarität alle
Ehren gemacht hätte. Und weil von den anderen nichts
kam, oder meine Geduld, darauf zu warten, nicht aus-
reichte, fuhr ich fort, und redete über die Möglichkeiten
der Finanzierung.

„Es liegt auf der Hand, dass sich alle hier versammelten Disziplinen beteiligen. Das Thema lässt sich allein
durch Physik und Mathematik nicht erfassen, geschwei-

ge denn lösen. Wir brauchen Mitarbeiter, dafür brauchen wir Geld, wir brauchen Ingenieure und Informatiker. Geld gibt es in Hülle und Fülle aus deutschen Fördertöpfen, und auch Europäische Union und diverse Stiftungen werden Unterstützung signalisieren. Wir gehen zu denen hin, schildern unser Vorhaben, und niemand wird es uns abschlagen können."

„Lieber Feuerbach, dein Optimismus in Ehren!" Natürlich Smith. Was würde jetzt wohl kommen? Nicht ausgeschlossen, dass er das Projekt in der Luft zerreißt. „Woher bekommen wir die guten Leute? Wir sind in dem von dir markierten Bereich nicht wirklich etabliert, und da wir einen guten Namen haben, müssen wir fürchten, er könnte Schaden nehmen, wenn wir uns auf dieses Terrain wagen. Du weißt, unser Name ist uns heilig. Mir scheint das Risiko insgesamt zu groß!"

„Kein Erfolg ohne Risiko", entgegnete Feuerbach. „Unter welchen Bedingungen würdest du mitmachen?"

„Ich könnte mir eine Mitarbeit vorstellen. Aber ich würde gern das eine oder andere präzisieren. Das soll deinen Vorschlag nicht abwerten, im Gegenteil, ich halte ihn für sehr interessant."

„Das finde auch ich. Im Prinzip bin ich dabei", sagte Teichmann. „Der Vorschlag ist gut und neu. Auf die Verknüpfung so unterschiedlicher Bereiche ist noch niemand gekommen."

„Aus gutem Grund", sagte Smith.

„Wie meinst du das", fragte Teichmann.

„Weil die angeführten Systeme nur oberflächlich gesehen etwas Gemeinsames haben."

„Das werden wir sehen. Das ist der tiefere Sinn des Projektes", sagte Löwenburg.

„Ich schlage vor, das Ganze sich setzen zu lassen und nach oder während unseres Spaziergangs zu diskutieren", sagte Petit. Er vergewisserte sich. „Wir wollen doch raus und die schöne Umgebung hier kennenzulernen?"

„Ich bin dafür", bestätigte Sybille.

„Also gut, ich sehe keinen Widerspruch, Fabian, du hast mir gesagt, dass du uns auf eine Wiese führst, von der aus wir die Welt überblicken und interpretieren können", sagte Löwenburg.

„Du hast etwas vergessen", sagte Feuerbach.

„Natürlich. Es kommt darauf an sie zu verändern."

„Sei's drum, so lasst uns aufbrechen", sagte Feuerbach.

Die Gruppe setzte sich sehr gemächlich in Bewegung. Nicht alle waren geübte Wanderer, vor allem Smith hatte Probleme, die Füße bergauf zu setzen. Nach kurzer Zeit verstummte die Unterhaltung, die Luft wurde für das Steigen benötigt. Oft haben Leute dieses Alters mögliche Insuffizienzen im Blick. Da kommt vor allem das Herz in Frage. Eine Insuffizienz, die sich bisher versteckt hat und erst beim Aufstieg hervortritt. Auf halber Strecke wurde nach einer Pause verlangt. Löwenburg war weit abgefallen, man musste warten. Nach einigen Minuten näherte er sich schleppenden Schrittes, sein Atem hochgradig beschleunigt, das Gesicht eher blass, Walter, ist dir nicht wohl? Doch, doch, ich liebe es langsam, erwiderte Walter. Man sollte seinen Blutsauerstoff messen, mahnte Pixin. Ob jemand einen Oximeter in der Tasche habe? Nein, natürlich nicht, so weit reiche die Voraussicht nicht, gestand Feuerbach. Aber er sei sicher, es würde auch so gehen. Immerhin galt es zu bedenken, dass Löwenburg der älteste unter den Alten war, er hatte seinen Muskeln bis zu diesem Punkt eine Energie von etwa 18000 Joule abgerungen, dabei die Schlingen des Weges als wohltuend empfunden, die die Steigung und folglich die aufzuwendende Kraft milderten. Sein Herz hatte vermutlich deutlich mehr als die 1,5 Watt erbracht, die das normale Herz in Ruhe leistet.

„Du hast eine drei Watt Lampe zum Leuchten gebracht", lobte ihn Teichmann.

„Ich würde das etwas anders darstellen", entgegnete Löwenburg trocken und präzisierte: „das Äquivalent habe ich gebraucht, um hierher zu kommen, für die Glühlampe wäre nichts übrig geblieben."

„Seht die Bäume". Sybille versuchte den Blick auf das Neue zu lenken. Die unmittelbare Nähe besiedelten mächtige Kastanienbäume. Es handelte sich um Edelkastanien, *castanea sativa*, wie die Biologen sagen. Kastanien sind zählebige Bäume mit einem außerordentlichen Reproduktionsvermögen. Sie schlagen aus wie Weiden, bilden Blätter, die wie Lanzetten geformt sind und tragen Hunderte von Stachelkugeln, die sie im Herbst abwerfen und von fleißigen Sammlern auf dem Markt als Delikatesse angeboten werden. Diese hier mussten nach Umfang des Stamms und Grad der Verwitterung wohl einige hundert Jahre alt sein. Sie hatten im Laufe der Jahrhunderte gewaltige Äste gebildet und durch Föhnsturm und Blitze oder auch Schneebruch verloren. Die Äste lagen im weiten Umkreis verstreut und hatten selbst wieder den Charakter von Bäumen. Das Prinzip der Selbstähnlichkeit in den Kastanien war für jedermann sichtbar. Die Physik hatte diesen Aspekt vor geraumer Zeit im Rahmen der neuen Wissenschaft von den komplexen Systemen aufgegriffen. Eine Hundertschaft von theoretischen Physikern hatten sich darauf gestürzt und das Mehrfache an Publikationen geschrieben.

„Der Wald aus Kastanienbäumen war für die Dorfbewohner äußerst nützlich", erklärte Feuerbach. „Er soll lange Zeit die alleinige Nahrungsquelle gewesen sein. Man entfernte die stachelige Hülle der Kastanien, trocknete die Früchte durch Räuchern über der offenen Flamme, entfernte die geröstete Schale und verzehrte das weiche, süßlich schmeckende Innere. Auch Mehl hat man daraus gemahlen. Die Kastanienbäume lieferten auch das Bau- und Möbelholz. Die schweren Steine der alten Dächer auf der Alpensüdseite werden von den witterungsbeständigen Ästen der Kastanie getragen. Das Holz hält unbehandelt hundert Jahre und mehr, wenn es vor Nässe geschützt wird. Außerdem lieferte die Kastanie das Brennholz. Der Wald wurde vorsichtig, nach heutiger Terminologie nachhaltig bewirtschaftet, damit er auch die nächste und übernächste Generation ernährte. So weit dachte man damals. Die Kastanie ist ein wunderbares Beispiel, wie mit der heimischen Ressource wichtige Bedürfnisse abgedeckt werden können. Die Vertreter des modernen Postwachstums propagieren genau diese Wirtschaftsform, nämlich die Ernährung von den heimischen Früchten. Heute wird der Wald kaum noch genutzt, nicht mal für Brennholz."

Smith griff die Wachstumsproblematik auf. „Kastanien sind possierliche Früchte, aber taugen nicht, um das komplizierte Problem des Wachstums zu diskutieren. Jeder vernünftige Mensch weiß, dass ein einigermaßen glückliches Leben nur funktioniert, wenn die Wirtschaft im weitesten Sinn wächst. Das Wachstum wird am Bruttoinlandsprodukt abgelesen, das von den eindimensionalen Wirtschaftsideologen Tag und Nacht, ich weiß gar nicht wie, vermutlich auf geheimnisvolle Weise ermittelt wird. Mein Plädoyer für Wachstum ist anthropologisch begründet: unser Wohlergehen, unsere Entwicklung beruht seit dem Auftreten der ersten Menschen auf körperlichem und geistigem Wachstum, ist ohne ein solches gar nicht möglich. Alles in der Natur ist auf Wachstum eingestellt, es abzuschaffen, hieße Stillstand einführen und würde in einer großen Verelendung enden. Allerdings will ich gerne zugeben, dass die Anbetung des Wachstums tendenziell bewirken kann, dass die ohnehin Reichen noch reicher werden, und das Konsumieren zur beherrschenden Tätigkeit wird. Das gefährdet zweifellos die Integrität und Stabilität der Gesellschaften. Lässt sie verrohen und verdummen."

Petit fühlte sich angesprochen.

„Zugegeben, ich bin einer dieser Wachstumskritiker. Damit meine ich, dass wir uns vom Überfluss befreien müssen, der auf uns lastet und uns nicht gut tut, ich behaupte sogar, er schadet Körper und Geist. Das ist der individuelle Effekt, der globale ist weitaus bedrohlicher. Ich behaupte, unbegrenztes Wachstum führt in das ökologische Desaster. Bedeutet übermäßigen Verbrauch der begrenzten Ressourcen und folglich Belastung und Verschmutzung der Umwelt. Gesundes Wachstum limitiert sich selbst, etwa in Gestalt einer logistischen Kurve, das Büchlein *Limits to growth* des Club of Rome hat schon vor dreißig Jahren darauf aufmerksam machen wollen. Wenn Wachstum keine Grenze findet, ist es Krebs, gleicht entarteten Zellen, die langfristig ziemlich sicher das Ende bedeuten. Wir müssen darüber entscheiden, was weiter wachsen darf und was nicht. Es geht nicht um Lebensstandard, sondern um Lebensqualität."

Smith: „Limitierung kann partiell sinnvoll sein, bedeutet aber Genügsamkeit, die längst verloren gegangen ist und nur unter der Bedingung einer fatalen Krise eine Chance hätte, reanimiert zu werden. Begrenzung ja, aber bitte nicht nach den Vorstellungen der Grünen in Europa. Diese reden vom qualitativen Wachstum. Es darf gewachsen werden, aber nur in den von ihnen abgesteckten Grenzen und Bereichen. Das finde ich diktatorisch. Ich bin einverstanden, wenn wir die nächsten Jahre nutzen, um in Europa die Frage zu diskutieren, welche Bereiche gefördert, welche sich selbst überlassen und welche stillgelegt werden. Darüber sollten dann alle Bewohner der Union abstimmen dürfen."

Löwenburg schlug vor, die brisante Diskussion über Wachstum bis hin zur Schrumpfung, was alle Prozesse mit einschließe, die zwischen den beiden Extremen liegen, auf später zu verlegen. Der Vorschlag wurde dankbar aufgenommen, denn alle hatten mit der Mühsal des Aufstiegs zu tun, und fühlten sich körperlich nicht recht in der Lage, einen substanziellen Beitrag zu der wichtigen Frage zu leisten.

Sie erreichten den Kastanienbaum, der eine Öffnung von beträchtlichen Ausmaßen im Stamm aufwies, eine Art Höhle, groß genug, um in das Innere zu gelangen. Drinnen erweiterte sie sich und bot Platz für eine umfängliche oder zwei normal gewachsene Personen. Barbieri versuchte als erster den Einstieg. Er schreckte zurück, als er ein Fauchen vernahm, kurz darauf sprang ein schlankes, dunkles Tier mit kleinem Kopf und langem buschigen Schwanz heraus und den Baum hinauf.

„Ein Marder", rief Pixin atemlos. Außer Pixin und Feuerbach hatte keiner von ihnen je einen Marder gesehen.

„Vielleicht hat er Junge dort", sagte Petit, und versuchte es seinerseits. Wiederum musste er unter einem Schrei des Entsetzens zurückweichen, und heraus kam ein zweiter Marder, nicht weniger schnell als der erste, und wie der erste rannte er den Baum hinauf. Vielleicht ein Pärchen, sagte Smith und wagte einen erneuten Einstieg. Diesmal wäre es gut gegangen, wenn Smith weniger bauchig gewesen wäre. So musste er vor dem Einstiegsloch passen. „Nun lasst es mich versuchen", sagte Sybille, und im Nu war sie drinnen. „Es ist Platz für zwei, wer kommt und erklärt mir das Innere." Es folgte niemand.

Sie wollten das Ziel der Wanderung erreichen, das hundert Meter höher lag, eine prächtige Wiese mit schönem Ausblick über das ganze umgebende Land.

So setzte sich die Gruppe wieder in Gang, um die noch ausstehenden Höhenmeter zu ersteigen. Alle waren sichtlich erleichtert, als sie die Wiese und den Aussichtspunkt erreicht hatten. Sie setzten sich ins Gras, nicht ohne vorab zu prüfen, ob eine scheue Viper sich verborgen halte, deren Anwesenheit einige Unruhe ausgelöst hätte.

Smith eröffnete die Debatte. „Lasst uns Fabians Vorschlag diskutieren. Ich finde ihn im Großen und Ganzen nicht schlecht. Ich glaube aber, die verschiedenen Systeme, die du benannt hast" und damit wendete er seinen Kopf zu Feuerbach, „haben nur gemeinsam, dass etwas in ihnen in Bewegung ist, konkret, dass etwas fließt. Die Mechanismen aber, die den Fluss zum Stocken bringen, sind aller Voraussicht nach höchst unterschiedlich. Ich weiß deshalb nicht, ob eine Zusammenstellung der Systeme, so wie von dir vorgeschlagen, wirklich sinnvoll ist."

Löwenburg ergriff das Wort. „Ich muss dir widersprechen, Jonathan. Ich bin fest davon überzeugt, dass das Stocken des Blutflusses und des Öls in der Pipeline immer von geschädigten, sprich rauen Wänden ausgeht. Beim Menschen ist das komplizierter als in den Stahlröhren der Ölgesellschaften oder dem Verkehr auf den Autobahnen, aber es wird Ähnlichkeiten geben, die wir bei der Modellierung ausnutzen können."

Pixin: „Es ist natürlich reizvoll und im Übrigen auch im Trend, scheinbar ganz unterschiedliche Systeme zusammenzuführen und mit ähnlichen Modellen zu untersuchen. Ob das gelingt, ist eine andere Frage. Auf jeden Fall werden wir Ergebnisse produzieren; wenn diese Gemeinsamkeiten aufweisen, umso besser. Ich sehe reizvolle Verbindungen zur Physiologie. Das Immunsystem leidet unter Blockaden, die im schlimmsten Fall zu dessen Zusammenbruch führen können. Ich vermute, dass mannigfache Blockaden im Körper durch eine zeitweilige Lähmung des Immunsystems verursacht werden. Vielleicht können wir so etwas wie das Immunsystem auch auf andere Gebiete übertragen, die technischen zum Beispiel. Wir würden es dann mit einem verallgemeinerten Immunsystem zu tun haben, das durch eine verallgemeinerte Schutzimpfung getriggert werden kann."

„Den Zusammenbruch eines Systems, sei es technischer oder gesellschaftlicher Natur, als Folge einer verallgemeinerten Immunschwäche verstehen? Das wäre gigantisch", erklärte Petit. „Allerdings denke ich hier etwas konservativer. Ich würde den Stau, makroskopisch gesehen, immer mit einer Flüssigkeit in Zusammenhang bringen, die mikroskopisch aus kleinen Blutkörperchen oder großen Autos, unter anderen, bestehen kann. Das Immunsystem lässt sich nicht so ohne weiteres in das Bild einer Flüssigkeit einfügen."

„Warum nicht", entgegnete Pixin, „das Immunsystem besteht aus spezialisierten Zellen, die schwimmen im Blut, das bleibt also im Bild. Ich erwähne das Immunsystem als möglichen Faktor, der die Dynamik des Blutflusses wesentlich beeinflussen kann. Wenn die Immunabwehr gestört ist, blockiert es in Folge den Strom der Körperflüssigkeiten, mit erheblichen Konsequenzen. Deshalb dürfen wir es als treibende Kraft ansehen."

Pixins Gedanken fanden breite Zustimmung. Ein erster Denkansatz, der in Richtung Gemeinsamkeiten zielte. Aber waren sie denn überhaupt existent? Smith's Einwand musste ernst genommen werden. Sybille brachte die Diskussion in eine etwas andere Richtung. Sie sagte:

„Ich finde die Thematik spannend und habe darüber nachgedacht, was ich dazu beitragen könnte. Ich denke, meine Kompetenzen sind gefragt, wenn es um Folgen und deren Handhabung, also um das Management der Krise geht. Das ist der Angriffspunkt von Frühwarnsystemen. Das Schwierige daran ist, dass Frühwarnsysteme Akzeptanz finden müssen und psychisch und sozial verträglich sind. Und ich gebe zu bedenken, dass es für sozioökonomische Systeme keine Gesetzmäßigkeiten gibt, die sich in einfache Gleichungen gießen lassen. Dieser Aspekt wird oft übersehen. Modelle in diesem Bereich sind rar, sie sind vielleicht gar nicht möglich. Dann haben wir die Grenze der Modellierung erreicht."

Smith: „Was meinst du mit psychisch und sozial verträglich?"

Sybille: „Frühwarnsysteme dürfen den Menschen nicht zu viel abverlangen, dann werden sie nicht akzeptiert. Prognosen beeinflussen die Entscheidungen und Handlungen der Menschen, das verändert die Situation, dann werden neue Prognosen erforderlich sein. Solche Effekte müssen berücksichtigt werden. Eben das, was gestern Fabian ausgeführt hat."

Löwenburg: „Gut dass du darauf zurückkommst, ich würde aber diese Verkomplizierung zunächst ausblenden und so tun, als würden die Prognosen das System nicht beeinflussen. Ich glaube, dass bei Extremereignissen, und als solche wollen wir die Staus der verschiedenen Szenarien betrachten, Gedächtnis-Effekte und zufällige Dynamik eine große Rolle spielen. Davon habe ich gestern gesprochen. Ein langes Gedächtnis kann ganz überraschende Effekte produzieren, es kann Störungen verstärken, dämpfen oder zu Schwingungen anregen. Wir werden nur die elementarsten Effekte mathematisch beschreiben können, die Erfassung realer Systeme wird auf sich warten lassen. Wir werden im ersten Anlauf ganz sicher nichts anderes als vereinfachte, idealisierte Modelle produzieren, um die Prinzipien zu verstehen, von denen das konkrete Problem beherrscht wird."

„Werden wir dann auch nichts anderes als einfache, idealisierte Lösungen produzieren?" stichelte Smith.

„In der Mathematik werden die einfachsten Lösungen als die besten bezeichnet", sagte Löwenburg. „Das sollten wir berücksichtigen, wenn in der Politik die einfachen Lösungen als populistisch gegeißelt werden. Ich weiß, ich schweife ab, möchte das aber loswerden, denn der sogenannte Populismus ist wieder einmal eine Scheindiskussion. Man will zu komplexen Problemen komplexe Lösungen. Man gibt vor, das sei sachgemäß. Das ist Unsinn. Wenn es einfache gibt, umso besser, auch wenn sie nicht sehr wahrscheinlich sind. Die Lösungen sind nicht deshalb keine Lösungen, weil sie einfach sind. Sondern weil sie möglicherweise das Problem nicht lösen."

Barbieri assistierte: „Niemand wird in der ersten Phase mehr als plausible Lösungsansätze verlangen. Die genannten Anforderungen sind heftig und werden viel Arbeit machen. Aber ich bin nicht sicher, ob wir das schaffen."

Während die Diskussion hin und her wogte, Machbares und Nicht-Machbares hervorbrachte, formulierte Feuerbach die wesentlichen Passagen des Projektes im Kopf. Er erinnerte sich an Leute, die in solchen Situationen ihr Tablet aus der Tasche ziehen und zu tippen beginnen. Es war in den vergangenen zehn, fünfzehn Jahren eine Generation von quasi-elektronischen Wissenschaftlern herangewachsen. Ihr Tablet war schon geöffnet, lange bevor die Veranstaltung begann und es klappte erst zu, wenn der Saal schon lange leer war. Die elektronischen Wissenschaftler schrieben und rechneten ohne Unterlass. Jeden dritten Monat wurde ein halbgares Papier auf die Reise ins Internet geschickt. Die Vorträge dieser Wissenschaftler bestanden aus Massen bebilderter Computerseiten. Ihr Pensum war enorm, nach einer Stunde waren an die dreißig Bilder abgearbeitet und der Text verlesen, der den Bildern in dichtgedrängten Buchstabenkolonnen beigelegt war. Das Kontrastprogramm waren Löwenburgs Altpapierstreifen, auf denen er seine Notizen kritzelte.

Es war warm, und die Leiber waren feucht vom Aufstieg. Die Männer hatten sich ihrer Hemden entledigt, nicht ohne zuvor Sybilles Erlaubnis eingeholt zu haben. Sie ließen sich fallen, lagen mit dem Rücken im Gras und streckten den asymmetrisch gewölbten Bauch, altersgemäß flacher oben und steiler unten, der Sonne entgegen. Was die Behaarung betraf, spross sie, auch in diesem Fall dem Alter entsprechend, in Büscheln aus Ohren, Augenbrauen und Nasen und hatte großflächig die weiß-gelben Schultern und Rücken erobert. Die Gesellschaft hatte sich in einem Halbkreis gruppiert. Hin und wieder hoben die Forscher den Kopf und riskierten einen Blick gegen die Sonne, um einen Eindruck von dem prächtigen Panorama zu erhaschen, das sich gegen Süden aufbaute. Das Interessante im Bergland sei die Biologie der Vertikalen, erläuterte Feuerbach. „Hier am Südabhang der Alpen siedeln bis zu einer Höhe von 900 Metern die Kastanien, darüber Buchen und Birken, bis sie oberhalb von 1500 Metern, abhängig von Himmelsrichtung und Topographie, von Fichten und solitären Lärchen abgelöst werden. Aber meist dominieren in der Höhe Gräser, Farn, Brombeersträucher, Stechginster. Der Fels ist selten blank in dieser Gegend, oft überwachsen mit Buschwerk und Alpenrosen."
Die Augen der Gruppe wanderten über die Zacken am Horizont, folgten ihnen im Auf und Ab und wendeten sich geblendet wieder zurück, mussten die schwarzen Punkte wieder loswerden, die die Sonne auf dem Glas-

körper ihrer Augen hinterlassen hatte. Ihr Körper war schlaff, die Haut über weite Areale schrumpelig und voller Flecken, aber ihr Verstand war scharf und lebendig. Die Jüngeren in der Gesellschaft beneiden die Älteren um deren Mut zum Risiko, Selbstbewusstsein, gesicherten Wohlstand und Wissen. Die Älteren beneiden die Jüngeren um deren straffe Haut, Testosteronspiegel, Unbekümmertheit und das weitgehend vollständige Haupthaar.

Die Gruppe ging daran, das Projekt zu strukturieren. Smith sagte: „Ich könnte mir vorstellen, auf der Basis der statistischen Physik Modelle für ein System, vielleicht auch für ein zweites zu bauen, aber wüsste nicht, wie das Modell aussehen sollte, das alle Teilsysteme, so wie es Feuerbach sich vorstellt, irgendwie erfasst."

„Musst du auch nicht", erwiderte Barbieri, „darum wird sich Walter kümmern, oder?"

„Da traust du mir aber viel zu, natürlich werde ich es versuchen, aber kann hier nicht voraussagen, was dabei rauskommt, will auch gar nichts versprechen", sagte Löwenburg.

„Warum so zurückhaltend, Walter. Kenne dich ganz anders von deinen Publikationen. Hast du denn nicht wenigstens eine Idee, die du uns anvertrauen magst?" fragte Pixin.

„Wenigstens. Wenigstens den Bruchteil einer Idee. Alles noch sehr vage. Nichts, worüber ich jetzt sprechen würde", erwiderte Walter.

„Das können wir alle nicht", warf Teichmann ein, der bisher nur zugehört hatte. „Aber wenn ich schon am Reden bin: auch in der Ökonomie gibt es alle möglichen Ströme, die blockiert werden können, denken wir nur an die Geld- und Devisenströme, die zwischen den Staaten hin und her gehen. Von der inhaltlichen Seite könnte ich dazu einiges liefern, auch Daten gibt es massenhaft."

„Ihr macht mir den Eindruck, als würdet ihr alle mitmachen wollen? Und jeder hat schon seinen Teil im Kopf, den er einbringen könnte? Sehe ich das richtig?" fasste Feuerbach zusammen. „Hebe doch jeder die Hand als Zeichen der Zustimmung." Alle Hände waren oben.

„Jonathan, du bist nicht sehr glücklich?", fragte Feuerbach besorgt.

„Nein, es ist schon gut, ich habe ein paar Vorbehalte, die ich auch in meinem Teil des Antrags zum Ausdruck bringen werde. So eine Art vorsichtige Selbstkritik, die nicht auf uns zurückfallen sollte. Aber alles in allem kann das ein interessantes Unternehmen werden. Ich bin dabei", bestätigte Smith.

Die Gruppe beschloss, nachdem sie über eine Stunde kreuz und quer diskutiert hatte, den Rückweg anzutreten. Der Weg führte steiler als im Aufstieg wieder durch lichten Kastanienwald. Feuerbach mahnte mehrmals, auf Wurzeln und im Laub versteckte Steine zu achten. Der Weg ging schmal bergab, war somit für die meisten eine ungewohnte Herausforderung. Und so geschah das offenbar Unvermeidliche. Löwenburg blieb mit dem rechten Fuß an einer Wurzel hängen; sein schleppender Schritt hatte die erforderliche Hebung des Beins nicht mitgemacht. Er griff nach dem Baum, dem diese Wurzel gehörte, und umklammerte ihn, vermied so den Sturz, der unvermeidlich schien. Barbieri war in seiner Nähe und gab ihm Halt. Der Fuß wurde aus der Wurzel befreit, aber er hatte seine Beweglichkeit eingebüßt. Barbieri und Feuerbach mussten Löwenburg stützen. Sie erreichten das Dorf eine Stunde später als die anderen. Sie hätten alle zwanzig Meter eine Pause machen müssen, sagte Barbieri und verordnete Umschläge, die abschwellend wirken sollten.

Löwenburg räsonierte: „Wir sind wohl doch ein bisschen zu alt für dieses Unternehmen" und verabschiedete sich mit Schmerzen im Gesicht auf sein Zimmer. Luise musste ran und den lädierten Fuß kühlen, was bei Löwenburg ein heiseres Knurren und Schnurren auslöste und Begehrlichkeiten bei den anderen weckte. Plötzlich hatten sie alle schmerzende Füße, Beine, Rücken und Hälse, und Luise, gelernte Physiotherapeutin, eilte von Mann zu Mann, um Linderung zu verschaffen. Die Gruppe verabredete sich zu einer Rotweinparty in Feuerbachs Haus. Das Wetter hielt, die Temperatur blieb lau, das Projekt war vorangekommen, über das Grundsätzliche bereits hinausgehend, was wollten sie mehr? Feuerbach wollte mehr. Er wollte das Ganze.

Phantasie und Wirklichkeit

Feuerbachs hochfliegende Pläne erhalten einen Dämpfer.
Kommunikation und Ausspähung im Internet; Atombomben
und Aufrüstung; Whistle-Blowers. Smith und Feuerbach unter
vier Augen. Die Absage.

Feuerbach registrierte seine ihm wohlbekannte innere Unruhe, als er am Abend die Probe aufs Exempel machte.
Die Unruhe war eine alte Bekannte, begleitete sie ihn
doch regelmäßig vor seinen Auftritten in der Öffentlichkeit. Glücklicherweise legte sie sich weitgehend, wenn der
Anfang gemacht war, und er die Angelegenheit zu meis-
tern schien.

„Meine Pläne gehen, wie schon angekündigt, über eine
bloße Forschungskooperation hinaus. Ich plädiere dafür,
dass wir ein Institut gründen. Dass wir diesem Institut
einen Namen und ein Haus geben – und wenn wir keinen
anderen Ort finden, dieses Haus hier ganz in der Nähe
erstehen und zu relativ geringen Kosten betreiben."

Smith hob den Finger.

„Ich finde deinen Vorschlag durchaus originell. Zu deinen Punkten kann ich im Wesentlichen nur ja sagen.
Aber ich kann und ich will nicht mehr als eine Forschungskooperation. Tut mir leid, bei allem, was darüber
hinaus geht, da muss ich passen."

Sybille: „Ich will den Vorschlag von Fabian unterstützen, wenn auch unter gewissen Vorbehalten, über die zu
sprechen sein werden. Natürlich müssen wir, wenn dieses
Programm realisiert werden soll, dafür einen Teil unserer
Zeit zur Verfügung stellen. Aber genau das sollte doch

möglich sein."

Barbieri: „Wenn Fabian schon dabei ist, ein Haus zu finden – warum nicht. Die Umgebung ist reizvoll, wenn auch ein bisschen rückwärtig. Aber lassen wir uns doch Zeit und versuchen wir erst einmal, unseren Antrag genehmigt zu bekommen. Wenn wir erfolgreich sind, können wir den nächsten Schritt planen, und der könnte in der Tat ein Institut sein. Wo wir das dann hinstellen? Das wird sich finden, wobei wir Fabians Vorschlag sicher berücksichtigen sollten."

Löwenburg: „Das ist ein guter Vorschlag, lieber Barbieri."

Teichmann: „Das finde ich auch."

„Was meinst du, Petit?" Die Frage kam von Sybille.

„Auch ich finde den Vorschlag von Barbieri sehr vernünftig. Andererseits kann ich auch Feuerbach verstehen, der die Sache mit Herzblut verfolgt und den es nach einer Entscheidung drängt. Mit Barbieri's Vorschlag könntest auch du leben, Fabian?"

Fabian: „Natürlich kann ich auch mit der kleinen Lösung leben. Ein Institut würde uns stärker zusammenbinden, wir würden mit mehr materiellen Hintergrund auftreten können, wir hätten ein Dach über dem Kopf, unter dem wir uns jederzeit versammeln können. Wir würden bestimmt ernster genommen werden. Aber wir haben noch keine Rückmeldung von Konstantin."

„An mir soll es nicht liegen, wenn Fabians Institut nicht zustande kommt. Ich könnte mir die Kooperation mit und ohne Institut vorstellen." Pixin wollte die Entscheidung offen halten, vielleicht gut so, fand Feuerbach.

„Wir haben doch deine Terrasse", warf Löwenburg ein. Alle lachten.

„Natürlich, sie steht euch zur Verfügung", bestätigte Feuerbach. Ihm war alles andere, nur nicht zum Lachen zumute.

Und so endete der wissenschaftliche Teil des zweiten Tages.

Am dritten Tag diskutierten sie die einzelnen Projekte, die Verbindungen untereinander, den Bezug zum übergreifenden Thema, die theoretischen und praktischen Elemente. Wer kooperiert mit wem, war die Frage. Smith wollte auf jeden Fall eine enge Anbindung an Löwenburg, und Teichmann wollte Sybille, diese aber schien Pixin, die Kopie des russischen Armeegenerals, den männlichsten unter den sieben Männlein, zu bevorzugen.

„Im Grunde arbeitet jeder mit jedem", versicherte Feuerbach, „es ist also nicht von überragender Bedeutung, heute die Verknüpfungen festzulegen. Knüpfen wir sie besser nicht zu fest, fürs erste."

Löwenburg und Feuerbach wurden beauftragt, die Motivation und die großen Linien des Programms zu formulieren und die einzelnen Projekte an den richtigen Stellen einzubetten und zu verknüpfen. Das ganze sollte bis Jahresende fertig gestellt und dann bei der Kommission der Europäischen Union in Brüssel eingereicht werden.

Im Anschluss wurden Flaschen geöffnet und Rotwein eingeschenkt.

Sybille warf die Frage in die Runde:

„Wie kommunizieren wir unsere Ergebnisse?" Plötzlich ging es um die Machenschaften im Internet, Überwachung und Spionage, um die Frage der Informationsbeschaffung und Informationsverweigerung. Assange und Snowden wurden genannt.

„Unterstützung für Julian Assange?", brüllte Smith. „Seid ihr ganz und gar verrückt? Ich hoffe, dass ihr diese Dummheit nicht mitmacht, diese lächerliche Geschichte hat bei uns in England zeitweilig mehr Aufmerksamkeit bekommen hat als die Geburt des Königskindes."

„Zu recht", erklärte Löwenburg, der trotz schmerzenden Fußes es sich nicht nehmen ließ, die Veranstaltung auch ein bisschen mit seinen Ideen zu gestalten.

Er wartete auf eine Reaktion. Und dann sagte er, nachdem er sich an den Hals gegriffen und die losen Teile der Haut mehrfach verdrillt hatte:

„Es geht um die Schubladen der Geheimdienste. Ein paar Dokumente herausziehen und veröffentlichen, das ist eine sehr wichtige Aktion. Darum hat sich Assange, trotz aller Merkwürdigkeiten, die ihn umgeben, verdient gemacht. Die Whistle-Blowers sind mutige Leute, sie haben unsere volle Unterstützung verdient."

„Whistle-Blowers sind die Revolutionäre des 21. Jahrhunderts", verkündete Sybille.

„Das geht mir entschieden zu weit", konterte Teichmann. „Sie haben die Offenheit der demokratischen Systeme ausgenutzt. Das war nicht mutig, sondern allenfalls hinterlistig." Teichmann war der Rotwein ganz offensichtlich in den Kopf gestiegen – sein Gesicht gerötet und sein Kinnbart durchnässt. Nicht vom Rotwein, sondern von den Schweißtropfen, die sich wie eine Matte morgendlichen Taus über die Barthaare gelegt hatten.

Smith schüttelte den Kopf. „Wir Wissenschaftler sollten uns aus diesen Themen heraushalten, erstens verstehen wir davon zu wenig und zweitens wird durch die Beschäftigung mit der Politik unsere eigene Arbeit nur unglaubwürdig."

Sybilles Körpersprache signalisierte Abwehr. Sie sagte: „Nein und abermals nein. Wir müssen nicht notwendig Experten sein, um uns in Angelegenheiten der Gesellschaft einzumischen. Das Recht hat einst Einstein für sich in Anspruch genommen, und ich denke, er hat gut daran getan. Was ich schon gestern gesagt habe: es ist uns eine Verpflichtung, verantwortungsvoll wie wir sind, unsere Meinung und Standpunkte zu äußern, eine Position zu erarbeiten. Wir müssen dagegen halten, wenn Kriegstreiber, Scharfmacher, Rassisten und Nationalisten in Europa und sonst wo auf Notstandsgesetze, Überwachung, Ausnahmezustand und Datenmissbrauch setzen."

„Wir sind nicht Einstein! Im Übrigen erinnert mich deine Wortwahl an die Propagandisten der untergegangenen DDR", sagte Teichmann und drohte schelmisch mit dem Zeigefinger.

„Ich schätze dich, aber wenn du so fortfährst, droht meine Sympathie in Antipathie umzuschlagen", knurrte Sybille.

Barbieri sagte: „Ich bitte euch, kehren wir zurück zum eigentlichen Problem. Vergegenwärtigen wir uns noch einmal die Folgen, die Forschung verursachen kann. Der Sündenfall der Physik, der Bau der Atombombe, ist heftig und ernsthaft diskutiert worden. Viele der damals involvierten Forscher waren entsetzt über das, was sie in die Welt gesetzt hatten. Mikroelektronik und Informatik befinden sich heute in einer ähnlichen Situation. Mit dem Unterschied, dass wegen ihrer wirtschaftlichen Bedeutung ihre problematische, insbesondere militärische Seite bagatellisiert wird. Man arbeitet seit Jahren daran, im Übrigen mit Unterstützung des öffentlichen Sektors, wichtige Eigenschaften des Menschen, seine Mimik, Gestik und Sprache zu detektieren, zu interpretieren und für andere Zwecke verfügbar zu machen. Damit nicht genug, seit einiger Zeit versuchen die Forscher, wenn auch bisher weitgehend vergeblich, in das Innerste des Menschen vorzudringen, dessen Gedanken und sogar Gefühle zu erkennen und auszuwerten. Es ist höchst unsicher, ob das gelingt, aber ausgeschlossen ist es auch nicht. Der

Sinn der Übung ist die Ausspähung. Die individuellen Gedanken im großen Stil abgreifen, automatisch verarbeiten und für Zwecke der verschiedensten Art verfügbar machen. Dabei wird auch Absurdes herauskommen, wie bei jeder automatischen Bearbeitung, aber das Absurde wird nicht erkannt werden und schreckliche Missverständnisse zur Folge haben. Es werden unbescholtene Menschen verfolgt werden. Es besteht die Gefahr, dass die Informationen vom Militär in schändlicher, auch mörderischer Absicht, missbrauchen werden. Die Verfahren der Ausspähung laufen unter der Bezeichnung *Artificial Intelligence*. Über diese redete man schon vor dreißig Jahren, man förderte mit großem Geld; dann wurde es still um sie, man sprach statt dessen von maschinellem Lernen, und nun ist das Wort wieder in aller Munde. Das nur so nebenbei, zur Erinnerung. "

Löwenburg zitierte den unnachgiebigen Joseph Weizenbaum, der Zweck, Nutzen und Folgen der Informationstechnologie immer wieder vehement hinterfrage. Das täten nur wenige, die überwiegende Mehrheit der Informatiker mache mit bei der profitablen Suche nach Möglichkeiten, Automaten zu entwerfen, die das Entscheiden, Sprechen, Schreiben, Erkennen auf der Basis vorgegebener Regeln übernehmen. Glücklicherweise würde der dabei entstehende künstliche Mensch nicht richtig funktionieren werden. Feuerbach schaltete sich ein:

„Mit der Durchleuchtung unserer Kommunikation und den damit assoziierten Daten wird uns etwas weggenommen, was wir freiwillig nicht hergeben, was wir für uns behalten wollen. Das ist die erzwungene Preisgabe unserer persönlichen Geheimnisse; das Schlimme daran, wir werden nicht mal merken, was und wann, schon gar nicht von wem sie uns genommen werden."

Barbieri, ungeduldig: „Dann muss ich aber noch ein-

mal zur Problematik der mit öffentlichen Geldern gewonnenen Daten etwas sagen. Wir hatten die Angelegenheit schon gestern angesprochen, ich möchte dazu aber
noch zwei weitere Aspekte einbringen. Erstens, diktato-
rische Regierungen versuchen durch vielfältige Aktionen
den Fluss der Information im Internet zu attackieren, in
der Absicht, ihn zu blockieren. Denn sie fürchten – zu
Recht! – unangenehme Enthüllungen. Zweitens, die Politik überlässt die mit öffentlichem Geld erzeugten Daten
der Industrie. Diese bearbeitet sie und verkauft sie für
viel Geld. Niemand weiß, ob das, was angeboten wird,
mit den rohen Daten kompatibel ist. Ob die in den Daten verborgene Information wirklich entschlüsselt worden ist. Oder im Interesse des Auftragsgeber gefälscht,
verfälscht, gebogen wurde." Feuerbach und Löwenburg
nickten. Smith sagte:

„Zensur und Überwachung sind zwei Paar Schuhe. Wie
wollt ihr das zusammen bringen?"

„Bei der Zensur geht es um die Kontrolle der Inhalte,
bei der Überwachung um die Ausspähung der Nutzer des
Netzes", sagte Sybille. Smith entgegnete:

„Könnte man so sehen, ja. Ich aber sehe es nicht so. Ihr
macht mir zu viele Katastrophen daraus, wir sollten damit zurückhaltend sein. Was interessieren uns die militärischen Folterknechte in Amerika? Die Doppelzüngigkeit
der Diplomatie? Die Fälschungen der Regierungen? Die
weltweite Überwachung der Menschen? Hätte irgendje-
mand von euch was anderes erwartet? Hand hoch, wenn
jemand überrascht worden ist. Ich sehe keine Hände, ihr
habt sie versteckt, wollt euren Irrtum nicht eingestehen.
Russland und China traut man jede Schandtat zu, aber
der Westen, der ist doch wohl was anderes, so sagt man,
der ist sauber, da gibt es Moral und Rechtsstaatlichkeit.
So wird es Tag für Tag in die Medien gehämmert. Lest

Noam Chomsky, der hat ein Buch geschrieben, über die Verfehlungen der USA in den vergangenen fünfzig Jahren. Unglaublich. Und sogar: Die Veröffentlichung einiger schäbigen Dokumente durch Wikileaks sagt nichts Neues, macht nur Ärger, und dadurch wird nichts verändert. War das der Sinn der Übung?"

Dass Smith so hart mit Britanniens großem Bruder umgeht, hätte ich mir nicht vorstellen können. Das war einer der Höhepunkte unserer Veranstaltung, spottet Feuerbach. Und der hat Chomsky gelesen? Ich kann es noch immer nicht glauben. Ich hatte die Auseinandersetzung an dieser Stelle übrigens abgewürgt, weil ich sie nicht für zielführend hielt. Hatte vorgeschlagen, dass wir auch zu den nicht wissenschaftlichen Fragen eine Veröffentlichung machen, in der die unterschiedlichen Meinungen zu Wort kommen. Das hatte Löwenburg gefallen, der stets in Veröffentlichungen denkt, der bekanntlich danach trachtete, zu den vielen, weitere, letztendlich unendlich viele hinzuzufügen.

„Unsere Forschergruppe spendet für Whistle-Blowers", höhnte Teichmann, „das wird weder die Forschungsgemeinschaft noch die Europäische Kommission überzeugen."

Feuerbach, entschieden: „Warum nicht? Der Gedanke der Spende gefällt mir. Wir spenden für Aquila, wir spenden für Attac, Greenpeace, Amnesty International, für die Whistle-Blowers, für all die Weltverbesserer und Löwenzahn-Esser, die unsere Unterstützung verdienen, sie unbestreitbar benötigen."

„Im Ernst, ich habe den Eindruck, wir verlieren die Orientierung." Pixin mischte sich nach einer langen Phase des Schweigens ein.

„Wollen wir eine mildtätige Vereinigung werden, die

Gemeinnützigkeit beantragt, damit sie Spendenquittungen ausstellen darf?"

„Notfalls auch das, denn die Welt wird durchsichtiger, wenn die Machenschaften der Mächtigen dieser Welt und ihrer Schoßhündchen offenbar werden", bekräftigte Löwenburg. „Lasst uns ein bisschen empören. Das tut uns gut. Wir können die Dinge nicht treiben lassen, wir müssen uns einmischen. Sonst landen wir da, wo die Welt 1939 stand, mit den bekannten Konsequenzen."

So kämpferisch und eindeutig hatte Feuerbach seinen Freund noch nie erlebt. Immer eher unbestimmt, undeutlich, vage, seine Äußerungen, wenn es um die eigene Meinung ging, so zerfranst wie seine Zettel, auf denen er sich Notizen machte. Bei diesem Thema ganz anders. Präzise und unmissverständlich. Was war die Ursache? Zustimmend strich er über Löwenburgs hängende Schultern, die in seinem Jackett viel breiter gerieten als die schmalen Exemplare, mit denen die Natur ihn ausgestattet hatte.

Teichmann wollte das Thema loswerden. Er sprang zurück zum Klimawandel. Konstantin Pixin stöhnte: „Ich dachte, das hätten wir schon erledigt. Gestern in Länge darüber geredet. Auch schon Kritisches angemerkt. Ich halte im Übrigen dafür, dass die Klimaforschung stärker die Ökonomie und die gesellschaftlichen Abhängigkeiten berücksichtigen sollte. Modelle, die das tun, sind rar, simpel oder werden nicht ernst genommen."

„Dann würden die Modelle ja noch komplizierter", rief Teichmann entnervt. „Und selbst wenn wir die Ökonomie einbringen, werden sie auf absehbare Zeit nichts anderes als angefeindete Schätzungen der Zukunft sein. Der Club of Rome hat sich bekanntlich als erster an solche Modelle herangewagt und ist grandios daran gescheitert. Die Ergebnisse wurden in der Wissenschaft nicht ernst genommen."

Pixin: „Ganz so pessimistisch sehe ich das nicht. Es gibt inzwischen Verbesserungen in einer kürzlich erschienenen Veröffentlichung, die nennt sich *Neues vom Club*. Die Ergebnisse sind allerdings nicht sehr viel durchsichtiger als die vor vierzig Jahren. Die Absicht, die mit diesen und ähnlichen Modellen verfolgt wird, ist aber auf jeden Fall sinnvoll. Zwar ist der Aufwand für kombinierte Öko-Klima-Modelle eminent, vor allem wenn Wirtschaft mit Klima und der gesellschaftlichen Entwicklung gekoppelt wird, aber solche Modelle hätten den Vorteil, das Gesamtszenario realistischer abbilden. Der Kohlenstoff, der in die Atmosphäre gelangt, hat mit Energieverbrauch, Bevölkerungswachstum, Lebensweise, Arbeitsweise, Produktion und Konsumption zu tun, diese beeinflussen die Änderung des Klimas, und umgekehrt beeinflusst das Klima das gesellschaftliche Leben. Solch wichtige Feedbacks zu ignorieren oder in billiger Weise, also unverrückbar, in den jeweiligen Modellen vorzugeben, halte ich für eine grobe, unzulässige Vereinfachung. Aber ich bitte euch, lasst es uns damit bewenden, es gibt auch noch andere wichtige Themen."

Petit ergriff das Wort. „Mir stellt sich in diesem Zusammenhang die Frage, warum weltweit über Atomwaffen nicht mit gleicher Verve wie beim Klima diskutiert wird, Waffen, die zu Zehntausenden irgendwo, unter anderem bei euch in Deutschland, eingelagert sind. Diese stellen doch ein viel größeres Risiko dar als die Erwärmung der Erde um ein paar Grad", mahnte er. „Sie können uns alle von heute auf morgen umbringen. Die militärisch-industrielle Verflechtung ist das Problem. Atomwaffen und Kernspaltung. Warum kümmern wir uns darum nicht viel stärker? Habt ihr denn Tschernobyl schon vergessen?"

Barbieri: „Das haben wir nicht. Aber spielst du nicht

das eine gegen das andere aus? Klima gegen Waffen?"

Petit: „Beides gilt es zu bedenken! Aber da wir beide Probleme nicht mit einem großen Wurf zu einem guten Ende führen können, nehme ich mir das vor, was ich für das Wichtigere halte. Erst die Atomwaffen abschaffen, dann das Klima aufbauen."

„Nein!" rief Teichmann aus, „nur beides macht Sinn. Klima rauf und Waffen runter!"

„Ginge es nach mir", sagte Löwenburg mit einer für ihn außergewöhnlichen Lautstärke, „sind Klimaänderungen, Atomwaffen und friedliche Nutzung der Kernenergie gleichermaßen wichtig. Alle drei sind menschengemacht, zu allen drei muss zwangsläufig und parallel eine Lösung gefunden wurden, um die Menschheit als solche langfristig zu retten."

„Aber in Wirklichkeit fürchten die Politiker aktuell nur eines: die Migration der Besitzlosen, Hungernden und Verfolgten aus Afrika und anderswo", warf Pixin ein.

Smith: „Uns als Forscher interessiert aber vor allem die Frage: gibt es in diesem Bereich noch was zu erforschen? Über die Klimafrage haben wir ausgiebig gesprochen. Die Flüchtlingsfrage halte ich für nicht lösbar."

„Natürlich besteht Bedarf", feuerte Sybille. „Stichwort Konversionsforschung. Was machen wir aus den Kasernen und dem überflüssigen militärischen Gerät?"

Löwenburg: „Aber bist du noch auf dem Laufenden, Sybille? Seit der Choleriker in Amerika regiert, wird wieder aufgerüstet! Niemand redet mehr von Konversion. Stattdessen: Alte Waffen werden verschrottet oder an ärmere Atommächte verscherbelt. An Neuen wird gearbeitet. Das heißt dann 'Modernisierung der Streitkräfte'."

„In die leerstehenden Kasernen, die ich mit eigenen Augen gesehen habe, in die tun wir die Flüchtlinge, oder?", sagte Barbieri.

„Um Gottes willen! Da kommen wieder Soldaten rein. Der Abbau der Kasernen ist gestoppt. Jetzt wird wieder investiert, aufgebaut, angeworben. An dieser Entwicklung ist nicht Trump, sondern selbstverständlich Putin schuld", sagte Petit und grinste.

„Ich höre Neid aus eurer Rede", erwiderte Teichmann.

„Dem ist am besten dadurch beizukommen, dass die Neidischen aufhören, neidisch zu sein. Deshalb: gebt den Neidischen Geld! Gebt ihnen Mitsprache, lasst sie partizipieren an Entscheidungen! Gebt uns, den neidischen Extremforschern, zumindest ein bisschen von dem, was die anderen bekommen", erklärte Feuerbach. Allseits heitere Zustimmung. „Mein Plädoyer: Kein Geld mehr für Großprojekte. Erst einmal die Unmengen der schon vorhandenen Daten auswerten! Beispiel Weltraumforschung. Dort jagt ein Projekt das andere. Es gibt einen unübersehbaren Rückstau; viele der früheren Experimente sind noch nicht ausgewertet, werden wohl auch nie ausgewertet werden, denn die gesamte Aufmerksamkeit ist bereits auf die neuen, kostspieligeren, vermeintlich attraktiveren Experimente gerichtet – die nächste Mission mitsamt Astronauten wartet ungeduldig auf den Abflug an der Rampe. Der Militärindustrie ist es recht, kann sie doch auf diese Weise neue Geräte testen, ohne selbst dafür zahlen zu müssen. Der Weltraum will erobert werden, und drei profitieren davon, in dieser Reihenfolge: Militär, Wirtschaft, Forschung."

Barbieri legte nach: „Wenn Forschung einigermaßen erfolgreich ist, sich „etabliert" hat, wird sie ad infinitum weitergefördert; eine zeitliche und inhaltliche Begrenzung der öffentlichen Förderung ist gegen die beteiligten Wissenschaftler kaum noch durchsetzbar. Immer wird dann behauptet, die Ziele seien noch nicht erreicht, die Welt der kleinsten Teilchen noch unvollständig, der

Fusionsreaktor noch nicht einsatzfähig – obwohl er schon viele Milliarden verschlungen hat und wahrscheinlich nie Energie in größerem Maßstab erzeugen wird – die Klimaprognose noch nicht hundertprozentig, die sie bekanntermaßen auch nie sein wird, und schon geht der Zirkus weiter, Geld wird weiter in großem Stil investiert, während andere Bereiche hungern, regelrecht verhungern."

„An welche denkst du?" fragte Smith.

„Frag Sybille, die kann dir dazu mehr sagen."

Aber merkwürdigerweise wollte niemand hören, was die Soziologin dazu zu sagen hatte. Und sie selbst wollte offenbar auch nicht.

Wir haben einen ganzen Stoß an Themen en passant abgehandelt, darüber wundere ich mich noch jetzt, bekennt Feuerbach, der sich ins Haus zurückgezogen hat. Über Data Mining, Datenfriedhöfe, Whistle-Blowers, über Klimaentwicklung, Klimamodelle, Weltmodelle haben wir gestritten, über Atomwaffen, Konversion, Forschungsförderung, Demokratie debattiert... Dabei ist die Liste bestimmt nicht vollständig, einiges wird mir schon aus dem Blick geraten sein. Nie und nimmer hätte ich geglaubt, dass die Wissenschaftler so prononcierte Ansichten zu so disparaten Themen haben. Ich muss ernsthaft daran gehen, mein Bild vom unpolitischen Wissenschaftler zu korrigieren, beteuert Feuerbach und macht sich daran, auf der Karte eine Wanderroute für den morgigen Tag abzustecken.

Den letzten Abend heiter ausklingen lassen, das war die Absicht. Smith rückte näher an Feuerbach.

„Wie war das eigentlich gemeint, mit einem Haus für die Gruppe?" fragte er.

„Oh, meine Absicht ist, ein Institut zu gründen, und

wir alle, die wir hier sind, wären der Gründungsaus-
schuss. Unser Haus würde ein paar Kilometer entfernt
im nächsten Nachbardorf stehen, da ist mir etwas aufgefallen. Für kleines Geld ließe sich ein recht ansehnli-
ches Haus nach unseren Bedürfnissen herrichten. Das wäre dann unser Bezugspunkt und Versammlungsort, dort
würden wir Seminare veranstalten und sogar übernach-
ten können. So habe ich mir das vorgestellt."

„Ich schätze deine Ideen. Aber wie ich schon andeute-
te", er unterbrach, um sich ein weiteres Glas mit Rotwein
zu füllen, das sechste, so schien es Feuerbach, selbst noch
mit seinem zweiten beschäftigt, „wenn wir deinen Vorstellungen folgen, würden wir den zweiten Schritt vor
dem ersten machen. Andererseits überschätzt du, glaube ich, das Engagement dieser alten Herren und Damen.
Zwar fühlen sich alle noch jung und zu großen Taten
aufgelegt, wie das so üblich ist heutzutage. Aber diese
Jugendlichkeit findet schnell ihre Grenzen, wenn etwas
wirklich Neues wie die Gründung und Realisierung eines Instituts ansteht. Vor allem, wenn die Finanzierung
unklar ist. Niemand von uns hier will sich in ein finanzi-
elles Risiko stürzen, da bin ich sicher." Smith überlegte.
„Aber vielleicht würde sich die Industrie beteiligen, willst
du dort nicht mal anfragen?"

„Wenn wir die Industrie fragen und diese positiv reagieren würde, was ich nicht glaube, da kurzfristig sicher
nichts unmittelbar Verwertbares bei uns entstehen wird,
würden wir uns in unnötige Abhängigkeit begeben. Das
würde nicht gut gehen."

„Das ist Ideologie, Fabian, aber sei's drum. Jeder von
uns wird sich nur dann wirklich engagieren, wenn Geld in
Aussicht gestellt wird und ein individueller Vorteil her-
ausspringt. Also das ist die Realität, und so gesehen, bist
du mit diesem Treffen doch ziemlich weit gekommen, du

kannst zufrieden sein."

„Aber wie du schon sagst, und da mache ich mir keine Illusionen, auch das wissenschaftliche Engagement ist begrenzt und ich fürchte, dass alles auseinander geht, wenn wir mit diesem Projekt beim Geldgeber scheitern sollten."

„Kann sein", sagte Smith. „Schließlich hast du es nicht mit Altruisten zu tun. Bei uns geht es darum, ob das Projekt, das Thema, die Kooperation für mich ganz persönlich von Vorteil ist. Der Wissenschaftler ist ein Maximierer seines persönlichen Nutzens. Passt somit vorzüglich in Bentham's Schema vom Menschen. Du hast von ihm gelesen? Hättest du, dann wüsstest du, wie ich denke."

„Das hast du zur Genüge in den vergangenen drei Tagen kund getan."

„Nichts für ungut. Es gibt aber zwischen Bentham und uns einen wichtigen Unterschied: wir haben nur unser Interesse, keinesfalls das Gesamtinteresse im Sinn, wie von Bentham gefordert. Wir arbeiten also ohne Ethik. Hast du tatsächlich versäumt, Bentham zu lesen? Aber du weißt doch, dass es sich um einen der bedeutendsten englischen Philosophen handelt? Bentham ist der Begründer des Utilitarismus, mithin ein praktischer Philosoph. Also, laut Bentham fragen wir uns als allererstes, was uns dieses oder jenes Thema einbringt, welchen Ertrag es abwirft, wenn wir es in Angriff nehmen. Der Ertrag ist der Ruhm, den wir damit einheimsen, und der Ertrag ist der Fortschritt, den das Ergebnis nach sich zieht. Also gewissermaßen Denken und Handeln im Sinne der Profitmaximierung, deshalb funktioniert die Wirtschaft, aber eben auch die Wissenschaft, deshalb ist sie, merkwürdigerweise, kreativ und innovativ."

Dass Smith die Produktion von Wissen mit der kapitalistischen Warenproduktion zusammenbrachte, bestätigte die Thesen, die das Triumvirat schon vor unendlich vielen Jahren, fünfunddreißig, vierzig oder noch viel mehr? in ihrem Artikel zum Ausdruck gebracht hatte.

„Im Zusammenhang der Ertragsmaximierung geht es dann auch um Namen. Ich habe einen Namen, und den darf ich nicht aufs Spiel setzen, etwa dadurch, dass ich mich in der falschen Gruppe oder beim falschen Thema engagiere. Denn unser Name ist gleichbedeutend mit einer Marke, mit der sorgsam umgegangen werden will, damit ihre Attraktivität und Popularität, ihr Ansehen und Marktwert erhalten bleibe. Wir haben uns einen Namen gemacht, als wir dreißig, vierzig Jahre alt waren, das war nicht leicht, das weißt du, und danach haben wir ihn verteidigt, mit Klauen und Zähnen verteidigt, wir haben ihn poliert, vergoldet, gedruckt, wir hofften sogar, dass er unauslöschlich bleibe, für die Nachwelt gespeichert sei. Denn es ist vor allem der Name, auf den gesehen wird, wenn es um die Vergabe von Geldern und Preisen und Ehrungen geht. Das ist wie du weißt überall so, in der Kunst nicht anders als in der Wissenschaft. Stell dir vor, die Wissenschaft wäre namenlos, würde sie einen anderen Verlauf nehmen? Wäre alles was bisher veröffentlicht wurde, namenlos geblieben, wäre etwas anderes herausgekommen? Das würde ich nicht ausschließen. Aber nun ist es mal so, dass die Namen regieren, das ist eine uralte Verabredung. Darauf haben wir uns einzustellen." Smith langte erneut nach dem Rotwein. „Willst du? Nein? Dann mache ich ihn allein" und setzte die Flasche an den Mund und trank, als sei es Wasser.

Auch das mit der namenlosen Wissenschaft kam Feuerbach bekannt vor, hatte er Ähnliches nicht Löwenburg gegenüber geäußert? Und jetzt kam Smith damit. Hatten die beiden... hatten sie darüber konferiert?

„Immerhin haben wir in diesen drei Tagen eingesehen", fuhr Smith fort, „und ich beziehe mich damit ein, dass manche wissenschaftlichen Fragen schlecht allein und besser zu zweit oder zu dritt, besser vielleicht sogar mit einem Kollegen aus einer anderen Disziplin gelöst werden können. Von dieser Einsicht profitiert das aktuelle Projekt. Jetzt schreiben wir mal unsere Beiträge, und dann reichen wir das Ding ein, müssen vermutlich sechs oder mehr Monate auf eine Entscheidung warten, wenn ein nein kommt, na ja, dann wird nicht allzu viel mehr geschehen, weder bei mir noch bei den anderen. Wenn ein ja kommt, dann geht die Post ab, das wirst du sehen."

So könnte man es sehen, gab Feuerbach zu. Alles würde von den Entscheidungen der Financiers abhängen. Die Gruppe hatte ein herausragendes Thema. Sie bestand aus anerkannten, erfahrenen Forschern, die – zugegebenermaßen – ein bisschen in die Jahre gekommen waren. Alle würden mit Verve und Optimismus an die Arbeit gehen. An ihre Sache glaubten. Ein internationales Team. Er schätzte die Chance des Erfolgs auf etwa fünfzig Prozent. Es war eine Schätzung aus dem Bauch. Er hatte kein Modell dafür. Und der Fehler der Schätzung war unbekannt.

Es waren schwierige Zeiten. Ein Gespenst ging um in den Universitäten: es war das Ranking, die Platzierung der Universitäten im internationalen Wettbewerb. Es gab ein oben und ein unten, und alle wollten doch oben sein.

Vom Ranking waren auch die Experten infiziert, die über den Forschungsantrag der Gruppe entscheiden mussten. Wer aus der Vielzahl Anträge, die aus allen Richtungen Europas kamen, sollte nach oben verschoben werden? Wer würde unten bleiben? Das war keine leichte Entscheidung.

Es dauerte sieben Monate, bis die Antwort aus Brüssel kam. Sie war negativ. Das von der Europäischen Union benannte Heer von Gutachtern hatte die Anträge zu der Ausschreibung, darunter auch Feuerbachs Projekt der Extreme, in drei Stufen bewertet. Zwei Stufen hatte das Projekt geschafft, an der letzten und alles entscheidenden Hürde war es gescheitert. Man hatte einem anderen Projekt den Vorzug gegeben; mehr als ein Antrag sollte (angeblich wegen fehlender Finanzen) nicht gefördert werden. Feuerbachs Gruppe hatte einen Meilenstein gesetzt, der Antrag war konzipiert, formuliert, abgestimmt und eingereicht worden. Jetzt lag er da, der Meilenstein. Die Gutachter hatten ihn umgefahren.

Das hatte zur Folge, dass die Gruppe in kürzester Zeit auseinanderbrach. Wie ein Schiff, das auf ein Riff läuft und in mehrere Teile zerfällt. Löwenburg schäumte, der dem Vernehmen nach noch nie geschäumt hatte. Er war in solchen Angelegenheiten regelmäßig besonnen und außerordentlich wortkarg. Dass er jetzt mehr oder weniger explodierte, musste damit zu tun haben, dass er im Urteil der Experten am schlechtesten weggekommen war. Von den anderen keine Reaktion. Nein, das stimmte nicht ganz. Geist und Smith hatten Feuerbach eine knappe Email geschrieben, ihr Bedauern ausgedrückt, aber zugleich zu verstehen gegeben, dass das Projekt wohl doch etwas zu ambitioniert gewesen sei, insoweit könnten sie das Urteil der Gutachter nachvollziehen, würden in diesem Punkt sogar mit ihnen übereinstimmen. Übereinstimmen!

Und auch das: Als gute Verlierer wollten sie den Gutachtern nichts Schlechtes nachsagen. Im Gegenteil, jene hätten sich ihre Entscheidung gewiss mehrfach überlegt. Irgendwie hätten auch sie, Geist und Smith, die ganze Zeit über Bedenken gehabt, ob der Antrag in der vorliegenden Form bewilligt werden würde. Feuerbach schrieb zurück: Wenn sie die Kritik der Gutachter schon vorausgesehen hätten, warum sie dann, verdammt noch mal, nicht daran gearbeitet hätten, als die Möglichkeit noch bestand, den Einwänden durch Änderungen im Antrag zuvorzukommen? Das wäre vorausschauendes Handeln, Antizipation, worüber man lang und breit auf dem Treffen diskutiert hatte. Übrigens auch ein Zeichen von Solidarität. Es gab keine Antwort.

„Was hat Sie davon abgehalten, unserem Projekt den Segen zu verweigern?" fragte Feuerbach einen der Gutachter. Er hatte zufällig und auf Umwegen dessen Namen erfahren. Der Angesprochene gehörte zu der Gruppe Leute, die aufgrund ihrer Sachkenntnis und Reputation aufgefordert werden, unvoreingenommen die eingehenden Anträge zu begutachten. Gutachtertätigkeit bei der Union ist nichts Unanständiges. Denn finanzielle Anreize für die Gutachter, die Entscheidung in die eine oder andere Richtung zu biegen, gibt es nicht, sind zumindest offiziell ausgeschlossen. Gleichwohl ist der gesamte Prozess der Begutachtung undurchsichtig wie eine Plane aus Plastik. Hinter dieser Plane sieht man die Schatten der Gutachter, die an Zustimmung oder Ablehnung des Antrags basteln. Die Schatten bleiben anonym, und man kann ohne Übertreibung sagen, dass der Name des Gutachter eines der bestgehüteten Geheimnisse dieser Welt ist. Dem Antragsteller wird meist nur das Ergebnis der Begutachtung bekannt gegeben, nicht aber Ergebnisse aus der Diskussion hinter der Plane, noch etwa Einzelheiten zum Zustandekommen des Urteils.

„Das Thema ist sexy, aber ihr habt den roten Faden im Projekt nicht gefunden", antwortete der Gutachter. Feuerbach fiel auf, dass Wissenschaftler gerne das Wort sexy benutzten. Was könnte der Grund sein? Sollte tief in ihrem Innern das Verlangen nach Sex lodern, das sie mit ihrer verausgabenden Tätigkeit, dem Streben nach Anerkennung und Ruhm, zugeschüttet haben?

„Aber haben Sie und ihre Kollegen überhaupt gesucht? Wir haben nicht nur einen Faden, sondern sogar einen roter Teppich ausgerollt", gab er zu bedenken.

„Nichts für ungut, alle kochen eben auch nur mit Wasser, machen Sie sich deswegen keinen Kopf, ein Projekt, an dem unterschiedliche Disziplinen beteiligt sind, muss besser verfasst sein als die übliche disziplinäre Soße, die, unter uns gesagt, meist mit viel Aufwand ein ums andere Mal aufgekocht und dann auch noch gefördert wird", erwiderte der Gutachter, der wie alle anderen seines Standes, nicht nur wegen der einen oder anderen guten Veröffentlichung, sondern auch und insbesondere wegen seiner unübersehbaren Selbstgefälligkeit und seiner nicht ungeschickten Selbstvermarktung bekannt war. „Außerdem halte ich Ihr Projekt für viel zu ambitioniert, wie können Sie davon ausgehen, dass es, wie Sie anmerken, Ähnlichkeiten zwischen einem Hurrikan, dem Zusammenbruch des Stromnetzes, dem Untergang des Finanzmarktes oder anderen extremen Ereignissen geben kann." Es war das Übliche: erstens zu ambitioniert und zweitens der rote Faden, der angeblich fehlte.

Feuerbach war wie vor den Kopf geschlagen. Die Gutachter hatten in ihrer Stellungnahme lediglich gezeigt, dass mit wenig Mühe eine irgendwie plausible Abwertung erfunden wird, mit der ein ungeliebtes Projekt, in das hunderte Stunden harter und origineller Arbeit investiert worden waren, innerhalb von Minuten gekippt und vernichtet werden kann.

Aber es kam noch schlimmer. Löwenburg überbrachte die Neuigkeit.

„Das kann nichts Gutes sein", vermutete Feuerbach.

„Da hast du recht", bestätigte Löwenburg.

„Schummelei bei den Gutachtern?" vermutete Feuerbach.

„Etwas in der Richtung. Mir ist zugetragen worden, dass ein ganz ähnlicher Antrag wie der unsrige bei der Kommission in Brüssel eingegangen und genehmigt worden ist."

„Was? Das kann nicht sein", schrie Fabian.

„Doch. Die Quelle ist zuverlässig. Teilweise sollen Formulierungen von uns wortwörtlich übernommen worden sein."

„Das kann nicht sein", stammelte Fabian, „das ist unehrenhaft."

„Wir haben keinen Kopierschutz auf unserem Antrag, uns ist kein Patent erteilt worden. Jemand muss unseren Antrag gelesen und verwendet haben. Ich tippe auf einen der Gutachter. Man kann ihm nicht mal ein Plagiat vorhalten. Wir haben nichts in der Hand. Kein Gericht auf dieser Welt würde unserer Klage oder Beschwerde stattgeben."

„Wenn ich mir nicht so etwas Ähnliches schon gedacht hätte", murmelte Fabian.

„Aber leider ist das noch nicht alles. Zwei unserer lieben Kollegen sind uns untreu geworden. Sie sind bei der neuen Initiative mit von der Partie."

„Wer sind die zwei Lieben", brüllte Fabian.

„Ich weiß die Namen, sage sie dir aber nicht, das musste ich meinem Informanten versprechen."

„Dann haben diese Teile unseres Antrags weitergereicht. Das nenne ich unehrenhaft. Aber ich werde die Namen herauskriegen", sagte Fabian, ballte die Fäuste und machte eine Miene, die finsterer nicht sein konnte. Schrie so laut er konnte, für alle die es hören oder auch nicht hören wollten: „Schande über die Abtrünnigen!"

Aber halt, sagte er sich im gleichen Augenblick, dann haben es eben andere gemacht. Unser Problem hat Nachahmer gefunden. Folglich kann es so schlecht nicht gewesen sein. Deshalb, noch immer erhitzt:

„Warum trösten wir uns nicht mit Eidechsen? Die Modellierung ihrer Bewegung wirft eine Menge interessanter mathematischer und physikalischer Fragen auf."

„Ist dir nicht wohl?", fragte Löwenburg mit Sorge in der Stimme.

„Warum denn nicht? Das Modell würde sogar die Bewegung der Eidechse im nächsten und übernächsten Augenblick vorhersagen können", sagte Feuerbach trotzig.

„Das wäre das mindeste", sagte Löwenburg und fand, nachgebend, warme Worte für seinen treuen Gefährten. „Wir wären die Ersten, die es mit der Eidechse versuchen würden."

„Nicht wahr, das allein würde jedweden Einsatz rechtfertigen!"

Eidechsen sind possierliche Tierchen. Sie vollführen abrupte Bewegungen, die auf den ersten Blick vom Zufall bestimmt zu sein scheinen, Ähnlichkeiten mit der Brownschen Bewegung drängen sich auf. Doch der Eindruck täuscht. Die Eidechse hat ein Ziel, die Brownsche Bewegung ziemlich sicher nicht. Ziel der Eidechse ist die Beute, ein Versteck, die Partnerin oder was sonst noch. Um ihr Ziel zu erreichen, erklettert die Eidechse die vertikale Wand und nimmt den Weg, der ihr den größten Halt verspricht. Das erfordert plötzliche Richtungswechsel. Dabei verharrt sie mitunter länger an einer Stelle. Ob sie dann den nächsten Streckenabschnitt berechnet? Sie überwindet selbst die überhängende Dachrinne mühelos, trotz der geringen Haftung, die das Kupferblech den feinen zarten Krallen bietet. In der Nähe der Außenbeleuchtung hält sie schließlich inne, schnappt und schluckt die durchsichtig geflügelten Insekten, die vom nächtlichen Gewimmel um die Lichtquelle übrig geblieben sind. Manchmal sind die Eidechsen zu schnell, schießen über die Wände hinaus und stürzen fünf Meter tiefer. Ihr Irrtum schadet ihnen aber offensichtlich nicht, sie huschen unbeeindruckt erneut die Mauer rauf, verstecken sich in Mauerritzen oder verirren sich ins Haus, wo sie dann oft in mumifiziertem Zustand in einem lange nicht benutzten Topf, in der Badewanne oder unter den Holzverkleidungen gefunden werden.

Übrigens machte auch Löwenburg die negative Entscheidung zu schaffen. Aber er war in diesem Punkte robuster als Feuerbach. Er konnte seine gelegentlichen Niederlagen mit seinen zahlreichen Erfolgen kompensieren. So konnten ihn Misserfolge nicht ernsthaft beunruhigen. Im Gegenteil – er war sich sicher, dass es sich bei den Gutachtern um Dummköpfe handelte, die ihm, dem Reinen, den Zutritt zur Anwendung nichts anderes als verwehren wollten. Feuerbach dagegen hatte kein Polster, das das Desaster abfederte. Es bestand die Gefahr, dass sich der Misserfolg zu einem traumatischen Ereignis entwickelte. Der große Wurf, sein vermeintlicher Meilenstein war zum Mühlstein geworden, der ihm jetzt am Halse hing.

Die andere Sicht

Feuerbach erzählt Löwenburg von einem neuen wissenschaftlichen Anlauf. Verwirft ihn aber wieder. Er träumt vom schäumenden Wildbach, in dem bekannte Figuren zappeln. Verabschiedet sich vom Unlösbaren.

Spät am Abend. Feuerbach nimmt das Telefon in die Hand.

„Walter? Hier spricht Fabian.“

„Oh, Fabian, wo bist du?“

Fabian: „Im Haus, draußen regiert der Frost, wir haben Schnee überall. Exzeptionell! Seit Jahren hat es mal wieder geschneit. Die Klimapropheten haben insoweit Recht: Es wird wärmer. Die Luft ist rein, kein Geräusch ringsherum. Wir leben in absoluter Stille. Die Stimmung ist gut.“

Walter: „Du Glücklicher.“

Fabian: „Ich trage mich mit der Absicht, der ganzen wissenschaftlichen Schwerstarbeit, mitsamt der vergeblichen Versuche, realistische Modelle für die großen Probleme der Zeit zu finden, abzuschwören.“

Walter: „Was ist in dich gefahren? Was bleibt dann noch? Walters Stimme klingt zittrig, verrät Besorgnis.

Fabian: „Eine Menge. Die Familie, das Haus, das Wandern, das Lesen und Schreiben... die Erkenntnis, dass das Leben ohne Wissenschaft, zumindest gelegentlich, viel schöner sein kann.“

Walter: „Wie bescheiden.“

Fabian: „Realistisch.“

Walter: „Du sagst es. Aber was genau hast du vor?“

„Ein neues Projekt geht mir nicht aus dem Kopf", sagt Fabian.

„Ich denke, du willst aufhören?", erinnert Walter.

„Will ich auch, dies wird von anderer Art sein. Wir beide zusammen schreiben einen Aufsatz, verzichten auf Formeln und alles, was das Verständnis erschwert."

„Wie soll das gehen. Dann sind wir beim Geschichten erzählen. Ohne Hand und ohne Fuß. Davon gibt es schon zu viele." Walter hört sich ungeduldig an. Hat er sich verändert?

„Wir haben stets das naturwissenschaftliche Denken favorisiert, weil wir glauben, dass nur auf dieser Basis Fortschritt entstehen kann. Das ist richtig, sofern es darum geht, die tägliche Mühsal abzubauen, die physische und intellektuelle Verausgabung zu mildern. Vor hundert Jahren gelang das durch Mechanisierung der industriellen Prozesse und seit geraumer Zeit vor allem durch deren Automatisierung. Aber die naturwissenschaftlichtechnische Betrachtung allein reicht nicht aus. Wir können auf die Philosophie, in stärkerem Maße auch auf die Sozialwissenschaften nicht ganz verzichten. Sie müssen die neuen Techniken, die eine Unmenge gesellschaftlicher und ethischer Fragen aufwerfen, Kränkungen und Missverständnisse hervorrufen, begleiten, entschärfen", erklärt Fabian.

„Die Philosophie gibt die geistig-moralische Orientierung, ist es das, was du sagen willst?"

„Vielleicht. Sie hat das Zeug dazu."

„Philosophie, die Unsichere, nicht Beweisbare mit der Naturwissenschaft, der Sicheren, Beweisbaren verknüpfen, wenn das gelänge... Versuche in dieser Richtung gibt es ja, Bertrand Russell steht dafür, natürlich auch Albert Einstein. Oder denke an Noam Chomsky. Smith hatte ihn erwähnt. Chomsky ist ein bedeutender Linguist und ein

Mann des Widerstandes, der sich auch vor der geballten Macht der mächtigsten Regierung dieser Welt nicht fürchtet", sagt Feuerbach.

„In die Reihe dieser intelligenten Widerständler gehört für mich auch Stéphane Hessel", sagt Löwenburg. „Wann immer wir aus Angst zurückschrecken, Angst vor allem um uns selbst, sollten wir an Hessel denken, dessen Lebenslauf kann uns Verzagten Mut machen. Der hat sich nie einschüchtern lassen. Aber unsere Helden gehören der Vergangenheit an. Haben wir Ersatz?"

„Schwerlich. Vielleicht Edward Snowden? Hätte er genügend Format?" Fabian ist sich nicht im Klaren, ob Snowden weltweit Akzeptanz findet.

„Auf jeden Fall hat er Mut, sehr viel Mut. Er hat auf der Basis valider Daten gezeigt, dass die Kontrolle und Überwachung der Erdbevölkerung weit fortgeschritten ist", sagt Walter.

„Eine brisante Entwicklung. Ein unumstößlicher Beweis für die missbräuchliche Nutzung der neuen Technologien. Doch wie steht es um deren andere, unbestritten positive Seite?", sagt Fabian.

„Dazu gibt es eine Vielzahl von Beispielen. Setzen wir, zum Beispiel, die neueren Verfahren aus der Informatik dort ein, wo sie hilfreich sein dürften. Zum Beispiel bei politischen Entscheidungen. Die werden nach wie vor auf der Basis persönlicher Einstellungen, erziehungsbedingter Werte und dem Druck geboren, der sich aus dem Begehren nach Wiederwahl der Abgeordneten ergibt. Es gäbe die Möglichkeit, hier eine Umkehr einzuleiten. Mit Hilfe der Computer-Simulation. Die ist inzwischen sehr gut entwickelt und gestattet, im Sinne von Wenn-Dann Spielen die Antwort der Gesellschaft auf mögliche Variationen der Systemparameter zu identifizieren."

„Genau. Widmen wir uns dem heiß diskutierten Thema der Rente. Lassen wir, wie vielfach gefordert, alle einzahlen, egal ob selbstständig oder unselbständig, Beamter oder Unternehmer. Bauen wir ein Computer-Modell, das als Ergebnisse der Rechnung die Entwicklung der gesetzlichen Rente ausgibt, in allen Feinheiten, sowie die Reaktionen der Gesellschaft, ob jung oder alt, und finden wir mit Hilfe dieses Modells die optimale Regelung der Altersversorgung. Zahllose Szenarien würden sich durchspielen lassen, eines davon, dessen bin ich mir sicher, wäre mit Sicherheit für alle mehr oder weniger verträglich. Der Computer würde uns sagen, auf der Basis des Modells, das wir implementiert haben, an welchen Schrauben des Modells geschraubt werden müsste... Warum geschieht das nicht?", fragt Fabian.

Walter: „Weil die Politiker davon nichts verstehen."

Fabian: „Aber da könnte man ihnen doch helfen?"

Walter: „Genau das wollen sie aber nicht."

Fabian: „Also werden die Entscheidungen der Politik bleiben, was sie sind und immer waren: von den eigenen Vorurteilen und Präferenzen bestimmt. Verzerrt und interessengeleitet. Wie schon vor hundert Jahren, als man zum Weltkrieg blies. Ein anderer Politiker, eine andere Entscheidung."

Walter: „Ein anderer Richter, ein anderes Urteil, bei gleichem Sachverhalt. Ein anderer Arzt, eine andere Diagnose, derselbe Patient. Ein anderer Lehrer, eine andere Note, derselbe Schüler."

Fabian: „Das ist menschlich."

Walter: „Aber hier muss sich etwas ändern. Wir müssen auf Objektivität, nennen wir es Vergleichbarkeit, drängen."

Fabian: „Einverstanden. Aber wie?"

Das ist die Frage, die die beiden nicht beantworten können. Denn in der Tat: auf allen möglichen Gebieten wird moderne Technik entwickelt, verkauft und angewendet; wenn es um Entscheidungen geht, verlassen sich die Politiker auf ihren vermeintlich gesunden Menschenverstand.

„Dein Programm, Fabian, du wolltest mir dein Programm vorstellen", sagt Walter.

„Warte, einen Augenblick. Ich finde meine Brille nicht." Feuerbach sucht im Haus, es dauert.

„Walter? Entschuldige die Unterbrechung, ich fand meine Brille nicht. Ohne diese geht vieles nicht mehr. Eine schwerwiegende Einschränkung."

„Stimmt. Aber eine der wenigen, mit der wir umgehen können, an die wir uns gewöhnt haben", sagt Walter.

„Ich hatte mir etwas reichlich Komisches ausgedacht. Das Leben als eine *intermittierende* Folge von stabilen und instabilen Zuständen. Ereignis gesteuert. Natürlich abhängig von Gesundheit, Erfolgen, Misserfolgen, Alter, Geschlecht, Bildung, Umgebung, Intelligenz. In Form eines Computermodells."

„Vergiss es. Viel zu kompliziert. Unmöglich, es zu validieren."

„Das eben ist mir inzwischen auch klar geworden. Proben wir stattdessen den Einstieg in ein radikal neues Rentenmodell! Eben das, worüber wir gerade diskutiert haben. Du und ich, nur wir zwei, für den Anfang..."

„Also ich bin dabei, wenn du klarer siehst", ermutigt Löwenburg.

„Wunderbar. Du bist stets willkommen. Sollte dir dazu etwas einfallen, dann lass es mich wissen. Besser noch, du machst einige Notizen und schickst sie mir. Das wäre doch auf deine alten Tage etwas wirklich Neues, wenn du vorbereitet in eine Diskussion gehst."

„In dieser Hinsicht kann ich dir nichts versprechen. Das wäre vermutlich wirklich zu viel verlangt. Im Übrigen bin ich doch mit meiner Arbeitsweise bestens zurechtgekommen. Habe nie irgendwelche Klagen gehört. Warum sollte ich mich vorbereiten? Du wirst zugeben, es kommt sowieso meist ganz anders als erwartet." Löwenburg klappt sein Smartphone zu und widmet sich der Korrektur einer Publikation, die einer seiner Getreuen aus dem fernen Osten vorbereitet hat.

Mitten in der Nacht. Da Feuerbach weder auf dem Rücken noch auf dem Bauch schlafen kann, bleibt ihm nichts anderes als die linke oder die rechte Schulter. Er dreht sich von einer Seite auf die andere. Wenn er sich dem Schlaf nah glaubt, verschlägt es ihn ins Wachsein. Er vergegenwärtigt sich die Gespräche, die er mit diesem und jenem geführt hatte, grübelt und zweifelt: hatte er die richtigen Forscher zusammengebracht, war der Antrag überzeugend geschrieben, hätte er, der Regel folgend, als Bittsteller und Lobbyist nach Brüssel gehen müssen, hätte er versuchen sollen, die Dirigenten in Politik und Wissenschaft von seinem Projekt zu überzeugen, war er überhaupt in der Lage, ein derartig anspruchsvolles Projekt zu managen? Und im Schlepptau kommen dann die alten Bedenken. Würde seine Tochter ihren Weg finden? Hat sie den richtigen Mann geheiratet? Warum wird seine Frau immer streitsüchtiger? Warum ist die Zahl seiner Erfolge so klein, die der Misserfolge so unverhältnismäßig groß?

Als die Schwärze der Nacht sich allmählich aufhellt, fällt er in einen unruhigen Schlaf. Wenn die Träume gegen Morgen kommen, gehen sie nicht verloren. Noch dazu, wenn es ein ungewöhnlicher Traum ist, jedenfalls ein Traum, den er noch nicht geträumt hatte, im Gegensatz zu denen, die sich immer und immer wiederholen.

In wildem Gelände, wo struppiges, steiles Grasland von kleineren und größeren Felsen durchsetzt ist, wird ein Schlauchboot aufgeblasen. Es handelt sich um ein großes Exemplar, acht Meter lang und zweieinhalb Meter breit, ähnlich den Booten, die Soldaten benutzen, um fremde Strände zu erobern oder die Flüchtlinge füllen, um das rettende Ufer zu erreichen. Drumherum mehrere Menschen, er erkennt Angestellte und Beamte, Professoren, Rektoren, Hochschulkanzler, Ministeriale, Minister, allesamt bekannte Gesichter, eine vergnügliche Versammlung von honorigen Männern, dekoriert mit Medaillen, Orden, Auszeichnungen und ehrenhaften Preisen, kurzum alles, was eine Gesellschaft ihren verdienten Mitbürgern an Anerkennung und Belohnung verleihen kann.

Feuerbach entdeckt Löwenburg. „Walter, auch du dabei? Steig aus, lass dir helfen, roll dich, wenn's nicht anders geht, über die Bootswand, aber komm heraus! Du willst doch nicht dein Ende herbeiführen!" Neben Löwenburg auch Himmerich, der ihm einst nicht mehr als eine befristete Stelle angeboten hatte. „Himmerich, es wäre schade um dich! Verlass das Boot, so schnell du kannst! Du willst doch deine Forschung nicht vorzeitig beenden? Du hast doch noch einiges im Köcher, nicht wahr!"

Aber siehst du, Feuerbach, siehst du nicht den anderen? Siehst du ihn, grad neben Himmerich, es ist der Professor der Physik, den du einst so gerne niedergestreckt hättest.

„Der soll nur bleiben, wo er ist", sagt Feuerbach.

Aber siehst du, Feuerbach, siehst du nicht den Notar, der dir den Kauf deines Hauses im Wilden Norden von Italien beurkundet hat? Ganz vorn im Boot, er redet und redet, seine hohe Stimme, diese unverwechselbare, hörst du sie?

„In der Tat, was für eine Überraschung. Ich sehe und ich höre ihn. Auch um den ist es nicht schade. Erblicke jetzt auch, bei genauerer Betrachtung, die ganze Bande eifersüchtiger Ministerialen, die mir den Platz im Ministerium streitig machen wollten. Auch die hier! Das hätte ich nun wirklich nicht gedacht. Sollen bleiben wo sie sind, jedenfalls unternehme ich keine Anstrengung, sie vor dem Ertrinken zu bewahren. Aber den Herrn Abteilungsleiter, den beleibten Herrn mit dem feuerrotem Gesicht, einerlei, ob vom Blutdruck oder Alkohol gefärbt, den muss ich rausholen, koste es, was es wolle." Rennt zum Boot und zieht den Widerstrebenden an Armen und Beinen aus dem Boot.

Siehst du den Kanzler, Herr über ein Budget von einigen hundert Millionen, Gelder für Forschung, Personal, Gebäude und Ausrüstung, das hohe Tier wirst du wohl aufklären, in welche Gefahr es sich begibt.

„Der weiß alles, kennt alles, macht alles, den brauch ich nicht aufzuklären, der würde sagen, was Sie mir erzählen, das ist nichts Neues. Dem Kanzler habe ich eine hochdotierte Stelle geschenkt, für die er sich nie bedankt hat, weder bei meinem Eintritt noch beim Austritt aus seinem Herrschaftsbereich. Nein, nein, der soll selbst sehen, wie er da rauskommt, worauf er sich eingelassen hat."

Die Leute scherzen und lachen, machen den Eindruck von erlebnishungrigen Touristen. Rufen herüber: Wirst du unser Boot führen?

Sag ja, dann werden sie dich ein Leben lang in Erinnerung behalten. Womöglich Gutes für dich tun, dich zum Professor ernennen.

„Dazu wird ihnen kaum Zeit bleiben, denn ihr Untergang ist gewiss."

Eben deshalb sollst du führen. Weil du dich auskennst, die Gegend erkundet hast, deshalb nur du das Boot zu steuern weißt.

„Also gut, ich versuche mein Bestes: Bleibt wo ihr seid, nirgends ist es so sicher wie auf diesem Stück Grasland", ruft Feuerbach zum Boot hinüber.

„Es geht nicht um die Sicherheit", rufen sie zurück, „damit sind wir wohlversorgt. Nein, das ist es nicht, heute wollen wir mal ordentlich draufhauen, wollen zeigen wo der Bartel den Most holt! Wir wollen Abenteuer, endlich mal Abenteuer, und damit alles gut geht, brauchen wir dich als Führer."

„Sucht euch einen anderen", ruft er zurück.

„Du wirst dich erinnern", kommt es von der illustren Gesellschaft, „dass wir dich gefördert haben, jetzt ist es an dir, zurückzuzahlen."

„Daran kann ich mich nicht erinnern", gibt er zurück, „aber die Fallen, die ihr mir gestellt habt und in die ich hineingetappst bin, die Intrigen, die ihr ausgeheckt habt, die Benachteiligungen, die ihr, schamlos wie ihr seid, über mich ausgegossen habt, die sind mir im Gedächtnis geblieben."

„Das war doch so nicht gemeint", schmeicheln sie, „jetzt ist es an der Zeit, zu vergeben und zu vergessen. Komm und sei unser Führer, wir wollen niemand anderen als dich."

Feuerbach, die Leute verlangen deinen Beistand, den kannst du schlechterdings nicht verweigern.

„Leute, wenn ihr darauf besteht, will ich ausnahmsweise zu euren Diensten stehen," ruft er ihnen zu. „Aber ich verlange, dass ihr ausnahmslos meinen Anweisungen folgt. Ist das nicht der Fall, steige ich sofort aus. Was das für Konsequenzen hat, für euch und euer Leben, das ist euch wohl inzwischen bewusst geworden."

Er klatscht in die Hände, sie springen ins Boot, sitzen da wie bei einem großen Festessen. Das Boot ist voll, wird verkündet, für Flüchtlinge kein Platz und wiehern wegen des misslungenen Witzes. Feuerbach stößt mit dem Ruder ab. Das Boot setzt sich unter großem Gejohle in Bewegung und rutscht, getrieben von der Schwerkraft, über das vom Tau schlüpfrige Gras. Es nimmt Fahrt auf, geht vorbei an den Obstbäumen, die vorausahnend den Weg freimachen. Die Dorfbewohner beklatschen das außergewöhnliche Spektakel; noch nie ist ein Schlauchboot hier zu Tal gegangen. Sie ahnen, dass es sich um ein einmaliges, nicht wiederholbares Ereignis handelt. Sie säumen den Weg, die älteren in respektvoller Entfernung, die jüngeren springen, als Zeichen ihres Mutes, erst im letzten Augenblick zur Seite.

Das Boot hüpft über die hängenden Felspartien und verheddert sich im Strauchwerk. Hier bleibt es vorerst liegen, und der Aufenthalt eröffnet die Möglichkeit, über die weitere Fahrt zu debattieren. Die Besatzung hat etwas von ihrer Fröhlichkeit und Zuversicht verloren, denn die Abfahrt war ruppiger als erwartet, einige konnten sich vorn im Boot nicht festhalten und sind in die Luft geflogen und hinten im Boot gelandet, sehr zum Entsetzen der dortigen Besatzung, die die herunterfallenden Körper mit Brust und Armen auffangen mussten. Dabei sind offenbar einige Rippen zu Bruch gegangen, was großes Wehklagen zur Folge hat, das im Tal geechot wird. Zweifel werden geäußert, die Weiterfahrt in Frage gestellt. Der anwesende Risikoforscher, um seine Meinung befragt, stuft das Risiko, einem größeren Unfall anheim zu fallen, als vernachlässigbar ein. Er begründet das mit seiner Heuristik und verweist auf sein gerade erst publiziertes Buch, das ja Mut zum Risiko einfordere.

Biete dem arroganten Besserwisser die Stirn, Feuerbach. Es ist die Chance deines Lebens. Zeig', wozu du in der Lage bist, was du kannst. Lass dich nicht abdrängen.

Halte den Kurs.

Feuerbach ruft: „Schluss mit den Heuristiken, hier geht es um Fakten. Das vor euch liegende Wasser ist tückisch, strudelig, voller Wirbel, die Ufer schlüpfrig, nahezu vertikal. Überlebenswahrscheinlichkeit deutlich unter zehn Prozent. Einer von zehn dürfte überleben. Wollt ihr das?"

Der Risikoforscher hält dagegen; er genießt großes Ansehen in der Fachwelt, und sein Votum wiegt schwer. Nach längerer Auseinandersetzung einigt man sich darauf, die Fahrt fortzusetzen. Gemeinsam ziehen die Insassen das Boot aus dem dornigen Strauchwerk, prüfen es auf Dichtigkeit, indem sie mit ihren Ohren die Gummihaut abtasten. Nur die noch gut hören, dürfen das Ohr anlegen, denn die Schwerhörigen vernehmen nichts anderes als das Pfeifen und Rumoren im eigenen Ohr. Der Hörtest endet mit der Überzeugung, dass alles noch dicht ist, was mit großer Erleichterung aufgenommen wird. Und weiter geht die Fahrt, über die glatten, ausgewaschenen, von der Sonne geschwärzten Felsen, das Boot überspringt mühelos kleinere Riegel, die in das Gestein eingelassen sind und nähert sich schließlich in rasender Fahrt dem Bach, der sich hinter einer Gruppe hochgewachsener Birken verbirgt. Die schneeweißen Königinnen des Waldes ahnen die Probleme, die sich ergeben, wenn sie sich der Fracht in den Weg stellen würden. Blitzschnell entschließen sich Blätterwerk und Stamm, sich zu bücken und erwarten in dieser Stellung das Boot. Dieses rutscht über die glatte Schale der Birken, gewinnt dadurch nochmals an Geschwindigkeit bis es, endlich und erlösend, bestimmungsgemäß im Wasser mit einem weithin hörbaren Klatschen eintaucht.

Das Boot ist schwer und taucht tief, Wasser schwappt über die Bootswand, alle beginnen wild zu schöpfen. Dann das große Hurra aus allen Kehlen: wir haben gewonnen, wir sind im Bach. Von hier an, so rufen sie, gibt es nur noch Wasser, jetzt kommt nur noch purer Spaß, der Weg zum See sollte ein Kinderspiel sein. Doch einige der Insassen, verunsichert durch die wilde Fahrt, drängen auf erneute Beratung und Bewertung des Risikos. Einer von ihnen gibt zu bedenken, dass die Situation wegen des hohen Wasserstandes besonders prekär und folglich Besonnenheit und Vorsicht angeraten sei. Der Risikoforscher fürchtet um seinen Ruf. Müsste das Ganze abblasen, sagt er im Stillen, wenn ich meine eigenen Regeln ernst nehme. Nachdem ich zuvor so heftig dafür plädiert habe? Wie stehe ich vor den Kollegen, wenn ich in diesem fortgeschrittenen Stadium abbreche? Unmöglich. Und beschwichtigt die Ängstlichen:

„Wenn wir die Reise bis hierher unbeschadet überstanden haben, dann wird es uns auf dem Fluss wohl nicht anders ergehen. Die Vergangenheit", verkündet er, „trägt in den meisten Fällen schon das Gesicht der Zukunft. Was gestern war, wird auch morgen nicht anders sein."

„Dann kann sich nichts ändern, und es ändert sich doch", hält ein mitreisender Pfarrer dagegen, der das Boot vor Antritt der Reise gesegnet hat.

„Natürlich gilt meine Regel nicht zu hundert Prozent, sie bleibt ein wenig darunter", erklärt der Risikoforscher, sieht in die Runde. „Ihr habt Angst vor dem Falschen", versucht er zu beruhigen. „Die wahren Gefahren, die lauern ganz woanders. Im Haushalt, bei der Arbeit, im Bett".

Die Verwaltungsleute unter den Reisenden zucken und zaudern. Soll man die Sicherheit, die ihnen die Pension gewährt, mit all ihren kleineren und größeren Annehmlichkeiten, für die man ein ganzes Berufsleben gearbeitet hatte, mit einem solch waghalsigen, um nicht zu sagen wahnsinnigen Unternehmen wirklich aufs Spiel setzen? Stehen Kosten und Nutzen im Gleichgewicht?

„So dürft ihr das nicht sehen", sagt der Risikoforscher, „das Gleichgewicht ist eine Fiktion der Ökonomen und Heilpraktiker. Hier geht es um ja oder nein, Gewinnen oder Verlieren, und ich versichere euch zu fünfundneunzig Prozent, ihr werdet gewinnen." Der Mann mit Wildwasser-Erfahrung, ein Professor der Geographie, der die großzügigen Arbeitszeitregelungen seiner Zunft regelmäßig zu ausgiebigen Fahrten auf Wildwassern nutzt, stößt in das gleiche Horn.

„Bis zu den offenen Wassern des Sees ist es nicht weit", versichert der Geograph, „aus meiner Sicht besteht immer die Gelegenheit, wieder auszusteigen und an Land zu gehen, wenn es denn nötig sein sollte, was ich aber, in Übereinstimmung mit dem Herrn Kollegen vom Risiko-Departement, nicht glaube."

Lass sie laufen, Feuerbach, du hast getan was du konntest. Deine Freunde hast du aus dem Boot geholt, die sind jetzt in Sicherheit, und um die anderen ist es nicht schade...

„Das wäre gegen die Menschlichkeit, es wird mich ewig verfolgen..."

Ich wiederhole, du hast getan, was dir möglich war. Sie wollen es nicht anders.

Feuerbach lässt sich nicht abbringen, versucht es ein weiteres Mal: „Wenn ihr kentert, findet eure Hände keinen Halt an den glitschigen Felsen, ihr kommt aus dem Wasser nicht raus. Und vergesst nicht den hohen Wasserstand. Der Bach hat seinen Charakter verändert. Er ist gewalttätig geworden."

Die intensiven Regenfälle sind erst vor einigen Tagen abgeklungen und haben viel Wasser ins Bachbett geschüttet. Das Wasser strudelt und quirlt und wirbelt und stürzt sich über kleinere Felsstufen, schießt durch Engstellen und klettert an den aufragenden Wänden empor, fällt wenn die Energie verbraucht ist, unter Getöse zurück und staut sich in beckenartigen Vertiefungen. Dort herrscht Frieden, doch sobald das Wasser die nächste Stufe erreicht, wiederholt sich das turbulente Treiben.

Die Sonne bestrahlt die Schlucht und bringt das Wasser in den Becken zum Leuchten, in grünen und hellblauen Schattierungen, während der Dampf, der über dem Canyon liegt, das Licht in sein farbiges Spektrum zerlegt. Das verzaubert auch die letzten Zweifler, stimmt sie um, und alle drängen jetzt auf die Weiterfahrt.

„Ich bleibe hier", ruft Feuerbach gegen das Getöse des Wassers. Aber längst haben sie den mutigen Wildwasserexperten zu ihrem Führer gemacht.

„Wir sind Männer, richtige Männer, wir halten das aus", rufen sie. Feuerbach nimmt den Weg zurück durch das Birkenwäldchen, wo das Boot eine breite Spur der Verwüstung hinterlassen hat, postiert sich auf einem vorspringenden Felsen, der einen weiten Blick in die Schlucht gewährt.

Der Wildwasser-Experte bugsiert das Boot mit Geschick und unter großer Anstrengung in die Mitte des Bachs. Das Wasser springt vor und zurück, teilt sich in tropfenförmige Kaskaden, die zerplatzen und als Schwall zurückfließen. Einzig die Schwerkraft ordnet das Durcheinander, so dass schlussendlich das Wasser den Berg nicht rauf- sondern runterfließt. Das Boot dreht mal rechts, mal links, aber im Mittel steuert es in Richtung des großen Sees.

Es geht über felsige Stufen, durch Strudel und tiefe Rinnen, vorbei an Stellen, die von keinem Menschen je gesehen noch betreten worden sind. Die Fracht stößt an die Felswände, rotiert auf der Stelle, bis ein Schwall frischen Wassers sie aus dem Wirbel befreit und an den Felsen vorbeischleust. Wir kommen vorwärts, hört Feuerbach die Passagiere rufen. Dann plötzlich Schreie, die nicht mehr den Sieg sondern jetzt den Untergang kündigen. Wo der Bach sich verengt, ist das Boot an den Felswänden entlang geschrammt, hat sich gedreht und ist schlaff in sich zusammengesunken. Die Luft ist raus, der scharfe Fels, nur wenige Zentimeter unter der Oberfläche, hat das Boot aufgeschlitzt. Der Inhalt kippt in das aufgebrachte Wasser. Einige klammern sich an die Felswände, versuchen daran hoch zu klettern, rutschen ab und werden verschlungen. Die anderen geraten unter das Boot und werden, Spiralen folgend, in die Tiefe befördert, verschwinden wie die vom Felsen gerutschten, auf Nimmerwiedersehen. Rettung ist unmöglich. Menschen und Sachen sind nach kurzer Zeit versunken oder irreversibel unter den Felsen eingeklemmt. Zehn Menschen auf einen Schlag, überschlägt Feuerbach aus sicherer Warte, plus Gepäck, Risikoforscher und Wildwasser-Experte.

Als die Balkontür den beginnenden Tag hereinlässt, hört Fabian, noch trunken vom Schlaf, die innere Stimme:

Traum oder Wirklichkeit, kennst du den Unterschied, Feuerbach? War es ein Albtraum? Oder ein Wunschtraum? Heraus mit der Sprache.

„Wer vermag das zu unterscheiden?" sagt Feuerbach. „Schwerstarbeit habe ich geleistet, es war nicht leicht, so viele Leute mitsamt Ausrüstung und Material, vollständig und unwiderruflich zu ertränken. Aber auf ein Wort: Haben sie sich nicht selbst ertränkt?"

Ist doch egal, ob du oder sie. Nur zur Beruhigung: dich trifft keine Schuld. Aber sag, bist du erleichtert? Ich hatte den Eindruck, das Ganze kam dir nicht ungelegen.

„Wahrlich, ich bin erleichtert", antwortet Feuerbach. „Ich genieße die sich ausbreitende Ruhe, sie dringt bis in die entlegensten Nischen meines Körpers. Sie signalisiert das Ende der großen Anspannung. Ich fühle mich wiederhergestellt, nachdem der Ballast, der jahrelang auf mir gelastet hat, ein für alle Mal abgeworfen und untergegangen ist."

Dann sieh zu, dass du ihm auf deine alten Tage nicht erneut verfällst.

„Was meinst du? Von wem sprichst du?"

Na vom Ehrgeiz, wovon denn sonst?

„Aber ohne Ehrgeiz kein Erfolg, kein Aufstieg, keine Beförderung und keine Berufung. Die Ehrgeizigen, Zielstrebigen zogen davon, die Unschlüssigen, Unentschlossenen fielen zurück. Mit meinem Ehrgeiz ging es auf und ab. Blieb die Belohnung aus, zog er sich zurück, und ich vertat stattdessen Wochen, Monate, Jahre. Gab es dagegen Bestätigung und Erfolge, kehrte der Ehrgeiz zurück."

Damit ist nun ein für alle Mal Schluss. Du gehörst nicht zu denen, die ihren Ehrgeiz, der das Herausfinden und Publizieren des Herausgefundenen antreibt, bis zum ultimativen Ende in Anspruch nehmen, ihn strapazieren, quälen, bis selbst der Ehrgeiz nicht mehr kann.

„Ich bin mir bewusst", seufzt Feuerbach, „dass ich am Ende des Weges angekommen bin. Bis hierher und nicht weiter, liest sich die Warnung vor abgesperrten Gebieten. Keine Sorge. Der Eintritt in die Rente schützt vor fahrlässiger Überschreitung. Ich werde nichts vermissen, ausgenommen die ungezählten Münzen, um die mein monatliches Einkommen gekürzt worden ist."

Dann mach dich auf, um einzulösen, was bei deiner Beschäftigung mit dem Unvorhersehbaren, dem Verwickelten, dem letztendlich Unlösbaren, versäumt hast. Bist du bereit?

„Das bin ich."

Dann verrate mir, was du beabsichtigst.

„Das tu ich, aber sag' es niemanden, es ist ja bislang nur ein Plan ... Überlegungen anstellen, wie denen zu helfen ist, die den unpassenden Beruf wählen... mit Sybille ein wahres Demokratie-Modell entwerfen... mit dem Abteilungsleiter eine Flasche Wein trinken und mich beiläufig nach dem Oberamtsrat erkundigen... mit meiner Tochter ein Ökonomiestudium absolvieren... die dunkle Schönheit von der Weihnachtsfeier wiedersehen... Was sagst du nun? Werden meine Vorhaben gelingen?

Wie kann ich das wissen? Das Gelingen hängt von einer Vielzahl von Faktoren ab, regulären wie irregulären. Du wirst was draus machen, dessen bin ich mir sicher. Genieße das Prickeln der Ungewissheit, die alles begleitet, die alles offen lässt, die deinem Leben Farbe und Struktur gegeben hat und weiterhin geben wird.

Danke Christina – für deine Hilfe beim Titelbild

Danke Friederich – für die akribische Prüfung
der Wörter und Sätze

Ereignisse, ob natürlich oder künstlich, werden durch Dauer, Häufigkeit, Intensität sowie räumliche und zeitliche Ausdehnung charakterisiert.

Eine besondere Klasse von Ereignissen wird mit dem Attribut *extrem* versehen. *Extreme Ereignisse* überschreiten Grenzen und sind eher selten, sowie schwer oder gar nicht vorhersagbar. Sie zerstören Strukturen und bilden neue. Der Vulkanausbruch des Mount St. Helens von 1980 hat die Vegetation zum Erliegen gebracht, auf deren Asche sich neuer Bewuchs entwickelt. Kriege verwüsten Länder, die es danach zu Ansehen und Wohlstand bringen.

Extreme Ereignisse stecken voller Überraschungen. Oft bleiben Ursachen und Bedingungen ihrer Existenz im Verborgenen. Die Aufgabe des Forschers ist, diese zu erklären, in einem Modell einzufangen und daraus die Wahrscheinlichkeit für das Eintreten des Ereignisses zu errechnen.

Positiv oder negativ? Der Lottospieler wird den Gewinn des Jackpotts als positives, die Schiffbrüchigen der Costa Concordia werden die Kollision mit den Felsen als negatives extremes Ereignis bezeichnen. Auf lange Sicht kann sich die Wirkung umdrehen. Der Spieler wird verschwenderisch und zum Obdachlosen, die Kollision fördert die Prävention und hat die Installation verbesserter Sicherheitstechniken zur Folge.

Volker Jentsch

Im Wilden Norden von Italien

Fabian Feuerbach erfüllt sich den Wunsch seines Lebens: im vorgerückten Alter findet er in Assedo, einem kleinen Bergdorf auf der Alpensüdseite, abseits vom großen Tourismus in naturbelassener Umgebung, ein verfallendes Haus. Er erneuert und gestaltet es. Und verbringt fortan dort die Hälfte des Jahres. Mitten unter engherzigen Einheimischen, geschickten Bauarbeitern, intakten Invaliden, inkompetenter Verwaltung und eigenbrötlerischen Zuwanderern...

Volker Jentsch

Das Schneebrett

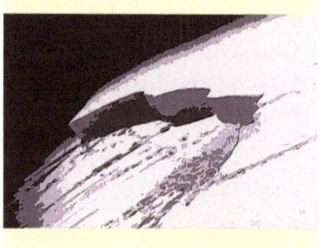

Das Unvorhersehbare trifft Fabian Feuerbach, als er, den Kopf von ungewisser beruflicher Zukunft beschwert, mit seiner Freundin zu seiner Hütte in den Alpen aufsteigt und dabei in ein Schneebrett gerät. Er überlebt ohne Schaden, für sie kommt die Rettung zu spät. Jahre später, im Schutz der Nacht, in der Abgeschiedenheit eines italienischen Bergdorfes und mit der Hilfe seiner Frau, versucht er das Ereignis zu entschlüsseln...